colección **la otra orilla**

Dios no nos quiere contentos

GRISELDA GAMBARO

Dios no nos quiere contentos

GRUPO
EDITORIAL
norma

Buenos Aires, Bogotá, Barcelona, Caracas Guatemala,
Lima, México, Miami, Panamá, Quito, San José, San Juan,
Santiago de Chile, Santo Domingo

www.norma.com

A863	Gambaro, Griselda
GAM	Dios no nos quiere contentos. - 1ª. ed.-
	Buenos Aires: Grupo Editorial Norma, 2003.
	296 p.; 21 x 14 cm. - (Biografías y documentos)
	ISBN 987-545-102-9
	I. Título - 1. Narrativa argentina

©1979, 2003. Griselda Gambaro
©2003. De esta edición
Grupo Editorial Norma
San José 831 (C1076AAQ) Buenos Aires
República Argentina
Empresa adherida a la Cámara Argentina del Libro
Diseño de tapa: Magali Canale
Ilustración de tapa: *Juanito cazando pajaritos*, 1961, Antonio Berni.
Impreso en la Argentina
Printed in Argentina

Primera edición: abril de 2003

C.C.: 22029
ISBN: 987-545-102-9
Prohibida la reproducción total o parcial por
cualquier medio sin permiso escrito de la editorial

Hecho el depósito que marca la ley 11.723
Libro de edición argentina

Vida, mi vida, déjate caer, déjate doler, mi vida, déjate enlazar de fuego, de silencio ingenuo, de piedras verdes en la casa de la noche, déjate caer y doler, mi vida.

Alejandra Pizarnik

Dios no nos quiere contentos

El día era soleado, a principios del invierno. Habían estado comiendo, él afuera, porque no tenía modos en la mesa, le costaba empuñar el cuchillo correctamente, y los trozos caían fuera del plato con tan buena puntería que alcanzaban los ojos ajenos certeramente, y entonces comenzaban las protestas, los coscorrones. Alguien decía, con ojos como ascuas que se apagaban por las lágrimas del escozor del impacto, qué animal trajeron, o sentaron con gente civilizada, y como conclusión debía dejar su silla y marcharse ominosa, vergonzosamente al patio, y a veces no al patio, al potrero vecino, lleno de yuyos, cascotes, basura quemada, tratando de pasar desapercibido entre tantas cosas afines, así que, para abreviar trámites, ese día lo mandaron directamente al patio del fondo y le armaron una mesita con cuatro ladrillos y una chapa, y estaba comiendo, humillado, pero casi feliz de que se le ahorrara el resto, cuando la casa comenzó a sacudirse como víctima de un ataque de malaria, y con un ruido que no podía asociarse ni con el rumor de la brisa entre los árboles ni con el canto de los pájaros. Con nada, salvo con la idea de un terremoto, por otra parte nunca visto, ni siquiera en televisión, pero la memoria ancestral estaba en él, de manera que no le resultó difícil imaginar y suponer que una vivienda amenazaba desplomarse.

Él pensó de inmediato en su familia, pero siguió comiendo, porque temía otra vez pasar por maleducado o hacerles pasar vergüenza a sus padres adoptivos. Si ellos estaban en tren de ser sepultados adecuadamente por la mampostería, y él se metía, no, no. Dejarlos en paz, como le aconsejaban con frecuencia. Adoptado por inercia, en vista de una esterilidad no consultada, no combatida mediante los recursos de la medicina moderna. Y todo se vino abajo sin excesivo estruendo, ¿a quién se le había ocurrido edificar una casa de material sobre cimientos de masilla?, merecido el castigo por tanta inepcia suficiente, como si la albañilería, no ya la arquitectura, fuera una ciencia infusa. Y cuando el polvo se asentó, ingrávida sepultura sobre escombros y cuerpos, él curioseó un poco de lejos, y como se sentía triste, desolado, se dijo: "Tengo que aprender a cantar".

Vinieron los vecinos, trajeron carretillas y palas, concienzudamente llevaron ladrillos, mampostería, maderas, hasta el potrero que había sido como su segundo hogar, trasladaron la hecatombe en una palabra, sólo el polvito final no trasladaron y él se sintió desilusionado porque le parecía que era como una falta de delicadeza, de delicadeza estética, y dispusieron los cuerpos, uno al lado del otro, con todas sus maldades muertas, y sus deseos dormidos para siempre, e incluso los bocados que algunos no habían terminado de tragar.

Uno de los vecinos se acordó de él a la noche, –¿No había un chico?– preguntó, esperando que lo desmintieran o que el chico que recordaba estuviera tendido sin problemas junto a los otros yacentes.

Como odiaba discriminar, su mujer reforzó las dos alternativas, pero sin la mínima coherencia que el hombre necesitaba.

–Eran solos– dijo, y si se hubiera quedado ahí, pero subrayó que nunca se los oía cuando el estrépito de las discusiones los ensordecía diariamente, y de inmediato, reconoció la existencia de Tristán para matarlo en seguida e incluso derramó lágrimas.

Al hombre le resultó excesivo, guardaba aún asomos de una remota y criticada honestidad, y como un llanto finito de hilo de agua sobre una piedra le llegaba desde afuera, aceptó los inconvenientes que podía depararle la bondad y fue en su búsqueda mientras la mujer lo llamaba y decía a voces una verdad sabida, esto es, que el mundo está lleno de entrometidos y estúpidos.

Tristán había retornado al potrero, resignándose casi a la idea de que ése sería su hogar definitivo. Lloraba por cansancio. El vecino lo tuvo un rato en la vereda. Gritaba: –¡Te salvaste¡ ¡Te salvaste!– y escrutaba los costados, esperando que apareciera alguien para compartir responsabilidades. Pero todos habían trabajado duramente y con las primeras sombras se habían metido en sus casas para lavarse las manos, comentar lo sucedido, olvidar. Así que el vecino lo llevó a la suya, y como no tenía prejuicios o era un inconsciente, le puso un colchón en el suelo, próximo a la cama de su hija, una niña un poco mayor que Tristán, muy despierta porque se cuidó de desnudarse en presencia del extraño, se tendió en la cama, vestida, con los hombros apoyados en una pared verde limón, y se dedicó a observarlo fijamente.

Por fin lo tenía a tiro, pensó ella, vecinos pero jamás presentados. La ropa que llevaba Tristán le había conformado el cuerpo y la apariencia. Debajo de sus zapatillas con los cordones sueltos (un lazo era para él técnica complicada) llevaría pies rugosos, con estrías de mugre y uñas descomunales. No pies, sino animales, temibles, de oscura genealogía, pero cuando ella, en su silencioso escrutinio, llegó a la cara que no llevaba ropaje, la vio simple, famélica y desamparada. Tristán, que no había gozado jamás la cercanía del otro sexo en esas condiciones de juventud y limpieza, descubrió en seguida su hermosura, y aunque hizo esfuerzos sobrehumanos para no dormirse –pensaba que si ella se dormía primero podría destaparla y observar lo que nunca había observado– cayó en seguida en un sueño de plomo porque las emociones del día habían sido suficientes. Y se durmió, tan obsesionado por su deseo de no dormirse, que ni siquiera recordó su otro deseo: tengo que aprender a cantar.

Cuando despertó a la mañana siguiente, ella ya no estaba sobre la cama, que lucía una colcha rosa, celeste y marrón, tejida con pedacitos de lanas viejas. En la otra pieza hablaban de él, no con demasiada consideración, porque las palabras más frecuentes eran marmota, retardado e inútil. Para no mortificarse, él se hizo el dormido. Y continuaba aferrado al simulacro del sueño, aunque ya no podía más, cuando la chica le trajo un tazón con café con leche, más leche que café, o más agua que café con leche, y una tajada de pan, y dejó todo en el suelo, pegándole apenas con la punta del pie para llamar su atención, mientras lo miraba con ojos que decían: Sé que estás despierto.

Así que no pudo fingir, y aunque no le gustaba comer sin lavarse los dientes, tragó todo en un santiamén porque tenía un hambre loca. Ella le preguntó: –¿Dormiste bien?–. Y él se cayó de espaldas, empujado por la sorpresa. De espaldas sobre el colchón, que amortiguó el golpe. Espió a la chica a través de los flecos de sus dedos puestos sobre los ojos. Entendió naturalmente, pero la sorpresa lo dejó mudo. Hay palabras que no debemos conocer nunca. Las palabras tienen sentimientos de clase y la subversión empieza por ahí. Palabras, viejas amigas, que tomaron conmigo el té, *five o'clock*. O el agua verde del amanecer. Tristán hubiera querido advertirle el peligro, le había traído el agua café con leche, pero el pan era pan, y lo dominaba la gratitud. Ella no se conformó con su silencio. Volvió a decir: –¿Dormiste bien?– con un tono que le metía las palabras por fuerza en el bolsillo, como caramelos, y si no los agarraba, había que pensar que era un idiota.

Tuvo que mover la cabeza, afirmando, sintiéndose como un ladrón porque las palabras no eran para él y la chica se equivocaba, todavía muy chica para inferir que los sonidos no están para usarlos con cualquiera indiscriminadamente, y menos con miserables. Sólo si aprendía a cantar sería distinto, porque allí no habría relación de dependencia. Pero no la conocía bastante para explicarle esto, así que asintió en silencio, creyendo tontamente que el gesto del cuerpo es más subrepticio y menos comprometedor que la voz, cuando es precisamente lo contrario.

La chica vio el gesto y sonrió. En la otra pieza seguían discutiendo los merecimientos de Tristán, ahora en medio de una discusión áspera donde una voz de mujer desgranaba agravios contra las torpezas de una bondad imprudente. La chica atendió un momento, alzó el brazo como barriendo las voces y dijo: –No hagás caso.

Lo tomó de la mano y lo llevó al baño, casa pobre pero con baño instalado. Lo empujó hacia adentro, comprensiva de sus necesidades primarias, y cerró la puerta.

Él se quedó a solas con todo ese lujo y lo primero que hizo fue tirarse de cabeza en el inodoro, es un decir. Pero después, su cuerpo en paz, le sobró tiempo para el alma, y comenzó a mirarse en el espejo que le devolvió su imagen, no bastante familiar. ¿Qué desconocido era ése que tenía enfrente? Pelo opaco, cara hambrienta. ¿Podría cantarle? Lo intentó, pero el del espejo estaba mudo, sordo con sus orejas que sólo podían mirarse de perfil las dos, o de frente una por vez, como las orejas de cualquier hijo de vecino. Se sonrió y le gustó que le sonrieran, alzó la mano y la apoyó en el espejo. No había otra mano enfrente y se turbó, hasta que la apartó un poco y reconoció sus dedos. Abrió la canilla y salió agua. La miró correr. Se entretuvo tanto que al final golpearon en la puerta impacientemente, y abrió en seguida, asustado, y alguien lo apartó con malos modos, y lo desalojó, sin miramientos para su frustración.

La chica estaba esperándolo. –No salías más– dijo, muy seria, pero no era un reproche.

Por una cuestión de estilo, los muertos se los había llevado la Municipalidad y los había devuelto al día siguiente, alborotando a todo el barrio. Muchas manos se posaron sobre la cabeza de Tristán. Salvarse él, ¡qué lástima!, decían. Y él, como estaba avergonzado y triste, se repetía, tengo que aprender a cantar. Hubiera preferido el olvido. Soportar una ternura sin peso es siempre más arduo que la total indiferencia.

Los vecinos habían arreglado sus horarios de trabajo para asistir al entierro, y, dentro del pesar general, había en el aire una excitación púdicamente contenida. La catástrofe no los había tocado y esto permitía a todos una gran dosis de ecuanimidad: el corazón se conmovía, pero no se destrozaba, y entonces, la compunción era como una brisa refrescante sobre la tierra reseca.

Tristán, qué genio le había puesto ese nombre, felizmente aplanado, en la ignorancia de la gente, de su estatura dramática, Tristán se sentía inquieto, aunque la chica lo acompañaba y de vez en cuando le hablaba, con palabras que no eran para él y aumentaban su turbación.

Lo echaban al potrero cuando las visitas eran distinguidas y podían ser ultrajadas por su ausencia de modales. Tenía la majestad del cielo sobre su cabeza, y no un techo, pero el cuerpo necesita proximidad. Sin proximidad de cuerpos, el mundo se transforma en el exilio y la muerte. El viento se colaba por el potrero, traspasando el aire quieto, y le enfriaba la comida, ya fría.

Los padres adoptivos de Tristán habían conseguido una magnífica fosa, rodeada de monumentos, bajo un ciprés oscuro y musical. La sola condición para el uso era que aceptaran compartirla con un pariente lejano. El arrendamiento de la tumba de este pariente se había vencido y debía desocuparla, buscarse otra vivienda, como un mortal cualquiera. Ni en la muerte podrían estar cómodos los padres de Tristán, ellos y los restos exhumados turbando la soledad de dos en compañía, pero tripas corazón o fortuna, según se mirara. La eternidad es un plato repetido. Las restantes víctimas de la hecatombe se acomodarían por ahí, y ya los asistentes al entierro veían que no la terminarían más, trasladándose de un punto a otro del cementerio. Pero para la pareja dueña de casa, quizás por su política de puertas abiertas o como tardía recompensa por haber recogido a Tristán, la ubicación era óptima. Tristán nunca había ido al cementerio y tenía otra idea de la grandeza de la muerte. Hasta extrañó su potrero, donde una mañana, en silencio, había enterrado a un pajarito anónimo, picoteado y seco, que encontró muerto de vejez o de frío. Para colmo, en la confusión del traslado, había perdido a María, la que le regalaba palabras.

Los coches eran escasos, se armaron todas las combinaciones posibles, lo que exigió cambios y mudanzas sin fin, se intercambiaron niños, según los tamaños, de las rodillas maternales a otras rodillas que no lo eran, se alternaron gordos con flacos, más flacos, se buscó un ejemplar de una flacura extrema, y como en ese momento pasaba por la calle uno casi transparente, que no era vecino del barrio ni tenía nada que ver, lo asaltaron y a la fuerza lo metieron en uno de los coches, donde sobraba un intersticio.

Dios no nos quiere contentos

Ya partían cuando vieron a Tristán en la calle. El cortejo se detuvo y todo el mundo comenzó a bajar de los coches, ¿dónde ubicarlo? Una complicación más. Todos opinaban a viva voz, en cualquier lugar menos cerca, decían, nos asfixiamos, y finalmente al padre de María se le iluminó el semblante con una idea feliz que todos aprobaron, y Tristán acabó a medias extendido en uno de los coches fúnebres, sosteniéndose de la manija del ataúd para no caerse. Se apresuraron a regresar a los coches, pero las instalaciones dificultosamente planeadas y conseguidas, se habían deshecho. Como la tarde caía, ahogaron los deseos de comodidad y se apretujaron de cualquier manera, con brazos y piernas asomando por las ventanillas, pero con los sexos tan juntos que, sin la mínima intención, se produjeron situaciones embarazosas. El transparente, que se vio suelto en la calle, empezó a correr a toda velocidad y se perdió en una esquina. Renunciaron a perseguirlo, ¡qué gente!, dijeron.

Se morían de impaciencia porque a la llegada del cementerio, tuvieron que esperar a que salieran los coches de otros duelos terminados. ¿Para qué vine?, se preguntaba cada uno, pensando en la tibieza del hogar, y cayendo en la cuenta de que la muerte es siempre un compromiso. Rodearon la tumba abierta, y el hoyo, con su presagio nefasto, les concedió tranquilidad. Bajaron los ataúdes a la fosa y se inclinaban para el ritual de los puñados de tierra, considerando si ya no era suficiente ese acto de presencia –las otras víctimas de la catástrofe no eran sino visitas y podrían arreglarse solas– cuando se produjo una interrupción.

—Un momento— dijo un hombre, en voz baja, y señaló hacia adelante. Uno de los sepultureros corría hacia ellos desde una tumba reabierta, la que debía quedar libre. Sujetaba entre los brazos un cajón para llevar verduras, lleno hasta el tope de huesitos oscuros semejantes a maderas redondeadas. Manifestaba una prisa nada discreta, saltó una tumba pisando el extremo de la lápida, se enredó en una cruz que le desgarró el bolsillo, despedazó dos floreritos con los botines y casi se fue de bruces sobre el hoyo. Para no perder los huesos, los sujetó con una mano. Se irguió en toda su estatura, que no era mucha, y mostró el cajón, como sosteniendo una bandeja con un manjar para huéspedes, pero con la expresión propia de quienes son molestados en su trabajo por descomedidos o inconscientes.

—¡Dejen de tirar tierra!— rezongó, y los apartó a codazos, mientras saltaban los huesos.

Una mujer de negro, con la cara blanca, que parecía una virgen, lanzó un grito. Pero nadie manifestó señales de haberla oído, salvo Tristán.

—¡Ése es el nene!— gritó la mujer, mirando el cajón sostenido como una bandeja, y dio un paso adelante. No avanzó más, se clavó en el suelo, paralizada por el montón de maderas o de huesos.

—¡Nene!— insistió, con los ojos secos y un tono de despavorida incredulidad en la voz. Los otros apretaron filas como ante una voz de mando, con las cabezas bajas, una expresión entre consternada y sometida.

—Nene— dijo la mujer, más bajo, como si llamara a alguien que tuviera muy cerca y que no era aquél a quien ella había conocido en otro tiempo y a quien había visto crecer, después morir. O para su angustia lo llamaba, incrédula de esa presencia reducida.

Un chico se le arrimó y pegó la cara contra sus piernas. La mano de la mujer descendió y ciega, con un tacto ávido, palpó la cabeza del chico, buscando comparativamente una confirmación fatal. Sin mirarlo, le apretaba el cráneo a través de los cabellos.

Tengo que aprender a cantar, se dijo Tristán, y ahí mismo lo intentó. Todos despertaron entonces y comenzaron a agitarse a su alrededor. Para interrumpir sus mugidos, le pegaron discretamente, pero con fuerza. Un hombre gordo, con la cara triste y trastornada, lo agarró del brazo y lo arrastró fuera del grupo.

–Quedate acá. A la sombra– le dijo, y volvió hacia los otros. Los dedos de la mujer se habían quedado quietos sobre la cabeza del chico. Con precaución, el hombre los apartó y dejó que cayeran rozando la falda de la mujer. Levantó al chico en brazos. Le colocó en las manos un puñado de tierra. –Tirá, tirá– lo alentó, con una sonrisa que temblaba en las comisuras, y el chico dejó escurrir la tierra sobre los zapatos del hombre, quien tuvo una expresión incómoda. –Más lejos– dijo, y para no correr riesgos, no insistió, le limpió las manos y como jugando se las llevó sobre su propia cara, que no alcanzaban a cubrir, salvo los ojos.

La expulsión entristeció a Tristán. Se sintió muy humillado. María estaba enfrente de él, lo miraba con una cara extraña, más vieja que su edad, sin sonrisa.

–¿Qué querías hacer?– le dijo. Y tampoco había reproche en la pregunta.

Los días comenzaron a deslizarse para Tristán sin muchos incidentes. Seguía a María como su sombra, bebiendo las palabras que ella le dirigía. Iba por mal camino, comenzaba a aceptarlas aunque no fueran para él, e incluso, con esfuerzo y con suerte, a veces podía devolverle alguna. Lo que decía Tristán no tenía forma acabada de respuesta, María lo miraba entonces, insistía para que aclarara su pensamiento, y concluía por conformarse y sonreír.

Una mañana el cartero trajo una carta. Para Tristán el hecho era completamente insólito, pero María y sus padres tomaron el acontecimiento sin excesiva sorpresa.

–Carta de tu tía– dijo el padre, que había reconocido los gruesos trazos del sobre, e intacta, la colocó sobre la cómoda. Vino la madre y, sin rozarla siquiera con la punta de los dedos, la manoseó desde lejos, con una irritación tan intensa, que la carta se ajó dentro del sobre. Descargó toda una historia familiar, resentimientos antiguos, antipatías, mínimas competencias, no perdonó una y la carta se habría transformado en un montón de cenizas si el padre no hubiera distraído tanto odio con un beso apasionado.

—¿Qué quiere ésa?— dijo la madre, malevolente, y el padre afirmó que nada. No estaba seguro, pero le parecía que así conjuraba el peligro de una visita indeseable. Sólo había visto a la hermana en dos o tres ocasiones a lo largo de quince años, el destino los había separado como un corte tajante que abre las aguas, pero esos encuentros, cuando las aguas se habían unido, habían significado pisarlas e irse al fondo. Después de cada visita, costaba rehacer la armonía familiar que la presencia fraternal descomponía. Tenemos la misma sangre, pensaba el padre en silencio, bajando los ojos para que la mujer no leyera en ellos la verdad que constituía una ofensa, y se remontaba a su infancia, cuando la hermana no era la loca que destruía su paz sino una niña que compartía bondadosamente sus juegos, para incitarlo en seguida a pruebas que él no podía seguir: enroscarse en las ramas de los árboles, descolgarse de los techos, usar el cuerpo con extraña ductilidad para imaginar la vida y el mundo de los adultos.

Más tarde, cuando terminaron de comer, el padre se lavó escrupulosamente las manos y abrió la carta. La leyó empeñosamente durante dos horas hasta que llamó a María y se la entregó con una expresión no demasiado iluminada.

—De tu tía— explicó, sin mayores datos.

—Es ecuyere— dijo María a Tristán, con voz exenta de orgullo. Y no era necesario porque Tristán ignoraba

Dios no nos quiere contentos

el sentido de la palabra y no la asociaba con nada, menos con luces y trajes de lentejuelas y miserias de circo pobre.

María alisó la carta y comenzó a leerla. La Ecuyere tenía una letra grande, redonda, fácil de descifrar, más aún por las faltas de ortografía que todos compartían.

También María tardó bastante, pero al cabo las noticias pudieron entenderse. La Ecuyere les anunciaba su visita, y la cara de la madre se ensombreció para aclararse después. La Ecuyere se había casado con un millonario italiano y vendrían los dos para colmar de holgura, bienestar y felicidad esa casa.

–¡Tu tía, tu tía!– exclamaba el padre, mirando a María. –¡Tu cuñada, tu cuñada!– ídem hacia la madre, y luego miraba a Tristán y se quedaba mudo. Miraba a la madre en los ojos, sin miedo de que leyera en los suyos la verdad de la sangre. El peso de la fortuna lo había descargado del peso de las reservas.

Se llenaron de expectativas, comenzaron a prepararse. Pintaron la casa, tiraron las botellas viejas, combatieron los ratones. Sumidos en un secreto malestar, consideraban a Tristán, que no se afanaba y no tenía rol específico, y el padre lo sacaba de noche a la calle y lo dejaba solo durante horas, con la esperanza de que alguien se lo llevara, compadecido, pero no sucedía esto, porque era época de crisis y las preocupaciones y pesares no vuelven mejor a la gente, ¿qué es lo que la vuelve mejor? Quizás la duda, que es lo único que nos permite ecuanimidad. Pero no había tiempo de dudar de nada, o el miedo al riesgo había anquilosado toda posible flexibilidad de pensamiento, y así, pasadas dos, tres horas, como la gente no se había vuelto mejor, el padre recogía a Tristán, desanimado pero sin acritud porque tenía buen corazón. O creía tenerlo, que es casi lo mismo. Como no dudaba y su cabeza se mantenía inerte, su corazón era un pájaro ciego y la bondad se había transformado definitivamente en una imprudencia lamentable.

María acompañaba a hurtadillas esas salidas nocturnas, se quedaba escondida y atenta entre las sombras. Cuando oía pasos de alguien que se acercaba, corría hacia Tristán, le tomaba fuertemente la mano y no se la soltaba hasta que el otro, que por otra parte no tenía intenciones de intimar, se alejaba.

Iban posponiendo el problema y mientras esperaban a la Ecuyere, el padre redondeaba el mismo sueño, clavar con un gesto magnífico a su patrón, que tenía miles de ansiosos para reemplazarlo, y la madre compraba vino, aunque la bodega nunca aumentaba porque se lo bebían, incapaces de superar por una ambición mayor sus mezquinas ambiciones cotidianas. Llegó la fecha y la madre preparó ravioles el día anterior, no comprados en el almacén de la esquina de contenido indescifrable, sino ultimados por sus propias manos, tratando de vencer su espantosa inquietud, porque la excelencia de las pastas les pertenecía por tradición a los italianos. Y cuando los padres estaban listos para partir, no al aeropuerto como creyeron al principio sino a Retiro, como les avisó la Ecuyere posteriormente, María dijo: –Yo no voy.

–¿Qué pasa?– preguntó el padre, con tono de tormenta, y levantando la manga de su saco, que desprendió una vaharada de naftalina, consultó el reloj. Era temprano, pero no para su ansiedad, y se enfureció.

—Me siento mal— dijo ella. Se había llenado de miga de pan en la cocina, se metió subrepticiamente dos dedos en la boca, y vomitó al lado de la mesa. La madre se le abalanzó encima, pero se detuvo a dos pasos, con miedo de pisar. María transpiraba y se había manchado su mejor vestido. Imposible, no podía ir a la estación con andrajos, dijo la madre, y por otra parte, la torpeza merecía castigo.

Se fueron y los dejaron solos. No habían acabado de cerrar la puerta, cuando María, que se había tendido en la cama con un paño de alcohol en el estómago, ya estaba en pie. Buscó a Tristán, a quien habían dejado sentado en el patio.

—Parate— le dijo, y él obedeció. Se le colgó del hombro y a través de su vestido desteñido, que había sustituido al manchado, él olió su olor de nena, no era tan nena, un poco mayor, ya por los doce. Ella se separó, sonriendo, y como rara vez sonreía, salvo a Tristán, la sonrisa era fresca y vulnerable. No lo excluía, pero debía compartirla con un proyecto pleno de esperanzas, de expectativas. Tristán hubiera querido decirle: no te apresures para sonreír, que demorara la sonrisa y, si fuera posible, la esperanza, en el hueco del paladar, en su húmeda e invisible oscuridad. Nacida por error, no dejaría el vacío de un rictus mecánico sino la pena.

La intuición obró como experiencia, movió la cabeza frenéticamente y ella le dijo —No seas tonto— y le peinó los cabellos con los dedos. Caminó hacia la puerta y al ver que Tristán se había quedado inmóvil, lo llamó impaciente –¡Vamos, vamos!

¿Dónde?, hubiera querido balbucear Tristán, sin desear más que una común salida a la puerta, detenidos como espectadores ante la gente que pasaba. Añoró, incluso, los plantones nocturnos bajo el frío, porque le traían la mano de María, guardándolo en una posesión silenciosa. Nada es más vulnerable que la esperanza, pensó oscuramente, con su pequeño cerebro hambriento, pobre en circunvoluciones, que él agrandaba a fuerza de voluntad. El vamos, como la sonrisa, estaba cargado de promesas.

María también esperaba la llegada, y ya estaban en la calle, tomados de la mano, y caminaban con rapidez. Ella guiaba y a Tristán le costaba seguirla, perdía el aliento porque no lo sostenía la confianza. Amenazó con dejarlo solo y Tristán aceleró hasta adelantarse, esperó que lo llamara y dijera es mentira, nunca voy a dejarte solo, pero ella guardó silencio, excitada y con las mejillas enrojecidas, cruzaba las calles, trotaba sin fatiga. Ajena a las imprecaciones que les dirigían desde los autos, que frenaban bruscamente para no atropellarlos, miraba hacia adelante, burlona y segura como si fuera inmortal. No había participado del regocijo de sus padres, ravioles y vino, qué miseria. Interés de que el dinero llegara a torrentes, de que las adquisiciones y el lujo desalojaran una mezquindad tenaz.

Ella había hecho otros sueños, no sabía bien qué esperaba, no tanto de la Ecuyere, a quien apenas recordaba, sino del otro, el desconocido. Quizás que la ayudara a vencer su ignorancia para entrar en una vigilia feliz donde el sentido de cada acto sería evidente, tan claro y absoluto como la perfección. Columpiarse desde su infancia, que se estaba yendo, hacia una tierra con pasto verde y flores bajo sus pies. Y ese desconocido, el marido de la Ecuyere, no podía aparecer en Retiro como si viajara desde un suburbio cercano, no le importaba la segunda carta de la Ecuyere mucho más lacónica que la primera, que cambiaba el avión por un tren. La Ecuyere podría llegar en un tren, pero el marido no. Llegaría en un avión.

El tren se arrastraba por la tierra, como un ciempiés gigantesco, esclavo de los accidentes, ríos o montañas, pero el avión hendía el aire, poderoso e invencible, hasta que un desperfecto lo hacía estallar en pedazos. En el riesgo estaba la maravilla, era mucho lo que ganaba, venciendo en velocidad a las aves del cielo, despojando a las nubes de su inviolada lejanía. La Ecuyere, sombra apenas recordada, presencia anunciada con letra grande y faltas de ortografía, bajaría de un tren como cualquier mortal sin misterio, pero el desconocido llegaría en un avión, conocedor de la insignificancia de la tierra, que nos sirve para acrecentar nuestro dominio sobre ella.

La realidad jamás desmiente los sueños bien aferrados, no se atreve porque está hecha de una materia pusilánime. María caminaba sin asesoramientos previos, con la certeza de no equivocarse. Ante el sueño bien aferrado, la realidad se moldeaba dócilmente, todos los ómnibus conducirían al aeropuerto, a una hora prevista descendería un avión con un hombre de sonrisa cordial y generosa que usaría el poder de su presencia esperada para enriquecerlos, no con dinero, sino con exigencias y verdades. Pero cuando el sueño traspasó la línea que empezaba a cumplirlo, la realidad abandonó su rostro ambiguo y se mostró tal cual era. Enfrentó inexorable el sueño de María, consentido por Tristán, no con una manifestación franca y grandiosa como la caída del avión sino con nomenclaturas ignoradas, con entrevero de calles, tuvo la última palabra que decía que no era fácil recorrer caminos, que estaban, pero que no habían sido trazados para ellos, para la debilidad y la penuria.

Tomaron un ómnibus equivocado y se encontraron muy lejos del aeropuerto en el momento de la llegada del tren. María sentía su corazón estrujado, pensaba en el avión posándose en la tierra, en ese desconocido pronunciando palabras que ella no escucharía. A través de la ventanilla del ómnibus escrutaba ansiosamente hacia afuera. Pasaban casas flageladas por la incuria, no había carteles en las bocacalles, menos con un avioncito dibujado para señalarles el buen camino, gente a ras de tierra que jamás conocería un avión, ni siquiera alzando los ojos hacia el cielo, ni eso, porque no era gratis alzar los ojos, seguir la estela blanca, el avión dibujado convencionalmente en el cielo, "alas de plata", imaginar lo que era un vuelo. María veía gente que jamás viajaría, era fácil saberlo por la ropa, las caras, el modo de caminar. Jamás esperarían a nadie en el aeropuerto, salvo por una confusión tremenda, antes debían marchar de otra manera, vestir de otra manera, pensar de otra manera.

Dios no nos quiere contentos

Un hombre los miraba desde un asiento cercano. Varias veces había sonreído en dirección a Tristán, con una sonrisa tímida y ansiosa que no correspondía a su cuerpo, fuerte y robusto. Cuando se desocuparon varios asientos, el hombre se movió rápidamente y se sentó junto a Tristán. Se dejó caer a su lado con un suspiro de satisfacción, como si por fin consiguiera un lugar cómodo, esperado. Contempló a María, quien no advirtió su presencia, y luego sonrió a Tristán. Metió la mano en el bolsillo de su pantalón, agitándose, y María se volvió y abandonó su mirada sobre el hombre.

–Correte, Tristán– dijo secamente, con esos ojos que a veces asustaban a Tristán, no los de ella, sino los de alguien más sabio y viejo, una mirada experta y dura.

Como respuesta, el hombre sonrió con oscura simpatía y sacó del bolsillo un paquete estrujado de caramelos, aun el papel que los envolvía uno por uno, rojo y metálico, aparecía ajado, con dobleces profundos. Colocó el paquete bajo las narices de Tristán. Una mujer miró adusta y fugazmente hacia ellos y se encogió de hombros.

–Sírvanse– dijo el hombre, y Tristán tendió la mano, pero María se la apartó, sujetándosela con fuerza.

–No queremos– dijo, contestando por los dos.

El hombre no se ofendió. Sonrió con mansedumbre, desenvolvió un caramelo y lo ofreció en la palma de la mano, sobre el lecho de papel ajado, y como María repitió no queremos, lo envolvió con cuidado y lo devolvió al paquete.

–¿Adónde van?– preguntó. No era ése el camino al aeropuerto, completamente equivocado. Llegarían a

La Quiaca, dijo, riéndose. –Vengan– y enfiló hacia la salida. María vaciló un momento, escrutando sin certidumbre el paisaje de casas ralas, de pastos crecidos, y lo siguió con Tristán.

En la calle, el hombre sacó un pañuelo y se enjugó el sudor de la cara. –Por acá vivo– dijo, señalando vagamente hacia su izquierda. No vieron más que casas de edificación penosa, con ladrillos que se amontonaban en el suelo, esperando ser levantados en paredes antes de ser comidos por el moho y las matas salvajes que se multiplicaban entre los intersticios.

–A La Quiaca– dijo el hombre, riendo. Y les prometió llevarlos al aeropuerto o, al menos, explicarles el camino, que se había complicado con bifurcaciones, tan lejos estaba, tan perdido. Les dibujaría un plano sobre un papel en su casa, y aprovecharía para darle de comer a un canario.

–Es una hembra, ¿te gustan los canarios?– preguntó a Tristán, acariciándole la mejilla. Tristán sonrió, asintiendo, y se le iluminaron los ojos.

–A mí no– dijo María bruscamente, pero el hombre no la atendió. Empezó a caminar sin esperarlos, sabiendo que la decisión propia arrastra dudas ajenas, y lo siguieron hasta una casa descuidada y lúgubre, a medio terminar como las otras. Tristán y María se sentaron en dos sillas de paja, demasiado altas e incómodas, con la paja sobresaliendo por los costados a manojos desprendidos.

El hombre descolgó la jaula de la pared y la depositó sobre la mesa. Metió el dedo, que se le estrangulaba entre los barrotes, para atraer al canario, y luego, con gestos lentos y cariñosos, llenó de alpiste el comedero y cambió el agua.

Tristán se acercó y contempló al canario, calzó el dedo entre los barrotes, pero el canario se asustó y revoloteó ciego. El hombre golpeó la lengua contra el paladar, en un sonido tranquilizador, y arrimó su cara a la de Tristán, que recibió su aliento, no particularmente desagradable, de una acidez lejana.

–Nos prometió un plano– dijo María, y se puso de pie.

–Ahora– dijo el hombre. Colocó una botella y tres vasos sobre la mesa, y sirvió de beber. Era vino, y Tristán no tendió la mano esta vez porque ya había entrevisto el gesto de María, rechazando.

–¿No?– dijo el hombre con decepción y se tomó los vasos, uno tras otro. El vino le concedió una efímera alegría, como la de estar cómodo en su piel. Se le soltó la sonrisa. Su mano, blanda y vellosa, cayó sobre la rodilla de Tristán.

–Ahora los llevo– dijo, inmóvil.

–Vamos, Tristán– dijo María.

–Qué apuro, qué apuro– dijo el hombre. Y en lugar de abrir la puerta, la cerró y la tarde se oscureció y terminó de golpe en la pieza. Tristán se arrimó a María, tenía miedo, sin saber muy bien de qué, quizás porque la mancha amarilla del canario, que nacía de un levísimo roce de las alas, cesó junto a la tarde. A tientas, el hombre caminó hacia la cocina y encendió la luz, que traspasó la abertura de la puerta y los iluminó pobremente. Empujó a Tristán sobre la silla, con un ademán firme, pero no violento. Trataba a Tristán con precaución e ignoraba a María, aunque le entregara respuestas razonables. Su mano volvió a posarse sobre la rodilla de Tristán, y se durmió allí, quieta y extraña como un bicho enorme. Tristán respiraba apenas, paralizado y en suspenso. Oía al hombre jadear ruidosamente desparramando un aliento con vapores de vino.

–Vamos, Tristán– dijo María, y él percibió el comienzo de un temblor en la voz.

El hombre levantó la mano de la rodilla de Tristán, sacó el pañuelo y se enjugó el sudor de la cara, desabotonó su camisa y se secó el pecho velludo. Indeciso, sostuvo el pañuelo empapado y lo abandonó sobre la mesa. María corrió entonces hacia la puerta, consiguió abrirla y la luz entró como un relámpago y murió en seguida. Con rapidez, el hombre la sujetó y la empujó hacia el interior de la pieza. Repitió el sonido tranquilizador que había dirigido al canario, la lengua contra el paladar. Cerró la puerta con llave y guardó la llave en el bolsillo del pantalón. Se acercó a Tristán, le puso la mano sobre la cabeza y la dejó deslizarse hacia la mejilla. Extraña y enorme, no pesaba. Se quedó ahí, piel contra piel, y después comenzó a apretar dulcemente hasta que Tristán percibió la dureza de sus propios huesos que la mano le revelaba. Tengo que aprender a cantar, se dijo Tristán, interrumpir la caricia incomprensible y no deseada, y, sobre todo, el llanto de María, que le llegaba entrecortado, detenido aún por el orgullo o el miedo.

El hombre movió la cabeza, con su sonrisa torpe y Tristán leyó en sus ojos una disculpa avergonzada, pero detrás de la disculpa, origen de ella tal vez, una decisión obstinada y endurecida que lo asustó. La cara del hombre se acercaba lentamente a la suya, descendió un poco y sintió el roce húmedo de la lengua en su piel.

Alguien golpeaba con violencia en la puerta, con insultos soeces que ellos no comprendían. El hombre se pasó ambas manos por la cara, como arreglándose la expresión, y fue a abrir. La pieza se llenó de luz. Una mujer ajada y cuarentona estaba en el vano, miró brevemente a Tristán y a María, y se enfrentó con el hombre. Él retrocedió, aturdido, hacia la pared y se tapó la cara con los brazos. La mujer avanzó hacia él y le pegó varias veces con la mano abierta y luego con los puños. Con un solo revés, hubiera podido arrojarla lejos, pero sólo atinaba a protegerse. De pronto pareció muy viejo y vencido. La mujer tomó a Tristán y a María por los hombros, con los dedos fuertes como garras, y los empujó hacia afuera.

Cuando llegaron de vuelta, cansados y desilusionados, ya estaban terminando de comer. Tristán miró a la Ecuyere y quedó deslumbrado, respondía a sus sueños, era alta, sonriente, vital. La Ecuyere abrazó a María y le dijo: –¡Cómo creciste!

María se dejó abrazar, indiferente, y buscó al otro. Un hombre gordo, horriblemente viejo, la abrazó. Era el marido y hablaba sin acento porque había nacido en Rosario.

María le pisó un pie, pero el pisoteado ni se dio cuenta. Le gustaban las nenitas, sin segundas intenciones, y la sobó un rato, cariñoso. Le formuló preguntas estúpidas y ella cerró la boca, en un pliegue desdeñoso, y echó el cuerpo hacia atrás, en un gesto que empezaba a aprender, separarse de su cuerpo como si no le perteneciera. Se echaba hacia atrás sólo porque no quería castigarlo gratuita, neciamente.

El gordo sentó a María sobre sus rodillas y el padre miraba sin convencerse. No daba crédito a sus ojos, y la duda, ahora completamente inútil porque se aplicaba a la evidencia, forzaba por insinuarse en su cerebro. ¿Había segundas intenciones en tan inmenso cariño? Imposible, se dijo. María clavó un codo hacia abajo y el gordo se incorporó mientras lanzaba un alarido.

–¡María!– dijo el padre, y se disculpó.

–¿Por qué?– dijo la Ecuyere. –Quien siembra vientos, recoge tempestades.

–Dale un beso– dijo la madre, como desagravio debido, y María se acercó y besó al gordo, quien torció la cara para encontrarle la boca. María no hurtó el contacto, lo besó y después se restregó ostensiblemente los labios y escupió. No era por asco, no le importaba lo que sentía su cuerpo, sino por odio, quería que se diera cuenta del odio. Pero el gordo, que tenía una naturaleza afable, se conformó, separó las acciones en dos partes y borró la segunda. Señaló sus rodillas, cariñoso y risueño.

La Ecuyere registraba los transportes del marido con una sonrisa burlona, lo trataba con desprecio y el gordo no reaccionaba. Tenía los días contados, era evidente. La madre miraba cabizbaja hacia el suelo, apenas los vio bajar del tren, con valijas atadas con piolines, comprendió que las expectativas habían sido gasto inútil. Qué decir de los ravioles y el vino. Su inquina resucitó, acrecentada. Tragó y estuvo a punto de ulcerarse con la acidez del resentimiento y la frustración.

La Ecuyere contempló al gordo con una expresión que lo liquidaba definitivamente y preguntó la hora. Al día siguiente tenía función.

Dios no nos quiere contentos

–Traé el café– le dijo el padre a María, y como ella no se movió con rapidez, la pellizcó subrepticiamente, porque no quería hacer escándalo delante del invitado, aunque estuviera tan venido a menos, y ella escupió el café, en la soledad de la cocina, y en todas las tazas, y se detuvo pensando en qué otra venganza tenía a mano, pero el odio era tan grande que la peor venganza imaginada le resultaba dulce.

Tristán descansó un rato, con los ojos empeñosamente abiertos para no dormirse, salió al patio y golpeó en la ventana, alta y estrecha, del cuarto de María. Sin acuerdo previo, sabía que lo esperaba. Ya no dormía con ella porque los dos habían crecido y también por precavida decisión de la madre. Con lluvia o templado, Tristán seguía saliendo a la calle. ¿Este chico para qué sirve?, podía decir alguien, compadecido, comprendiendo que la mejor generosidad es la que no da provecho. Pero todos mudos, de piedra. Tanta insensibilidad había herido cruelmente a la madre. Ver que Tristán retornaba siempre, y de la mano de María, le había acrecentado el malhumor y la suspicacia a un punto tal que una noche no pudo dominarse, corrió a buscar el colchón, trató de no respirarlo, y se lo arrojó a Tristán, señalándole un galpón del fondo, lleno de cachivaches y goteras. Tristán, invisible bajo el colchón, no advirtió el ademán y tomó el camino de la calle, y la cara de la madre se iluminaba ya por la suerte no buscada, cuando María corrió hacia él y lo ubicó correctamente en la ruta.

Cuando Tristán golpeó apenas en la ventana, María se asomó en seguida, y él vio el brillo húmedo de la cara y quiso preguntarle si había llorado, porque desaparecidos la Ecuyere y el mentido millonario, el padre había castigado sañudamente la escapada, su propia y profunda decepción, pero las palabras no salieron de su garganta, amordazadas por la timidez o el pudor. Ella se restregó la cara y dijo: –No lloré– y no fue difícil creerle: despreciaba los signos de su pena y lanzó en seguida un apóstrofe que revelaba su falta de crianza, un apóstrofe terminante y duro.

María se deslizó hacia afuera sin ruido, los zapatos en la mano. Fueron hasta la casa iluminada, cuya existencia, en las conversaciones frecuentes entre el padre y la madre, jamás se reconocía directamente. Rodeada de escándalo, decía la madre, escrutando al marido con un ceño que exigía participación total, y él asentía con un gesto culpable, porque aunque nunca había visitado la casa, por identidad de sexo la sombra de la ignominia caía también sobre él.

La casa, contemplada desde lejos, parecía más imponente, más digna de ser visitada. ¿Por qué precisamente esa noche María había decidido acercarse? Esa noche, precedida por un día de fracaso y castigo. Tristán había pensado que lo esperaba para explicarle el misterio del hombre encontrado en el ómnibus, no la generosidad de los caramelos ofrecidos y rechazados, no la clausura incomprensible de la puerta, sino sus gestos últimos, sus gestos, dulces y aterradores. Pero ella se había calzado y había empezado a caminar rápidamente, sin fijarse si la seguía, con la seguridad de alguien acompañado de su perro. Y Tristán había trotado detrás, dócilmente, hasta que ella se detuvo a cien metros de la casa y se sentó en el suelo, sobre el pasto húmedo, y él se dejó caer a su lado.

–Mirá, Tristán– dijo María.

Algunos hombres salían furtivos de la casa y desaparecían entre las sombras. Ellos envidiaron ferozmente, compartiendo el silencio, la felicidad de esos seres que podían visitar la casa y se explicaban sin trabajo los gestos furtivos, el ocultamiento, porque la felicidad es siempre pecaminosa en este mundo. Necesita el recato para evitar la ofensa.

Otras noches, el aire apacible traía hasta ellos, que aguardaban en la puerta de calle las imposibles muestras de la solidaridad ajena, sonidos descolgados, fragmentos de una algarabía rústica y pesada. Pero esta vez alguien se había quejado seguramente del ruido, o del escándalo, como decía la madre, que no era sólo bochorno espiritual sino desmesura de gritos, risas y borracheras, ahogada por las paredes y la distancia. No lo lamentaron, el sonido pone límites y el silencio queda siempre como un espacio de búsqueda. Mientras no se interrumpiera, siempre podría irrumpir un canto, como el que dormía en la garganta de Tristán. La algarabía, vagamente oprobiosa, tampoco se conectaba fácilmente con el mundo que, pensaban, transcurría en la casa, prometedor de felicidad por simple oposición a la realidad conocida.

Se durmieron bajo las estrellas y cuando despertaron, la luz del amanecer les regalaba caras lívidas, profundas ojeras. Se apresuraron a regresar, fríos y entumecidos.

No hablaron hasta que María dijo: –¿Para qué? ¿Para qué fuimos?– Y él supo que no se refería a la casa, sino a la espera del desconocido, a todas las esperanzas y sueños masticados. (Fuimos porque éramos puros y apasionados, tontos e inexpertos. Con la pureza de los buenos sueños donde entra de golpe la lascivia y la torpe ambición de ser feliz.) Y la voz era tan desolada, que él le apretó la mano y la besó en la mejilla. María se apartó con sorpresa y agravio. Lo miró desdeñosa: –¿Sos idiota?– dijo. Y levantó el brazo, en un envión violento, como para propinarle un empellón o un sopapo.

Tristán se asustó y se alejó a grandes zancadas. Corría casi. Cuando se sintió a salvo, se volvió y la miró. María se había quedado en el camino, pensativa. No obstante su tristeza, Tristán se sintió agradecido. Tenía por fin una palabra que no era un regalo, de la que podría apropiarse y cobijar sin injusticia. Todo está en orden, pensó.

María levantó la cabeza, adelantando la barbilla en un gesto orgulloso, y le hizo señas de que la esperara. Caminó tranquilamente a su encuentro, lo miró casi con pena por lo que él era, como antes, cuando siendo chico lo llevó hasta el baño, comprensiva de sus necesidades elementales.

–Perdón– murmuró, y Tristán movió frenéticamente la cabeza, incapaz de decirle: no me indiqués que te siga porque te sigo como un río a su cauce, no me des palabras que no son para mí.

Lo tomó de la mano. –No me conformo– dijo, y Tristán temió por ella.

Dios no nos quiere contentos

De nadie espero nada, más que una pequeña sombra de mis sueños, para que no mueran de tristeza o desamparo.

—¿Dormís, Tristán?

Tristán no contestó, caminaba semi dormido, tropezando en los cascotes de la calle, pero le apretó la mano que ella enlazaba con la suya. La voz de María sonaba decepcionada y solitaria. Yo seré sombra, decían los dedos de Tristán, fidelidad y amparo. Viviendo, no morirás de vergüenza.

—Estás dormido— dijo la voz de María, que se alzó firme y muy clara, con una decepción asumida, como cuando uno acepta por fin la soledad. ¿Quién la ayudaría, quién le enseñaría el empecinamiento en el orgullo? No Tristán, más perdido que ella, poseedor de su silencio y de ningún otro bien o sabiduría (porque ella ignoraba lo del canto), poseedor de la nada, que es eso lo que el silencio nombra cuando no puede quebrarse a voluntad. Separó su mano y se adelantó.

Con los párpados pegados, a ciegas, Tristán corrió tras ella y se le apoyó sobre la espalda. Al sentir el peso, María dejó de caminar, se quedó inmóvil. ¿Qué le decía? Tristán respiraba profundamente sus cabellos y sumaba esta nueva y tibia oscuridad a la de sus propios párpados. Sin temor, olía su piel de niña, la piel de su cuello sucio.

—Hablame— dijo, pero Tristán apretó más la cara contra sus cabellos, como esperando un gesto que le estaba destinado. Ella sintió que su soledad seguía; valerosa, alzó la mano y a tientas acarició la cabeza de Tristán.

Dijeron: –Vamos a conocer mundo.

Y el mundo era cuadrado, como antes de Colón, una casa cercada por muros iguales, a la que uno entraba empujando la puerta, sin necesidad de privilegios o permisos. El mundo se ofrecía fácilmente, en apariencia sólo pedía un gesto mínimo, ni siquiera producto de la voluntad, ajeno a la voluntad como nacer.

A último momento, frente a la casa, María no quiso entrar. Extrañaba el bullicio de los sábados, o el silencio provocado por las quejas de los vecinos.

Dijo: –Después venís a buscarme–. Tenía miedo, quizás intuía que toda facilidad es aparente. Tristán sonrió y la dejó sentada en la vereda. Ella había llevado una granada de cáscara oscura, moteada de manchas como la piel de un viejo. Antes de irse, Tristán la rompió en dos, en un zig-zag imperfecto que descubrió el interior del fruto, apretado y brillante. María acomodó su falda por debajo de las rodillas y empezó a comer los granos, uno por uno. –Me entretengo– dijo.

Tristán saltó la cerca que rodeaba la casa, atravesó un sendero y empujó la puerta, que cedió sin violencia y sin ruido.

Recorrió las piezas, muy amplias, donde había gente durmiendo. Los cuartos tenían ese aire que conservan los lugares donde se ha dado un baile, por una única vez, con muchas luces y alegría, y damas y caballeros bailando el vals, y después el ponche y las despedidas a través del besamanos y los guantes blancos. Los coches partiendo en la lejanía del amanecer, doblemente lejano en esa luz que no es luz sino intento, esfuerzo lívido, y aunque finalmente victorioso, tarda como para creer imposible que estalle en sol. Y luego, durante años, los cuartos con los postigos cerrados y el olor a humedad y el lento deterioro, la polilla comiendo la felpa de los sillones y el polvo trastornando y venciendo la limpieza.

Ahora sólo había camas en la casa, camas inmensas o pequeñas, donde dormía gente, como si nadie hubiera partido en carruajes o automóviles, o simplemente a pie. La contemplación de todos esos durmientes, mezclados los alientos y las respiraciones desiguales, pero tranquilas, le provocó un sueño invencible. Caminaba recorriendo las piezas con ansias de encontrar una cama vacía o un sillón donde recostarse un momento. De pronto sintió un roce tibio en su mano y descubrió a María. María niña con su vestido blanco, el que no se había manchado, y sus ojos oscuros y orgullosos.

Dios no nos quiere contentos

–¿Perdiste el miedo?– preguntó él, con cariño y con burla.

–Tristán, quiero dormir– dijo ella, y su voz se había vuelto frágil, como la de una niña cansada.

–Vamos a ver– la conformó él, con sosiego, y la condujo de la mano. Por ella, se obligó a mantenerse despierto. Yo seré sombra, fidelidad y amparo. Y abrió los ojos que claudicaban bajo el sopor creciente. En una de las habitaciones, hacia el fondo contra la pared, había una gran cama oscura con sábanas blancas. Y unas personas de alta estatura durmiendo. Se acercó y miró, las sábanas marcaban los cuerpos como sudarios y sintió el asalto de una terrible curiosidad y tiró hacia él el extremo de las sábanas, que al tacto resultaron rígidas y espesas. Los durmientes se despertaron, sentándose en la cama. Gigantescos, rozaban el techo con las cabezas. Las bocas eran tajos anchos y sombríos, donde toda voz era imposible, pero supo que protestaban por esa interrupción del sueño.

–¡Tristán! ¡Tristán!– María lo llamaba.

Estaba en otro cuarto donde una pareja dormía con un niño muy pequeño, de uno o dos meses, desnudo y con la piel casi traslúcida, mostrando la geografía de la sangre, como antes de nacer. María se trepaba a la cama porque había mucho lugar, apartaba al bebé hacia el costado abierto al suelo, y Tristán se lo impidió. Con una habilidad que desafiaba su inexperiencia, alzó al bebé para acomodarlo al lado de sus padres. Extrañamente, el bebé enderezó el cuerpo y se sostuvo con firmeza sobre sus pies. Después, como si recordara que el gesto excedía la resistencia de sus huesos, se aflojó y casi ciego aún, tanteó las sábanas. La madre levantó la cabeza, semi dormida, y con un movimiento blando y envolvente del brazo, pegó al bebé contra ella.

También el hombre se incorporó, debía estar enfermo porque al hacerlo, un líquido negro se escapó de su boca.

La mujer se apartó un poco y ganó otro lugar, aunque la cama se había estrechado misteriosamente, y reprochó a Tristán sin demasiado enojo, culpándolo de haber provocado en el hombre una curiosidad imprudente: –¿Qué hizo? Vaya a buscar un trapo para limpiar.

El líquido no se absorbía, se quedó sobre las sábanas como un estanque oscuro.

Tristán bajó las escaleras, cómo, se preguntó, si no recordaba haberlas subido, y en la cocina, que era inmensa, con gente atareada, en un trabajo que no era cocinar sino correr de un lado a otro, tropezarse, agitarse en un afán sin finalidad aparente, palpaban grandes ollas como las de un hospital, pidió un trapo limpio.

Lo miraron con sorna: –¿Limpio?

Tristán descubrió una sábana en el suelo, y una mujer, temiendo sus intenciones, puso un pie sobre ella. –¡Limpio!– repitió, exagerando el asombro y sin dejar de sujetar la sábana con el pie, giró el cuerpo hacia un armario cercano y recogió un trapo marrón, resto de alguna prenda, y se lo tendió entre vaharadas de polvo, preguntando, burlona: –¿Es suficiente?

Tristán sacudió el trapo, tan viejo que volaban partículas de tejido junto con el polvo, y corrió hacia arriba. Encontró fácilmente las escaleras, pero no el cuarto.

Erró desorientado por los pasillos y los cuartos con durmientes. Viejos acurrucados, mujeres, niños, pero no el hombre con el torrente oscuro que surgía de su boca. Bajó nuevamente, perdido.

Frente a la escalera, en la planta baja, a través de la puerta abierta de una pieza, descubrió a la mujer que le hacía señas urgentes, de pie junto a la cama. –Rápido, rápido– dijo la mujer, premiosa, y se desinteresó. Absorta, se puso a contemplar una gran mancha de sangre color naranja sobre las sábanas. No expresaba temor ni asco. Y había otra gente más mirando desde los pies de la cama. Comentaban la belleza del color, insólito referido a la sangre, entre sonrisas discretas. Se volvieron hacia él, con la mano tendida, reclamando el trapo.

–¿Está hervido?– preguntaron, y Tristán tuvo una sonrisa bobalicona. Entregó el trapo, que le dejó las manos terrosas. No lo empaparon en la sangre, levantaron las sábanas, Tristán vio un momento el cuerpo desnudo del hombre, tendido de espaldas, exangüe, y apoyaron el trapo a la altura de las caderas.

–¡Qué hueco!– dijeron, limpiándose las manos en los pantalones.

–Eso no importa– dijo la mujer. –Los huecos se llenan, si está completo lo otro– y se rió. Hundió la ancha mano abierta en su bajo vientre, lasciva, en un simulacro que pronto dejó de serlo porque gimió y se le aceleró la respiración.

Uno de los hombres le señaló la cama a Tristán en una invitación amable. Súbitamente, Tristán sintió de nuevo el asalto del sueño, los párpados pesados, la tentación de ese lecho, ocupado y manchado. También la mujer sonrió, invitante se acostó y se corrió sobre la sangre naranja para hacerle lugar. María no estaba. El bebé dormía a los pies del hombre, como un perrito en el sopor del verano, con los brazos y las piernas alzados.

Tristán retrocedió hacia la puerta, hasta tropezar con ella. La abrió y corrió buscando la salida. –¡María! ¡María!– gritó.

Ella estaba sentada en la calle, en el mismo lugar donde la había dejado. Tenía los dientes ennegrecidos por el zumo de la fruta. Alzó la cara hacia él. –Cómo tardaste– dijo. –¿Entramos?

Y Tristán contestó: –Ahora no. Todavía no.

El circo apareció en el pueblo sin la Ecuyere. Ella llegó tres días después, furiosa porque el Patrón se había olvidado de comunicarle el traslado y sólo por pura casualidad lo había localizado al tropezar con la imagen de dos leones en un diario vespertino. Corrían épocas de bonanza para el circo y se gastaba en publicidad. Pero antes de la mirada fortuita sobre los leones y sobre hoy 3 funciones 3, la Ecuyere había corrido de un lado a otro, tratando de recordar el itinerario del circo en sus giras repetidas. Las ciudades se destacaban claramente, sólo una vez Buenos Aires y otra Rosario, pero los pueblos se le superponían en la memoria. Los mismos pueblos de una fealdad agresiva, pero el hábito no hace al monje y las ciudades y los pueblos son como cuerpos, si hubiera podido comparar con ciudades prolijas y el interior de sus habitantes, la Ecuyere habría aceptado esa fealdad casi con regocijo. Acá, en esos pueblos de flores escasas, de vientos polvorosos, de erosión, no había mayor hipocresía. Y donde no hay hipocresía, hay mayores posibilidades de esperanza.

–¿No te avisé?– dijo el Patrón, con asombro genuino, desmentido por cierta socarronería en los ojos. –Mi mejor número– y el elogio desarmó a la Ecuyere, que perdía cabeza e inteligencia con entera facilidad cuando se trataba de lisonjas.

Para ahorrarse el hotel, porque jamás había condescendido en vivir en los camiones del circo, les cayó en la casa y se apropió de la mejor pieza, que era la de María, no estando en discusión la de los padres. María pasó al galpón del fondo y Tristán al patio. Invitó a todos al circo con una voz que no permitía la elección ajena. Sin embargo, el padre no tardó en enfermarse del estómago, y la madre, que aún rumiaba su desilusión con el seudo italiano, ya desaparecido en las sombras, se negó en redondo, sin gastarse en cortesías.

Rejuvenecido, el odio se instaló en la casa, desparramado generosamente esta vez por la Ecuyere ante lo que juzgaba una defección intolerable. Sólo lo atemperaba la pasión de Tristán, que era el único conmovido hasta los huesos por el arte de la Ecuyere. Conminado por ella, había ido al circo por pura docilidad, ignorando lo que podía depararle, pero esa docilidad se había transformado en una adhesión ferviente que no conocía fatiga, hubiera visto todas las funciones, hubiera comido y dormido circo.

María lo acompañó muchas veces, pero Tristán advirtió que no compartía su entusiasmo. De tal modo no lo compartía, que una tarde de sábado Tristán la buscó inútilmente por la casa, atenaceado por el tiempo que corría, hasta descubrirla en el terreno del fondo. Allí estaba, sentada sobre la tierra, poniendo en fila hormigas negras que preferían el peregrinaje al orden. La tocó en el hombro.

Sin volverse, María negó con la cabeza. –No voy– dijo, llenando a Tristán de confusión y pena.

Fue solo y lo dejaron entrar porque ya lo conocían. La Ecuyere, que tomaba mate antes de la función, lo saludó efusiva, con el brillo de sus dientes relumbrando en una sonrisa cariñosa. La admiración de Tristán despertaba en ella una profunda ternura.

–Vas a ver hoy– le decía siempre, con un tono cómplice, prometedor de participación y goce. Se prodigaba sin cansancio para él, porque Tristán cumplía su ideal de que alguien la mirara incansable, suspendiera su propia vida para vivir otra que nacía de su arte.

Obraba por vanidad, pero la vanidad era cáscara. Cáscara espesa que se iría aligerando con el tiempo, la verdad estaba en la correspondencia, en ésa que se producía entre Tristán y la Ecuyere, más importante que ellos mismos porque nacía personal, inevitablemente, pero lo superaba, los ojos de Tristán serían los ojos de todo el mundo, el arte de la Ecuyere sería su propia e íntima interrogación o respuesta, y también interrogación o respuesta de los otros.

Por el momento, la cáscara de la vanidad envolvía a la Ecuyere y le quitaba grandeza, pero no habilidad. No era ecuyere sino contorsionista. La traían hecha un nudo sobre una tarima y de pronto se desenredaba y se alzaba, grácil, bajo los estruendosos aplausos. Saludaba gentilmente y reiniciaba ante los ojos de todos lo que antes había consumado detrás de la lona, como para probar que no había trucos o que la buena magia es desafiadora del misterio. Con entera facilidad se transformaba en un sabio embrollo de carne. La mano derecha se deslizaba detrás de la espalda y aparecía delante de la rodilla izquierda, la concavidad de la rodilla izquierda ceñía el talón derecho, las caderas se desbocaban, la cabeza iba a los pies y un pie se escondía en la axila y otro asomaba, glotón, desde adentro de la boca. Se convertía en una pelota y dos ursos, que limpiaban también la jaula de los animales, aparecían corriendo y la revoleaban por el aire, y no se deshacía.

El circo se venía abajo del entusiasmo y, a través de los agujeros de la lona, ese entusiasmo subía a los cielos que, por fin, encontraban un motivo para regocijarse. Si el público hubiera tenido más cultura, habría pensado que era digna del Follies Bergère, pero ignorantes, la aplaudían y le dirigían elogios burdos, aunque sinceros, y algunas obscenidades. Tristán no aplaudía, trataba infructuosamente de juntar el índice con el meñique, y ante tanta propia torpeza, su admiración por la Ecuyere se transformaba en encantamiento.

Pero un día, la Ecuyere decidió ser ecuyere. Se había cansado de obscenidades, referidas casi siempre a íntimas cavidades de su cuerpo y a qué otras partes de su cuerpo o cuerpo ajeno podría meter en ellas, o ser ecuyere le parecía más poético. ¿Y qué es lo que ella no podría hacer, por otra parte?, pensaba con la imprudencia de los que aún no se han golpeado. Le dieron por lástima, o porque tenía labia y era ambiciosa, un caballo viejo lleno de cardenales que taparon con una alfombra raída a modo de montura, y ella se balanceaba de pie y ponía a todos con el corazón en la boca, como la trapecista, porque alargaba los brazos desesperadamente para mantener el equilibrio y en una de ésas, resbaló sobre la alfombra y cayó sobre el pescuezo de la pobre bestia, que lanzó un bufido y giró la cabeza para informarse con sus ojos de caballo, legañosos y tristes. Ella atinó a aferrarse de las crines, con lo que aumentó el peligro porque eran parte del maquillaje, y se le quedaron pegadas a las manos. Las sacudió y las crines, pajas teñidas de escoba, se soltaron y permanecieron vibrando en el aire, formando extrañas combinaciones.

Después de ingentes esfuerzos, la Ecuyere consiguió enderezarse torcida sobre la grupa. El caballo era gordo, así que tenía campo donde apoyarse, pero el movimiento apacible se veía bien que la desconcertaba porque en un tris no estuvo de irse de boca, no sobre el pescuezo de la pobre bestia, sino directamente sobre el suelo. Patinó, y todos contuvieron el aliento. Manoteó y en los gestos descontrolados quedó cubierta por la alfombra, pero tuvo presencia de ánimo para levantar la pierna y saludar con el pie. Oyó algunas groserías, le aconsejaban meter el pie en lugares que la decencia no nombra. Felizmente, el caballo se equivocó y en lugar de dar otra vuelta a la pista de acuerdo a lo programado, vio un espacio abierto que era salida de auxilio, y desapareció por allí, trotando muy ligero como si volviera a la infancia.

La gente aplaudió a rabiar, porque realmente los había emocionado y divertido más que la trapecista, que conocía su oficio, y nunca se caía.

Tristán se sintió desilusionado. ¿Si cantara?, pensó. Pero la gente comenzó a golpearle en la espalda porque de buena fe creyeron que se había atragantado. Pegaban fuerte y se entusiasmaban. Por suerte, los distrajo un payaso raquítico, tan pavoroso en sus gracias, que todos vieron la decadencia y la muerte, y se quedaron tranquilos.

Terminada la función, el payaso apareció con una escoba y se dedicó a barrer las gradas. Después de un rato, que ocupó en aumentar los cardenales de la bestia, la Ecuyere asomó la cabeza por la cortina que, entre dos soportes, servía como telón de fondo, y chistó a Tristán. Cuidaba a sus admiradores y Tristán había sido el más devoto. Sumido en su decepción, Tristán no se había movido del asiento y el payaso le barría los pies junto con la montaña de basura que había arrastrado desde lejos y que crecía cada vez más. Como no era su admirador, el payaso había agitado cómicamente la cara ante un Tristán insensible, le pegó en las pantorrillas con el palo de la escoba, desparramando basura, y Tristán se incorporó precipitadamente, de un salto.

—¿Qué tal?— le dijo la Ecuyere, por pura fórmula, refiriéndose a su actuación.

Había entendido el salto de Tristán como vehemente respuesta a sus chistidos, y lo recibió con un abrazo. Él se dejó apretar, oliendo el perfume de la Ecuyere, que no era pura piel de niña semejante a su propia piel, todavía indecisa, sino un perfume misterioso y penetrante que le hacía cosquillas en la nariz y lo mareaba. Entonces, ella lo creyó mudo de éxtasis, y en premio o agradecimiento, lo sobó más. Por un momento,

Tristán consideró las ventajas de la admiración y el asentimiento, pero la desilusión resultó más fuerte que él. Sonrió débilmente, con una sonrisa mezquina que la Ecuyere no vio, encandilada por su propia soberbia. El malentendido duró hasta el día siguiente, es decir, no duró nada, porque habitualmente los malentendidos duran la vida entera y, a veces, ni se cortan con la muerte.

La Ecuyere despertó al mediodía. Se preparó el desayuno y se lo llevó a la cama. Adoraba las costumbres placenteras de los ricos y las imitaba a su manera. Tristán rumiaba su desilusión del día anterior acodado en la mesa de la cocina, y la Ecuyere, como había soñado con la fama y admiradores sin cuento, todavía mal despierta, no observó su gesto entristecido y apaleado. Lo llamó para que le hiciera compañía.

–¿Qué tal?– le preguntó, reclinándose muellemente contra las almohadas grises y oliendo una flor marchita. –¿Me la trajiste vos?– preguntó, coqueta, olvidando que ella misma la había recogido de la calle, eligiendo la más fresca de un ramo mustio sobre un tacho de basura.

Esperaba verlo caer de espaldas ante el recuerdo de su figura sobre el matungo, de quien se quejó amargamente, no era artista y con esto estaba dicho todo. Pero en lugar de caerse de espaldas, él se encogió como ante un golpe imprevisto y puso ojos de carnero mal degollado.

La cara de la Ecuyere se veló, como si le hubieran tirado encima un montón de nubes oscuras, precursoras de tormenta.

Tristán abrió la boca, por honestidad intentaba, tímida y dificultosamente, aclarar las cosas, pero ella, a quien se le había despertado la intuición, que le nacía enorme y arrolladora para compensar el tiempo perdido en la inconsciencia, entendió lo inexpresado. Le arrojó la flor en la cara, como una piedra, saltó de la cama, manoteó el batón de la silla para perseguirlo decentemente porque él, ante la amenaza, ya corría por la calle, y ella detrás.

En la esquina del almacén lo alcanzó y le rebanó la cara con dos sopapos. Tristán consiguió zafarse del tercero y corrió, dio vuelta a la plaza en redondo y ella, más hábil, cruzó en diagonal, subió sobre un árbol y cuando él pasó, se le tiró encima. Se revolcaron en una polvareda que atrajo la atención de algunos viejos que tomaban sol apaciblemente y que se quejaron: –Peste de tiempo, cómo cambia–, y por suerte, un señor que pasaba en ese momento la reconoció, no obstante la polvareda, y le dirigió un saludo, felicitándola por el día anterior. Tenía cara de imbécil y gritó: –¡Excelsa!–. Ante ese elogio, nunca escuchado, la Ecuyere se limpió los labios, negros de tierra, y contestó con una sonrisa afectuosa mientras se le escapaba un hondo y reparador suspiro. Esto la distrajo y bajó la guardia.

Entonces, Tristán aprovechó para reptar velozmente por debajo del cuerpo de la Ecuyere, que ella había alzado levemente en la conversación con el extraño, ponerse luego en cuatro patas, después en dos, y salir como tiro.

Creyó desconcertarla con su rápida huida, pero se equivocó. Apenas el admirador desapareció en un

Dios no nos quiere contentos

ángulo de la plaza, ella comenzó a trotar de nuevo, con más ánimo ante el fervor ajeno. Tristán llegó al límite del pueblo y avizoró el descampado que llevaba al río. Ella ganó distancia otra vez saltando por encima de unos charcos que él se había visto obligado a sortear, y desesperado, porque le pisaba los talones, en la orilla del río se lanzó al agua y nadó hasta la otra orilla. Ella no vaciló, se lanzó a las aguas con batón y todo, nadó con la cabeza afuera para no estropearse la cabellera, y Tristán se creyó perdido. Le faltaban las fuerzas y la Ecuyere emergía ya de la orilla. Mamá, dijo Tristán sin voz, chorreando agua.

Con el rabillo del ojo, percibió a la Ecuyere corriendo detrás de él, con la cabellera impecable y una sonrisa feroz y vengativa, que se dulcificó rápidamente ante la inminencia del triunfo. Cuando ya arañaba la espalda de Tristán con los dedos, él pisó el vacío de un pozo, de donde habían sacado arena o tierra vaya a saberse para qué usos, rellenar una laguna, y se cayó dentro. Para salvación de Tristán, ella no veía bien, aunque no lo confesaba, y oteó largo rato el horizonte ante la desaparición inexplicable. Luego miró dentro del pozo y Tristán casi se alegró porque terminarían sus penas. Pero ella no observó más que negrura. Desandó camino, con el batón chorreando, más airada todavía, meditando venganzas contra el ultraje inmerecido.

En la noche avanzada, Tristán salió del hoyo con trabajo y emprendió el camino al hogar. En la calle había unas brasas, restos de fuego. Revolvió con un palito, sacó un poco de estopa de su colchón y algunas porquerías que sólo por fragmentos chamuscados reconoció con dolor como suyas. Tiritando, se quedó al lado del fuego, demasiado débil para darle calor. No se atrevió a entrar. La Ecuyere podía esperarlo detrás de la puerta, en la oscuridad, con un hacha enmohecida. Pero la Ecuyere dormía, junto con su furia y resentimiento transformados en una congoja profunda. Alguien que dice mal de nosotros, que nos expulsa de su corazón, crea tinieblas en el amor del mundo.

María apareció en la puerta. –¿Qué hacés ahí?– le dijo, y lo tomó de la mano. Tristán se resistió. –No seas bobo– dijo ella secamente, y le tocó la cara fría.

A través del pasillo oscuro, que él intentó penetrar con aprensión y angustia, lo llevó al galpón. –Dormís conmigo– dijo, indiferente a la reprobación ajena. Había tendido una manta en el suelo y con sus vestidos doblados había confeccionado una almohada transparente. Tristán se dejó caer sobre la manta y ella le alcanzó un tazón con sopa y un pedazo de pan, que había reservado de la comida de la noche. No había comido para enfrentar con un buen pretexto las suspicacias de la madre, y se había mostrado dulce y cariñosa, tan dulce y cariñosa que la madre había dicho –Esta chica está enferma– y la dejó marchar con su botín. La sopa estaba fría y la cuchara se sostenía vertical entre la espesura de fideos. Pero Tristán no tenía ganas de comer. Se desplomó, muerto de fatiga y de susto, aplacado, sobre la manta en el suelo.

María buscó unas tijeras y le limpió las uñas, rotas y llenas de tierra. Meneó la cabeza, contemplándolo. La admiración de Tristán por la Ecuyere la apenaba. Las maravillas del arte de la Ecuyere sólo la habían conmovido fugazmente. Ella no se concedía respiros, miraba y después se encontraba idéntica a sí misma. Con los otros sucedía igual, y decidió: tiempo perdido.

Le tocó los cabellos. –¿De qué tenías miedo?– le dijo, pero él ya se había dormido y no la oyó. Entonces, le acarició la cabeza y se acurrucó a su lado, en el suelo, con la mano de Tristán guarecida en la suya.

María lo acariciaba, pensó Tristán entre sueños, e hizo un esfuerzo para despertarse, para gozar despierto del gesto que lo perturbaba, como perturba la luz a la oscuridad. –María– murmuró, mientras ella sujetaba su mano con firmeza y lo obligaba a ponerse de pie. Le parecía que aún huía de la Ecuyere y estaba cansado y le perduraba el miedo, pero María encendía la luz y mostraba las paredes de una habitación desconocida.

–Olvidate de la Ecuyere– dijo María, como si él hubiera contestado su pregunta, la que no había escuchado porque estaba dormido: ¿de qué tenías miedo? –Nadie te persigue.

Con trabajo, Tristán abrió los ojos y vio a María repetir su gesto de encender la luz, ya encendida. Estoy despierto, pensó, y abombó el pecho, un gallito dispuesto a la pelea, y dijo: –¿Quién va a perseguirme a mí?

Estaban en el hotel, un poco aturdidos después del viaje, y con esa sensación de felicidad ligera que trae la aventura del conocimiento con una ciudad extraña, de probada belleza. Habían abierto la valija, colocado en los cajones unas pocas prendas, la muda para el baño. Colgaron los abrigos y contemplaron juntos, excitados y contentos, las perchas, los estantes de madera lustrada. Tristán se descalzó y escondió los zapatos debajo de la cama. Caminó gozoso sobre el espesor de la alfombra. Una tierra blanda que no permitía caídas sino deslizamientos. Se volvió hacia María con una sonrisa, que ella contestó con una carcajada breve, un poco tonta como se revela siempre la ingravidez de la felicidad. Tristán acentuó su sonrisa, envolviéndola en una malicia tierna porque veía a María tonta, impensable, increíble descubrirla tonta, a ella, que estaba cargada de pensamientos, y eso lo conmovía.

María se cubrió la boca con la mano, riendo, y dijo:
—No me mirés.

Y en ese momento alguien abrió la puerta sin llamar. Era una mujer de servicio, con un montón de toallas sobre el brazo, que dijo fríamente: —Tienen que dejar el cuarto—. Y entró seguida por todo un grupo de gente, dos hombres con caras de patibularios y varias mujeres, rollizas y ruidosas. Cargaban valijas y botellas.

—¿Qué?— dijo Tristán.

Y los otros abrieron las valijas sobre la cama, ignorándolos, y ponían sus ropas en los cajones, desdeñando que ya estuvieran ocupados por ropa ajena. María corrió hacia el ropero y descolgó su abrigo, que sostuvo apretado contra el pecho, y Tristán buscó los zapatos debajo de la cama y se los calzó, con tanta urgencia que los dedos se le enredaban en los cordones. No debí despertar, pensó Tristán, porque casi era preferible la persecución de la Ecuyere, aunque ahora no sentía miedo sino una furia incontenible. La mujer de servicio lo observaba despreciativa y cambió de brazo las toallas que llevaba para reemplazar las que ellos no habían usado. "La prisa no aterriza, la prisa no aterriza", cantó burlona y estúpidamente, y Tristán le dijo, colérico: –Nos marchamos–, esperando que reaccionara y se deshiciera en disculpas. Pero ella siguió con su cantito que terminó por tararear entre los dientes. Entonces Tristán abrió los cajones para retirar las pocas prendas que habían guardado y urgió a María, a quien las mujeres querían hacer beber, para que lo ayudara. Pero ella no se movió. Torcía la cabeza, con el gesto torpe de un pájaro golpeado, y se negaba a las incitaciones de las mujeres con una sonrisa asustada.

Uno de los hombres dijo: –Un momento– y se ubicó al lado de Tristán, vigilándolo con desconfianza y acomodando lo que Tristán tocaba.

–Bajo a reservar el regreso– dijo a María, porque de pronto, no sólo el hotel, también la ciudad desconocida había perdido todo atractivo, la idea de caminar por esas calles, cuyo descubrimiento había imaginado gozoso, le resultaba insoportable. Bajó y en el camino recordó que el dinero y los pasaportes habían quedado arriba, en el cuarto invadido, con la sola custodia de María, inerme y rodeada por las mujeres.

Se acercó al mostrador y explicó lo que sucedía a la encargada, que lo atendió tranquilamente, sin inmutarse mientras se sacaba la cutícula con un palillo de naranja y la cortaba con los dientes.

–No puede ser– comentó.

–Sí– dijo Tristán, bailando de impaciencia sobre sus pies, no asustado, pero sí inquieto, con la inquietud agrandada y despareja como cuando uno sueña una pesadilla: –Resérveme pasajes de regreso. Nos vamos.

Pero no, señor, pensó que diría la mujer, disculpándose, y le pareció que prorrumpiría en explicaciones, no del todo coherentes a causa de la ansiedad. Una confusión absurda de la mujer de servicio, indeseables en el hotel, en una ciudad imaginada para el goce de viajeros, con fronteras y aduanas celosamente controladas con el fin de filtrar lo podrido de lo sano, ¿cómo era posible?, pero era posible, un batir de los párpados un poco lento, una cutícula reacia, y lo indeseado sucede y los indeseables se incrustan como espinas entre las personas decentes.

–Nos vamos– repitió Tristán. Y ella reprodujo, sin brutalidad ni burla, pero con la misma indiferencia, la actitud de la mujer de servicio. Aceptó en seguida, levantó el tubo del teléfono, discó un número y dijo: –¿Adónde?

Y Tristán no consiguió recordar el lugar. –Terra... terra...– balbuceó.

–¿En Italia?– dijo la mujer, apacible, bastante interesada ahora, porque cortó la cutícula y la masticó absorta.

–No... no...– ¿En qué lugar era? ¿De qué lugar venían? ¿Cuál era la tierra que les pertenecía por nacimiento? La madre que a veces decapitaba a sus hijos. No la recordaba y en la ausencia de memoria se le presentaba amable y tierna, preferible a ese lugar de extrañamiento.

–¿No recuerda?– dijo la mujer del mostrador contenta, con una satisfacción visible, y colgó el tubo.
–Arriba tengo los pasaportes. Venga conmigo.
–¿Dejar el mostrador? No puedo–. Y se le terminó el interés y le dio la espalda.

Tristán abandonó el hall y buscó el ascensor, acuciado por el pensamiento de María, rodeada por esa gente, y el dinero y los pasaportes en la valija. Una multitud compacta esperaba turno delante de las puertas. Alguien jugaba con uno de los ascensores porque el indicador iluminaba el círculo del sexto piso, y luego el quinto, y volvía a iluminarse el sexto piso y el ascensor no descendía nunca.

–¿Dónde está la escalera?– preguntó a un botones.
–No hay escaleras– le contestó con malos modos.
–Espere el ascensor.

Esperó largo tiempo y finalmente, cuando bajó uno, la gente se precipitó sin aguardar a que se desocupara por completo. Tristán empujó y consiguió entrar forcejeando, pero una mujer le gritó –¡Espere el turno!– y lo expulsó hacia afuera. La gente lo miraba reprobadora, con comentarios ofensivos. Aludían a los extranjeros que aprovechan la hospitalidad para propasarse, y un muchacho, casi adolescente, ante la impunidad que le ofrecían las puertas que se cerraban, bajó el brazo hacia su sexo en una burla obscena, vindicativa y triunfante, que los otros festejaron entre risas. Tristán sintió que sus orejas ardían.

El ascensor subió y el indicador volvió a marcar alternativamente el quinto y sexto piso, y otra multitud se formó. Pero, por suerte, descendió el segundo ascensor y Tristán se abalanzó sudoroso, apretado y casi asfixiado por la gente. Un tiempo eterno se demoró entre el quinto y sexto piso, sin que nadie subiera ni bajara, con la gente aceptando estólidamente el juego inexplicable, y cuando las puertas se abrieron ante su piso, Tristán consiguió salir a duras penas y se precipitó hacia el cuarto.

Las mujeres habían olvidado a María, que estaba arrinconada contra la cama, y los hombres hurgaban en su valija. Tristán gritó y se enfrentó a los hombres, que se apartaron con una excusa. Tanteó entre la ropa y en el fondo encontró monedas desparramadas y los pasaportes, pero no el dinero. Los hombres se habían recostado en la pared y se miraban francamente, con satisfacción y socarronería.

Alcanzó a entrever en el otro cuarto a las mujeres, tendidas sobre hamacas paraguayas. Charlaban y reían entre ellas, balanceándose, y se pasaban vasos con bebidas.

Tristán rodeó a María con su brazo. –Vamos– dijo, y tomó la valija. Había recordado de qué lugar venían, y no sabía si alegrarse. La memoria le traía un país áspero y duro. La madre que decapitaba a sus hijos, que los gestaba con ternura, ignorante ella misma del destino que les deparaba. Nacían y los habituaba al campo inmenso, a los horizontes infinitos sobre el mar, a los sabores no gastados aún, y cuando los hijos crecían y pensaban, qué hermosa tierra si..., se hacía violenta por el si dubitativo y no deseado, los enmudecía, y la magnitud del paisaje se traducía en inmensidad de crueldades y de muertes. ¿Adónde iba Tristán? ¿A qué tierra?

–Vamos– dijo Tristán, con la intuición de que no estaba en ninguna tierra extranjera, de que el viaje, e incluso el respiro de la excitación y la felicidad, había sido un engaño.

Los hombres abandonaron su lugar contra la pared y se acercaron a la puerta. La flanquearon mientras observaban a María con una apreciación lenta y sostenida. Tristán acentuó el peso de su brazo, tranquilizadoramente, y la empujó.

Ella lo siguió dócilmente porque la ignorancia la volvía confiada, y Tristán no quiso sacarla de su error, la angustia está hecha también de pequeños pasos de equivocaciones ajenas, de esperanzas irrazonables a las que otorgamos complicidad por amor y quizás por piedad hacia nosotros mismos.

Pasaron a través de los hombres, que no se movieron, y salieron del cuarto. En el pasillo los encontró el botones. –¿Dónde van?– dijo, acentuando la grosería del tono. –Allá está la escalera– y señaló un hueco oscuro.

En la calle, María se apoyó contra Tristán, el roce cálido de su mejilla, su voz que musitaba, fervorosa y agradecida –Me salvaste, Tristán. Me salvaste.

Al día siguiente, la Ecuyere había olvidado su enojo. Muy temprano, Tristán oyó su voz que lo llamaba, afectuosa, desde su cuarto.

–No vayás– dijo María, que se había separado de Tristán antes de que despertara, –Te quemó todo, no vayás–, pero Tristán se sintió revivir y corrió.

La madre de María, que soportaba estoicamente pésimas mañanas, aparte la crisis de nervios que le había provocado la hoguera la noche anterior, vio a Tristán correr por el patio hacia la pieza de la Ecuyere, y se le puso delante. Tristán la tropezó y entonces ella le pegó una bofetada, directa y contundente: –¿Por qué grita ésa?– dijo, persiguiendo a Tristán. –¡Se cree una princesa!

Tristán corrió, con una mejilla roja, los cinco dedos estampados, y entró en la pieza de la Ecuyere. Le escocían los ojos. Ella observó el brillo precursor de las lágrimas, creyó que era pura emoción por el reencuentro y le tendió los brazos, conmovida.

El viento había aullado toda la noche, y aún seguía. Se metía por las ranuras de las ventanas, depositándose sobre las tazas del desayuno. –Tuve insomnio– dijo la Ecuyere, que había desayunado temprano, señalando su taza, con un oscuro reborde de tierra. Se embozó en una capa y lo invitó a pasear. Tristán siempre iba dos pasos más atrás, por respeto, y ella solía estirar el brazo flexible, se lo pasaba por los hombros y caminaban así, manteniendo las distancias.

Cuando habían caminado un largo trecho, raleaban las casas y el descampado se abría ante ellos, la Ecuyere se detuvo, pensativa. Por precaución, Tristán se separó un poco, dispuesto a correr de nuevo, porque creyó que el descampado podría revivir en la Ecuyere deseos de persecución y venganza. Pero ella estaba inmóvil, mirando la lejanía del día anterior, y musitó para sí, como si hablara sola –Qué porquería, ¿eh?– y sonrió con tristeza.

Tristán corrió hacia ella y le ofrendó una calurosa sonrisa, negando. La Ecuyere luchó un momento con su vanidad que quería imponerse, soberbia, pero recordó la función, sus errores de gracia y equilibrio, y se le ensombreció la cara. Ni siquiera podía odiar al matungo, víctima escarnecida. Ni a Tristán, que hubiera podido alentarla. Pero es así, cuando uno se equivoca, todos nos tiran cascotes.

Tristán, que seguía atentamente el curso del pensamiento de la Ecuyere, dio un paso hacia atrás, y luego dos adelante. Ella repitió –Qué porquería– y cobijó un rato esta verdad, aunque le doliera, porque era vanidosa, pero no tonta. Y después le abrió la jaula. No hace

Dios no nos quiere contentos

falta tener la verdad siempre con uno. A veces, es compañía pesada. Mejor que esté en el aire, en el olvido.
Nada terminaba, todo crecía. Sólo es necesario un poco de animación, concederse la confianza. Había un árbol cercano y de un salto la Ecuyere se prendió de una rama, que crujió peligrosamente bajo su peso y luego decidió sostenerla. Se balanceó mientras guiñaba los ojos por el sol y llamó a Tristán con una sonrisa radiante. –¿Sabés qué estoy pensando, Tristán?– dijo. –Trabajar en el trapecio.

El circo se fue sin la Ecuyere. Cuando ella llegó para la función de las tres de la tarde, acompañada de Tristán, a quien el fugaz examen de conciencia de la Ecuyere había encadenado nuevamente, en lugar de la carpa encontraron el redondel pelado.
–¡Yo lo mato!– dijo la Ecuyere, refiriéndose al Patrón, que así la despreciaba y que, para colmo, se había ido sin pagarle.
Arrastró a Tristán por toda la ciudad. Buscaba el circo por lugares posibles, como lúgubres descampados, o imposibles, como pequeños baldíos ahogados entre casas de departamentos. María los veía partir cada mañana con su rostro cerrado. Le costaba hablar, no quería pedir nada a los otros que no fuera naturalmente concedido. No obstante, un día le dijo: –Tristán, ¿adónde vas?
Tristán pensó, ¿cómo explicarle? Lo que buscaba María, tan niña aún, no conseguía saberlo, pero lo

que buscaba la Ecuyere era cantado, podía pegarse sin esfuerzo a esos propósitos de la Ecuyere de trabajo y de fama. Y quizás, siguiendo el camino de los otros, encontraría el suyo, que era cantar, desprender las palabras de su sujeción de pequeñez y tierra. Un camino en el aire donde su propia voz lo arrastraría. María estaba muda o su camino era difícil, como todo camino que se asienta sobre el desdén y el orgullo.

Se acercó y la besó. Ella alzó la mano con la intención de limpiarse el beso que le humedecía la mejilla, cambió de idea e inutilizó el gesto en el aire.

—¿No querés ir a la casa?— le preguntó, y él negó con la cabeza. Se había cansado de dormir al campo raso, después de mirar a los hombres o la felicidad ajena desde tan lejos. Sabía también que la felicidad ajena es siempre un espejismo, no así la desdicha, más segura. La desdicha salpica y la felicidad no.

—Podemos entrar— dijo ella y él se asustó como si le hubiera propuesto algo terrible.

—¡Tristán!— lo llamó la Ecuyere, autoritaria. Y él sonrió a María torpemente y se fue con la Ecuyere.

Y ese día fue afortunado. Descubrieron el circo y cuando el Patrón vio llegar a la Ecuyere, abrió los brazos y le dijo: —¡Qué suerte encontrarte!

La Ecuyere estaba pálida de rabia. Él le pagó la mitad de lo adeudado y la aplacó mostrándole un foco que la iluminaría espléndidamente, una luz enceguecedora, sólo para ella, el resto trabajaría a oscuras. No basta el arte, hay que ayudarlo. Preparar el terreno, manejar la indiferencia de los abúlicos que a veces necesitan que les digan: miren esto y no lo otro.

Dios no nos quiere contentos

–¿Cuándo empezás?– la urgió el Patrón, con un rostro de consistente hipocresía. La menor dilación de la Ecuyere lo condenaría al fracaso. –Mañana instalo el foco. Y Tristán no comprendió por qué mañana si el foco era una lamparita que podía atornillarse en cualquier lado. Pero en cosas de la fama la Ecuyere perdía la cabeza. Se conformó fácilmente.

–Mañana– dijo.

–Mudate cerca– aconsejó el Patrón, porque ni pensar en repetir el viaje todos los días. Tenían en vista una larga temporada.

–¿Dónde me mudo?– preguntó la Ecuyere, mirando a su alrededor. Era el vacío, pero más lejos, entre una nube de polvo, empezaba el pueblo, una larga cuadra asfaltada llena de casas rasposas.

–Hay una para alquilar– dijo el Patrón, y Tristán y la Ecuyere caminaron hacia el pueblo para ver la casa, que era una casilla. Pero la Ecuyere dijo –Tiene buena luz– y se conformó, la inminencia de volver a trabajar la transformaba en una criatura complaciente y sumisa. Y encima el halago del foco. Se tragó las excusas del Patrón de que se había olvidado de comunicarle el traslado del circo e incluso lo disculpó. –El pobre tiene tantas preocupaciones– dijo neciamente.

–Vamos, vamos– dijo la Ecuyere con urgencia, acusando a Tristán de que se demorara en la contemplación de las paredes. Tenía que preparar la mudanza. Cerró la puerta de la casa y se quedó con el picaporte en la mano. Regresaron a la estación y Tristán no se explicaba qué mudanza porque las posesiones de la Ecuyere cabían en una caja de fósforos.

En la estación, la Ecuyere dejó pasar muchos ómnibus, para ella venían demasiado llenos, y repetía: "A mis soledades voy, de mis soledades vengo", y Tristán la oía sin comprender, hasta que ella, harta de la falta de respuesta, lo pellizcaba, y le decía: –¿Entendés?

Él entonces asentía con ganas de tomar el ómnibus y sentarse. Pero de las cinco se hicieron las seis, y los ómnibus venían cada vez más repletos, con la gente mal vestida y deslomada por el goce del trabajo, y el tiempo pasaba y la Ecuyere no se decidía. Pero, por suerte, un viejo desdentado la atropelló en la cola y giró la cabeza porque había nacido en una época un poco más cortés, y le dijo –Disculpe– con una sonrisa de pura encía, y la Ecuyere interpretó la sonrisa como un reconocimiento de su fama y bruscamente dijo: –Tomemos éste–, que era un ómnibus mucho más repleto que todos los que había dejado pasar. Y Tristán alcanzó a poner un pie sobre el pie de la Ecuyere, que lo sujetó por la cintura y lo sostuvo en el aire mientras el ómnibus arrancaba.

El gentío los separó al cabo de un rato. La Ecuyere se dobló hasta convertirse en un nudo y se sostuvo del techo con una mano, y en tanto conversaba con el viejo, que le hablaba del circo Sarrasani.

–Pero a mí, ¿me vio?– decía la Ecuyere, y se desplazaba por el techo, y los que estaban sentados aplaudieron porque los que iban de pie estaban tan apretados que hasta la respiración se les tornaba dificultosa. Tan cansados también que nada los sorprendía ni necesitaban, salvo un asiento.

En Constitución, subió una señora con un bolso y un bebé. De inmediato, los sentados se pusieron a dormir, con pesadillas y suspiros. Sólo dos chicas, bastante jóvenes como para no seguir la corriente de la mayoría, rechazaron la seducción del sueño. Parloteaban en el asiento delantero y, sin cautela, alzaron la vista hacia la madre que oprimida y ocupada con el bolso y el bebé, no tenía de dónde agarrarse con comodidad.

–¡Ah, qué hermoso!– dijeron las dos al mismo tiempo, y una de ellas, al advertir lo dificultoso del sostenimiento, tendió los brazos hacia el bebé y dijo: –Démelo.

Pero la señora dudaba. Cuando alguien le sacó el puño de la boca –No se queda con nadie– dijo.

–Así no puede viajar– contestó la otra. Y miró a su compañera buscando solidaridad en la muda repulsa que experimentaba por esa mezcla de torpeza y egoísmo, ¿cómo esa mujer iba a sostener a su criatura, sostenerse? Pero un codo se le incrustó a la madre en el omóplato y el dolor fue tan intenso que por poco no soltó al chico, así que se decidió, repitiendo no obstante –No se queda con nadie.

La chica tomó al bebé cariñosamente, y el bebé miró despavorido el rostro extraño y comenzó a llorar. La chica lo hamacó sobre sus rodillas, lo que fue contraproducente ya que aceleró el vaivén del ómnibus, y el bebé boqueó, mareado. Entonces, ella paralizó sus rodillas, hurgó con una mano en su cartera y sacó un lápiz de labios. El bebé se entretuvo absorto hasta que consiguió extraer el lápiz del estuche, y la chica, que lo controlaba, jugó de Destino, –Muy bien– aprobó contenta, y volvió a meter la barra en su lugar.

Quizás por esto, porque se le arrebataba el goce que se prometía de ensuciar todo, o porque alzó los ojitos y creyó ser tragado por la sonrisa inmensa que se abría sobre su cabeza y que conducía a una caverna oscura y honda, el bebé dejó caer el lápiz y berreó como si lo mataran. Entonces, la chica se lo pasó a su compañera y, sin abandonar el asiento, se inclinó buscando el lápiz por el suelo.

A la segunda cara extraña, vista tan cerca, el bebé sufrió otro ataque de terror. La chica lo arrimó a la ventanilla, con tan mala suerte por las sacudidas del ómnibus, que la frente del bebé chocó contra el vidrio y con más razón todavía no quiso saber nada de las posibilidades de distraerse mirando las calles oscuras que pasaban velozmente.

–Démelo– dijo la madre, tendiendo los brazos, pero el flujo de los pasajeros, subiendo veinte y bajando diez, la había llevado hacia el fondo. Un grupo ayudó oficiosamente, pasando el bebé de mano en mano, y consiguió recuperarlo. Hizo un movimiento para acomodarlo en la ternura de sus brazos, calculó erróneamente y la cabeza del bebé pegó y rebotó con un ruido hueco contra el techo. La Ecuyere hubiera podido distraerlo con sus habilidades, pero seguía conversando con el viejo, que insistía con el circo Sarrasani.

–Pero a mí, ¿me vio?– repetía la Ecuyere, hecha un nudo en el techo.

El viejo no contestó. Dijo: –Circos eran los de antes– y vívidamente se recordó, con pantalones cortos, no en el circo, sino jugando en la calle, y la voz se le tiñó de nostalgia.

Trastornada por la comparación que la ofendía, la Ecuyere aflojó la mano y cayó sobre hombros y cabezas.

Se rehizo en seguida, rozó al viejo, que desapareció en el suelo, despatarrado entre un intersticio de cuerpos, y con un envión, sabiamente calculado, se desprendió de esa humanidad confusa y se instaló nuevamente en el techo.

–Circos son los de ahora– rugió. –¿Por qué habla? A mí, ¿me vio?

Pero el viejo estaba ocupado en recomponerse, por otro intersticio consiguió filtrarse hacia arriba y no le prestó atención. Intentaba tragar el aire viciado como un recién nacido la primer bocanada que lo incorpora al mundo, respiró y ahí terminaron las similitudes con un nacimiento demasiado distante, se le mezclaron los recuerdos y con la vista alzada hacia la Ecuyere, que ya empezaba a odiarlo, dijo –El Sarrasani... Jugaba a la bolita, tenía pantalones cortos...

Fue excesivo para la Ecuyere, que, accidentalmente o por venganza, le hundió un pie en la boca y lo interrumpió preguntando –Pero a mí, ¿me vio?

Separó el pie y lo recuperó, dejándolo oscilar fuera del nudo como advertencia, pero el viejo se había extraviado en otro tiempo, donde caminaba sin otra guía que su propia nostalgia. –El Sarrasani– balbuceaba, babeando.

La chica del primer asiento seguía buscando el lápiz de labios, tocó tobillos y piernas, levantó zapatos y zapatillas, se familiarizó con la mugre del suelo y lo dio por perdido. –Por ser buena– comentó acremente a su compañera, pero no lo lamentaba demasiado, la barra estaba gastada y era de un color ciclamen fuera de moda. Se alegró de que la obligaran a comprarse otro y ser coqueta. Conmovida por el llanto del bebé, que le horadaba fastidiosamente los tímpanos, se alzó de rodillas sobre el asiento y tendió los brazos.

La madre abandonó otra vez al bebé, que tenía los ojos en blanco, atontado por el golpe contra el techo. Procedió a regañadientes, pero con una sensación de alivio porque la fatiga de la situación la superaba. Pasando por otros brazos, el bebé efectuó el camino inverso y cayó sobre la falda de la chica. –Tengo un caramelo– dijo exaltada, en pleno goce de desprendimiento, y el bebé pareció reaccionar, plantó de nuevo la cabeza sobre el cogote y volvió los ojos a su lugar. Pero en ese instante se produjo una brusca frenada, el chofer alzó los brazos y a puñetazos desalojó a los que habían caído sobre él, turros, dijo furioso, no obstante las películas sobre comportamiento humano que pasaban en el cine, con intenciones de mejorar la sociedad. Y arrancó más bruscamente, tanto que cuando el bebé abría la boca para recibir el caramelo, éste siguió de largo, le endulzó avaro el filo de la oreja y cayó al suelo.

–¡Qué mala suerte!– dijo la chica, y volvió a pasar el bebé a su compañera, que no era tan cariñosa. Comenzó a buscar el caramelo, como antes el lápiz, por debajo de los asientos, pero sin despegar el culo no tenía mucho campo de búsqueda. Alguien movió el pie con una intensa sensación de felicidad y el caramelo se disgregó, aplastado. La chica efectuó un gesto de resignación dolorosa y se enderezó sobre el asiento. Buscó al bebé, que su compañera, menos paciente, había cedido a un señor con barba. El bebé se la había tironeado y el señor lo había pasado a una señora, dos asientos más atrás, que había gritado oportunamente –¡A mí! ¡A mí!

La señora, que llevaba a un chico de diez años sobre las rodillas, desocupó una y ubicó al bebé en ella. Pero el chico de diez años se puso celoso de que la madre recibiera a un bebé extraño, así que tomó la manecita del bebé y comenzó a retorcerle los dedos mientras le sonreía.

Se oían las voces de la madre llamando al bebé. Lo había perdido de vista, pero viajaba lejos y disponía de tiempo. Poco a poco, a medida que se acercaba a la terminal, el ómnibus se fue quedando vacío. Descendían en racimos compactos, casi vomitados por las puertas, y sólo subían algunos despilfarradores que no querían caminar. Los que descendían recuperaban el uso de los pulmones, respiraban en un vano intento de oxigenar el cerebro y se perdían en la noche.

La madre buscó al bebé entre los asientos libres. Recorrió el ómnibus, movió a un dormido, miró debajo de los asientos. Interpeló al chofer y él le contestó groseramente porque cuando llegaba a la terminal ya no era dueño de sí. Se contuvo, no obstante, y remató los insultos cortésmente.

–Yo no soy responsable de los pasajeros– dijo.

Alguien se había llevado al bebé por inadvertencia, y no tardarían en devolverlo porque si fuera plata sería otro el cantar. –¿De qué se queja?– dijo. Había tenido suerte porque de la plata, y no del bebé, sí que hubiera podido despedirse eternamente. Todo era cuestión de paciencia.

–Ya se lo van a traer– la conformó risueño. Apagó las luces del ómnibus y la invitó a bajar.

La Ecuyere y Tristán habían descendido a mitad de camino. La Ecuyere, que no había podido apartar al viejo de sus recuerdos del circo Sarrasani, –Pero a mí, ¿me vio?– había preguntado inútilmente, descendió del ómnibus en hombros de los que bajaban. Aún seguía hecha un nudo, pero cargado de frustración. Con un suspiro, se desperezó sobre la calle y al abrir los brazos, se le cayó el bebé que, después de tantas fatigas, estaba dormido como un tronco.

–¿Y esto?– dijo inclinándose.

Lo levantó del suelo con precaución y lo depositó en brazos de Tristán. El bebé abrió los ojos, vio la cara de Tristán, que lo miraba muy serio, y se volvió a dormir.

La Ecuyere no le preguntó si iba con ella: lo descontaba. –Me llevás la valija– dijo, como otorgándole una condecoración, y Tristán, que sostenía al bebé en brazos, lo apoyó sobre su pecho, sujetándolo sólo con la mano derecha y con la izquierda alzó la valija, tan llena que amenazaba explotar. El bebé había tenido suerte, una vecina, con hijos en el servicio militar, le había traspasado una enormidad de pantalones zurcidos y pullóveres de lana apelotonada.

La noche anterior, la Ecuyere había corrido a la terminal mientras la madre del bebé, con la imprudencia de la desesperación, había corrido a la comisaría. En la terminal, no estaba el chofer del ómnibus sino otro, igualmente malhumorado.

–Se perdió– dijo la Ecuyere.

–A mí no me la cuente– contestó el chofer, harto de que le ofrecieran bebés y no dinero. La gente se concedía sus gustos sin precauciones y después pretendía que otros cargaran con las consecuencias. –Llévelo a la comisaría– remató, con ganas de que lo dejaran en paz. La inminencia del trabajo le hacía doler los riñones, le encrespaba la irritación.

–¿Comisaría?– repitió la Ecuyere, y miró al bebé, que suspiraba entre sueños, y no se sintió con ánimos. La palabra le provocaba resistencia, vagas aprensiones. El bebé no parecía fastidioso, tenía una cara tierna bajo la mata de cabellos enrulados.

–Bueno, bueno– dijo la Ecuyere, falsamente entusiasta. –¡Excelente idea!– y empujó a Tristán, que se había quedado paralizado como si debiera entregar el bebé a los leones. La comisaría, pensó el bebé, a través de los efluvios que le pasaba Tristán, e imágenes de espanto lo asaltaron. Empezaron a correrle las lágrimas mientras lanzaba suspiros que azotaban el rostro de Tristán con tanta fuerza que le impedían bajar los párpados. Como siempre, cuando obran intuiciones referidas a nuestra seguridad, el bebé multiplicó los efluvios que le pasaba Tristán y le dio lectura equivocada. O quizás no tanto. Tristán siempre había querido tener un perrito y el bebé colmaba y sobrepasaba sus sueños. Llevarlo a la comisaría era para Tristán depositarlo en la perrera. Lloró el bebé, hinchó los carrillos y suspiró hasta torcer los árboles de la calle mientras la mirada de Tristán se volvía pétrea y después vidriosa.

–Una idea de mierda– dijo la Ecuyere apenas doblaron la esquina, refiriéndose al consejo recibido, y llevó al bebé para la casa. El bebé saltó al suelo, corrió ágilmente por la calle, se prendió de las ramas bajas de los árboles, balanceándose, y luego se encaramó otra vez en los brazos de Tristán. La Ecuyere lo consideró

Dios no nos quiere contentos

con súbita desconfianza porque pensó en competencias futuras, pero el bebé sólo había actuado por alegría, besó a Tristán y antes de dormirse nuevamente le bajó y subió los párpados con la mano para que recuperaran humedad.

Ahora se sentía incluido. —Me llevás la valija— había dicho la Ecuyere a Tristán, sin necesidad de mencionar al bebé. Él la miró, curioso, con una mirada inteligente. El afecto le crecía en el pecho hacia esa mujer imponente que decidía su destino.

—Esperame afuera, Tristán— dijo la Ecuyere, porque le faltaban detalles del tocado, y le señaló la puerta con el brazo extendido, soberbia. Despilfarraba una actitud de princesa para una estupidez, pero tenía tales reservas que no experimentaba temor alguno de agotamiento. El arte le daba una cualidad sobrehumana y estaba lejos de pensar que llegaría el día en que perdería todo, la soberbia y la fuerza, y aun la facilidad de enroscarse.

Tristán se asomó a la cocina donde María lavaba los platos del almuerzo, conminada por la madre que, después de comer, siempre sufría bruscas jaquecas. Parecía muy concentrada. No obstante, lavaba un plato y rompía otro. Indiferente, recogía los trozos y los llevaba afuera, al tacho de la basura. Pasaba al lado de Tristán sin rozarlo, como si no lo viera, salvo para evitar el contacto.

Finalmente, llevó el tacho a la cocina y lo colocó junto a la pileta, de manera que no tenía otro trabajo que dejarlos caer directamente. Tuvo la desgracia de que la madre pasara en ese momento y observara por encima del hombro de Tristán, y aunque estaba contenta porque la Ecuyere se marchaba y se sacaba ese clavo de encima y el clavo de Tristán, entró en cólera homicida.

Apartó a Tristán del vano de la puerta, miró en el tacho de la basura e hizo un rápido recuento. Restallaron dos violentos sopapos. El bebé se asustó y aferró el cuello de Tristán, como si quisiera estrangularlo, pero en el fondo buscando protección. Le imprimió la marca de sus uñas, aún blandas, pero filosas. Con las mejillas rojas, María lavó un plato cuidadosamente, lo secó con empeño, con la vista clavada en la madre que la observaba, confiada en las probadas ventajas del aleccionamiento y el castigo, y lo dejó caer.

La madre lanzó una interjección inconveniente y se abalanzó hacia ella. Para compensar el futuro, sumó toda una serie de rasguños, sopapos y coscorrones. María no reaccionó. Desdeñosa, aguantaba la andanada sin hurtarse, y con un apacible movimiento del brazo, arrojó al suelo dos tazas.

Por un momento, la muerte apareció en los ojos de la madre, pero venció el parentesco. Optó por expulsarla de la cocina con un gesto que carecía de la soberbia de la Ecuyere, señalándole la puerta a Tristán. El empujón de la madre era más pedestre, aunque igualmente efectivo.

María salió de la cocina, secándose las manos enjabonadas en el vestido, y Tristán la siguió hasta el fondo, cargando el bebé y la valija.

El bebé forcejeaba con un botón de la camisa de Tristán, con la intención de arrancarlo. El botón no cedía y el bebé se fastidiaba. Entonces confeccionó un torniquete con el género y un pedazo de carne, y lo apretó girándolo hasta que Tristán comenzó a gritar. Justo cuando no toleraba más el sufrimiento, el bebé consiguió arrancar el botón. María no se había movido ante los gritos de Tristán, y él la chistó, apenas recuperó el aliento, porque quería despedirse.

Ella alzó la barbilla y se volvió. –¿Te vas?– dijo. Y Tristán asintió.

No intentó retenerlo. No juzgaba a los otros. Por suerte, estaba ocupada en otras cosas que la apartaban de sus propios sentimientos. Se concedía las lágrimas como una debilidad y aun el peso de su corazón era un depósito transitorio. Tenía que pensar, y éste era su camino. Un montón de pensamientos estaban a su alrededor, en el aire, esperando que su cabeza y las cabezas ajenas los pensaran. No habría desconocidos que la ayudaran a vencer su ignorancia y haberlo creído alguna vez se le antojaba una niñería estúpida, depender de los otros era entregarse a falsedades anquilosadas, recibir prisioneros decrépitos que desde las rejas le mentían soy libre. No podía explicárselo a Tristán, enceguecido por el brillo superficial de la Ecuyere. Si no se había permitido tampoco el deleite del circo, era porque desconfiaba del placer que no nos cambia. El ojo registraba luces y volteretas, se asombraba la piel, pero los huesos permanecían dormidos, y esto le parecía escándalo.

Ella sufría como propia la ansiedad que tienen los pensamientos por nacer, por caminar al sol, hechos y derechos. ¿Cuáles eran los que esperaban de ella, en particular? Terminar de vivir y dejar alguno sobre la tierra, abandonado. La sola posibilidad la llenaba de pavor. Nadie los recogería, nadie les daría la forma de su cabeza. Tenía que pensar los que esperaban de ella para nacer, y los de Tristán, si pudiera, porque veía bien que Tristán no imaginaba siquiera lo que se esperaba de él. Se dejaba vivir, como los otros, que respiran el aire y no comprenden que hay algo más allí, más que la respuesta a la necesidad de respirar. Y se sintió triste, pero contenta, porque había recogido este pensamiento y lo había ordenado en su cabeza, y el pensamiento la confortaba, aunque no la hacía feliz. Dio nuevamente la espalda a Tristán, y desechó su corazón, el inocente, el que había sido crédulo, porque le había nacido otro, donde la alegría tenía el peso de un lúcido latido, y Tristán esperó en vano que le hablara, que se despidiera formalmente.

La Ecuyere lo llamaba, con una impaciencia ofendida que auguraba tormentas. Triste y decepcionado, volviendo la cabeza hacia atrás, Tristán se marchó hacia la voz. De pronto, el bebé comenzó a aullar. Tendía el puño hacia la pequeña figura que les daba la espalda. Tristán abandonó la valija en el suelo y lo sacudió con los dos brazos, con la esperanza de que la agitación lo conformara. Pero el bebé seguía aullando, la boca abierta en una o perfecta, dura y jadeante. Tendía el puño con una determinación implacable. María se volvió y el bebé cesó de llorar, los ojos y la cara empapados de lágrimas. Ella se acercó sin ganas.

–¿Qué querés?– le dijo al bebé, quien sonrió. Para sorpresa de Tristán, ella devolvió la sonrisa, e incluso, sacó la lengua en un mohín amistoso. El bebé estiró el brazo y María, bastante perspicaz como para saber que los pensamientos tienen a veces envolturas extrañas, abrió la mano bajo el puño del bebé.

–Para vos– dijo el bebé, con voz muy clara, y dejó caer el botón. Entonces ella se acercó más y aunque Tristán tendía la mejilla desesperado, besó al bebé.

–María– balbuceó Tristán de una manera incomprensible. El bebé se le iba, por pedazos. Se separaba de Tristán, inclinándose hacia ella, que se había apartado un poco, y amenazaba volcarse al suelo. Le quedaron solamente las piernas del bebé en el anillo de los brazos.

Tristán había dicho "María", pero quería decir quizás que le pesaba el bebé o estoy aquí. Que lo tomara en cuenta y le concediera el primer amparo que un ser concede a otro: tomarlo en cuenta.

María avanzó. El bebé se separó del todo de Tristán, quien seguía sosteniéndolo por las piernas, y se reclinó lentamente en los hombros de María. Ella torció el cuello hasta tocar con su mejilla la cabeza enrulada del bebé y se quedaron un rato así, pensativos.

–¿Así que te vas?– dijo María. Y porque le resultaba imposible toda separación, Tristán contestó simplemente –Nos vamos.

El río, que había salvado a nado en una antigua persecución, comenzó a crecer el viernes por la noche, mientras festejaban el cumpleaños de la Ecuyere. Se convirtió en un torrente amenazador y desconocido, como una criatura que entra en cólera. Sin placer, la Ecuyere se enroscó y desenroscó, y ellos aplaudieron mecánicamente. Los chicos alborotaron un momento, pero algo debieron intuir porque no insistieron para que la Ecuyere repitiera sus pruebas, y terminaron por quedarse quietos, tristes y apáticos.

Llovía sobre el agua, sobre la tierra a la intemperie, sobre los árboles ahogados, sobre los techos de chapa. Oían el rumor incesante del agua, aumentado por el silencio, cuando despertaban en una vigilia que se mantenía flotando entre los sobresaltos del sueño.

Durante el día, cesó la lluvia y el río permaneció tranquilo, indeciso sobre sus nuevos límites. En la noche del sábado, Tristán se acercó, hundiéndose en el barro de la orilla, y observó el río. María lo había seguido y la encontró más joven que él, como si hubiera detenido su crecimiento, el tiempo que le pertenecía sobre la tierra.

El tiempo había avanzado sobre Tristán, transformándolo, y ella lo escrutaba con una atención dolorosa.

Pasaban botes endebles cargados de gente. Llevaban lo puesto, abandonaban casas, animales, recuerdos, pequeños objetos a los que habían concedido cariño, en procura de tierras altas, firmes, no sacudidas por las aguas ni ocultas bajo el barro. Muy lejos de la orilla, uno de los botes, cargado en exceso, zozobró, y Tristán observó a dos niños, con las cabezas oscuras, manotear y hundirse en el torrente. Flotaron en seguida, en círculo, con las panzas hinchadas y los ojos abiertos, mientras los otros desaparecían bajo las aguas.

La oscuridad, extrañamente, dejaba ver, como si fuera luz, o ver o no ver no dependía de una cualidad sensorial y los ojos de Tristán eran capaces de omitir las sombras y descifrar la realidad que escamoteaban.

El agua trajo a los niños muy cerca de la orilla y ya a uno de ellos le aparecía una sonrisa levantada sobre los dientes que se asemejaba a un reproche sardónico y desgarrado, que no culpaba a la lluvia ni al río.

Entonces Tristán pensó que había que irse, como si la desgracia ajena fuera una advertencia, y como si, yéndose, la realidad dejara de existir, la ilusión de quitarle lugar a los hechos, desterrarlos, reinvertir por ausencia la fatalidad o el horror deliberado. Y la desgracia ajena era más que una advertencia, se convertía en una incitación premiosa.

La Ecuyere estaba a orillas del agua, con el vestido pegado al cuerpo. La vieron alejarse con brazadas seguras, se dejó llevar un momento sobre una tabla para retomar aliento y luego se sumergió nadando. Para sumar el desconcierto de los sentidos a esa fulguración de desgracia y de abandono, sopló el viento y se filtró una luz pálida y amarillenta a través de las nubes. Descubrieron a la Ecuyere a salvo en la otra orilla, con el cuerpo inmóvil bajo el viento que sacudía sus ropas. Ella giró sobre sus pies, con la espalda vencida, y no miró hacia ellos, como si odiara la debilidad de los que abandonaba y la propia debilidad de su pesar.

María contempló sin reproche a la Ecuyere hasta que desapareció, su orgullo la protegía de sonrisas sardónicas y desgarradas, y se arrimó a Tristán. –¿Qué hacemos?– preguntó con su voz de costumbre, y Tristán no contestó. Chapoteó en el barro de regreso a la casa, un barro que se había vuelto pegajoso y elástico y succionaba con fuerza. Ella lo siguió dócilmente, pero no se hundía, despojada de peso. Tristán le apoyó ambas manos sobre los hombros y empujó hacia abajo.

–¿Por qué?– preguntó ella, sin intentar librarse, hundiéndose lentamente en el barro que, vencida la primera resistencia, tragaba sus pies y avanzaba hacia sus rodillas y sus muslos. Formaba burbujas que reventaban con un rumor creciente, cada vez más grandes, prepararando el espacio para sorber el cuerpo entero.

Y María, sin levantar las manos hundidas en el barro, tendía el cuello tenso hacia arriba, porque temía instintivamente por su rostro, picoteado por el barro como por un ave de rapiña que le sacaría los ojos, comería su aliento hasta asfixiarla. Pero dominaba sus manos y el resto de su cuerpo y repitió la pregunta, aunque no se resistía ni había otro gesto que el instintivo del cuello.

Tristán la sujetó y la levantó por las axilas, fuera del barro. La apretó contra su pecho, fuertemente. –Yo puedo salvarte– dijo, y ella sonrió como si no le importara.

La tomó de la mano y chapotearon nuevamente hacia la casa. Entraron en el galpón, donde Tristán había dormido de niño, y él desocupó un bote angosto, oculto bajo los cachivaches, carcomidas las maderas por las ratas y los años. Comenzó a remendarlo con maderas y brea, febrilmente. María contó los lugares escasos, ¿para quiénes? Lo que llamamos elección, a veces es una suerte turbia. –¿Qué pasará con los otros?– preguntó, y quería decir conmigo, con el bebé. Tristán levantó la cabeza, sin suspender su trabajo, y encontró la cara demudada de María. Hurtó en seguida la mirada porque no tenía respuesta.

Tristán buscó a su madre. Había crecido junto a su madre, él que sólo había conocido madres prestadas, protección indiferente en edificios sin sol o exilio en los potreros. Ésta era suya y le había dado hermanos y hermanas, lo había rodeado de una familia donde el crecimiento no era soledad sino compañía, juegos compartidos. La primera tajada de la torta para Tristán, decía su madre, el más inteligente, el preferido. Y ahora, su inquietud devolvía los dones del afecto, su madre tenía que ocupar un lugar en el bote junto a sus hijos, aunque eso significara el abandono del bebé.

Entonces, Tristán buscó a su madre, con prisa porque el tiempo tenía un extraño transcurrir acelerado, que no dependía sólo del agua que crecía sino de la amenazadora irrupción de otra realidad, que lo expulsaría de ésta que estaba viviendo y dejaría sus gestos incumplidos. Preguntó a sus hermanos, y sólo recibió un encogimiento de hombros por respuesta. Estaban tranquilos, sentados alrededor de la mesa, ociosos, con el oído atento al ruido del agua, pero no hablaban. Su hermana mayor cosía, a la luz penosa de un farol de querosén porque la luz eléctrica había cesado bruscamente. Recorrió los cuartos, su madre no estaba, nadie la había visto ni nadie se inquietaba por su ausencia. Pero el pesar estaba instalado en el silencio, en los gestos escrupulosos e inútiles de su hermana que cosía.

La buscó fuera de la casa y se alejó caminando de espaldas al río. De pronto ya no pudo avanzar. La ciudad se había estrechado, las calles no eran calles, se habían juntado y sólo había un hilo de luz, o de negro, donde antes pasaban coches y caminaba la gente.

–¡María!– gritó Tristán, dispuesto a la partida. Su madre había desaparecido, librándolo de una elección insostenible. Y Tristán comprendió las sonrisas sardónicas y desgarradas de los niños con los vientres hinchados por el agua, que conocían que la cuenta de lo que llamamos fatalidad es apenas un número y que son determinaciones de los hombres las que manejan el infinito.

El bebé miraba, sin palabras, incrédulo de un destino que lo dejaba aparte.

Tristán arrastró el bote por el barro, hacia el río, bajo el azote de la lluvia. Lo echó al agua y lo sujetó con una soga a un árbol cercano a la orilla, la copa desmelenada al viento. Volvió a buscar a los chicos. Ignoró al bebé, que se había cubierto la cara con las manos.

—¡María!— gritó Tristán, y el llamado se apagó sin respuesta y lo repitió inútilmente.

Sus hermanos se alzaron, como dispuestos a despedirse. Pero no esbozaron gesto alguno. Uno de ellos llevó la mano temblorosa hacia la cara y en seguida la dejó caer. Su hermana dobló concienzudamente el trapo. Se miraron, sin abrazarse.

Acomodó a los chicos en el bote, y llamó al bebé. Torpe, avergonzado, el bebé se acomodó al lado de los otros. Tristán soltó el amarre, empujó el bote y se encontraron a salvo sobre el agua, que golpeaba negra, oscura, como sólida.

Qué padecimiento más necio, pensó la Ecuyere, acostada. Tenía una fuerte gripe, porque de estar sana no se hubiera visto en esa situación. Tristán les había abierto la puerta a los ladrones, dos rotosos que entraron sonriendo. De ahí que ella supusiera que eran admiradores y tendiera lánguidamente la mano. Pero los rotosos, que traían un montón de sogas de distintos grosores y revoleaban con negligencia el mango intimidatorio de una pala unido a un resto oxidado de cuchilla, sin decir agua va, se acercaron a la cama y comenzaron a atar a la Ecuyere, mientras Tristán y el bebé miraban absortos, creyendo que ella había progresado con la adquisición de dos nuevos compañeros y ensayaba una prueba de circo.

Los rotosos manejaban las sogas con rapidez y extrema habilidad, sin abandonar las sonrisas que revelaban dientes desparejos y ausencias, y fluctuaban entre la alegría por la eficiencia del trabajo y la disculpa por los inconvenientes que ocasionaban. Uno de los rotosos, que tenía una tupida barba negra, le acomodó la almohada bajo la cabeza y la Ecuyere aprovechó para morderle la mano. Gritó el rotoso, chupándose los dedos, y se quedó paralizado, mirando a la Ecuyere con lastimada incomprensión hasta que su compañero lo trajo a la realidad con un codazo.

–¿Por qué hizo esto?– dijo el rotoso, con amargura. Pero más amargura sentía la Ecuyere. No le habían dado tiempo para hacerse un nudo. Hecha un nudo, hubiera sido para ella un juego de niños desatarse, pero así, tendida lisa y planamente, no tenía práctica, era pedirle demasiado. Y ahora, estar acostada boca arriba, en un estiramiento perfecto, a ella, que siempre dormía de costado, le recordaba patente una actitud postrera, y esto la sumía más en la depresión. Vio, vulnerable e indefensa, cómo los rotosos escrutaban la habitación, efectuando el recuento de riquezas de las que sería fácil apropiarse, y señalar con el dedo la cómoda, las sillas, su propia cama, todas las pertenencias que había adquirido hacía poco con el sudor de su talento. Ah, qué humanidad podrida, pensó, mientras las sogas se le incrustaban en la carne sin dejarle espacio para un retorcimiento salvador, siempre hay uno que está más abajo que nosotros y nos envidia. Se merecía esto, por haber disculpado a rateros y ladrones de poca monta, compadecida de la falta de medios o ambiciones que revelaban y como si ella misma hubiera estado excluida de las jerarquías de la miseria y gozara de absoluta seguridad. Nada más equivocado. Las jerarquías de la miseria se suceden al infinito, como las penas de Job. Nadie está a salvo del zarpazo ambicioso que codicia la más mezquina de nuestras posesiones, un saco viejo, el pan que nos llevamos a la boca. El último de los miserables debería tener miedo, siempre será despojado.

La Ecuyere chistó a Tristán, a quien habían atado a una pata de la cama con una doble vuelta de soga en el tobillo. Tenía las manos libres y en lugar de desatarla, se había sentado en el suelo y pensaba en María, le hablaba como si la tuviera al lado. Al bebé lo habían dejado suelto, por inofensivo, y el bebé gateaba y sonreía a los rotosos, balbuceando de una manera encantadora. Repetía escrupulosamente todas las monerías de su repertorio y a los tipos se les ablandó el corazón.

—La pucha— dijo el de la barba, que tenía una voz amable y cantarina, —no es fácil— y meneó la cabeza con ganas de abandonar el hurto. Pero el recuerdo de una choza, de bebés multiplicados que pertenecían a su sangre, y la visión del retorno, cargados como reyes magos, lo desviaron de su impulso. Generalmente, el bienestar y la alegría de unos es tristeza para otros, por rebote. Despojar es enriquecer.

—No te preocupés— le dijeron a la Ecuyere, —nos llevamos al bebé, así no se queda en la miseria.

—Desatame, idiota— decía en tanto la Ecuyere a Tristán, quien había puesto manos a la obra, con tanta torpeza que el rotoso de la barba lo miró un rato, divertido, y aflojó un poco los nudos, para ver si tenía más suerte.

—Así, pibe— aconsejó con bondad. Mantuvo los dedos bien alejados de la boca de la Ecuyere, que intentó un mordisco y cerró las mandíbulas en el aire con tanta fuerza que por poco no se quebró los dientes. El rotoso miró a la Ecuyere y miró el aire, como si allí debiera aparecer un pan. El vacío lo llenó de confusión y de angustia. ¿Por qué tanto odio?, se preguntó. La Ecuyere se arqueaba, sin embargo no conseguía doblarse. El rotoso dudó, podía aflojar más los nudos, pero el odio de la Ecuyere lo inmovilizó. Su compañero lo llamaba para empujar una cómoda.

En la puerta piafaba un caballo, uncido a un carro rajado, y entró un vecino y dijo: –¿Se mudan?– y los rotosos lo dejaron marchar tranquilamente. Porque el vecino había decidido hacía tiempo no asombrarse de nada, como un aristocrático, y no manifestó ningún asombro por el hecho de que alguien encarara las múltiples diligencias de una mudanza atándose en la cama, agobiando de insultos a los peones, y entonces se marchó como vino, contento de superar la situación con tanta altura. No registró siquiera los agravios que hacía la Ecuyere a su inteligencia. –¿Te volviste estúpido de oler malvones?– le gritaba la Ecuyere, arqueándose.

Ella se ahogaba de indignación, carmesí bajo su piel traslúcida. Vio impotente cómo se llevaban, con acopios de jadeos y fatiga, su hermosa cómoda de roble, con el retrato de Gardel y sus fotos del Gran Circo. En una de ellas, la Ecuyere había conseguido un nudo marinero, sólo sobresalían sus pies, separados como dos puntas de soga, del lazo redondeado de sus carnes. Y esto, que había quedado fijado para la posteridad, no consiguió de los rotosos el mínimo gasto de presente, las fotos cayeron al suelo y ahí quedaron, pisoteadas. El retrato de Gardel lo apartaron y el de la barba tupida lo miró un rato, deslumbrado por la blanca y gran sonrisa, y dijo: –¡Macho! ¡Macho lindo y peludo!– y se guardó la fotografía en el bolsillo, que estaba roto, y de donde asomaba, por el rasgón del medio, la sonrisa del Cantor, cumpliendo con su destino de astro más allá de la muerte.

    El bebé revolvía entre las botellas de la cocina y al oír un estallido de vidrios el de la barba cerrada corrió hacia allí. El bebé había desmoronado una hilera de botellas y, subido a un banco, trataba de alcanzar infructuosamente una damajuana en el estante más alto. El rotoso buscó una escoba y recogió los vidrios rotos para evitar accidentes, palmeó al bebé en la mejilla y le alcanzó la damajuana. El otro lo llamaba angustiosamente y corrió hacia él, pensando que la Ecuyere se podía haber desatado. La Ecuyere seguía en la cama y se tranquilizó, pero el otro no cesaba con sus gritos. La pata de la cómoda reposaba sobre su dedo gordo.

    El bebé pasó con la damajuana a cuestas. Para reponerse, creyendo que contenía vino, el del dedo triturado le sacó la damajuana y tomó un gran trago, sediento. Era querosén y lo escupió en seguida. Tentado estuvo de pegarle un puntapié al bebé, pero éste le sonreía con tanta ingenua confianza, que no pudo. ¿Quién lo mandaba ser idiota?, se dijo. Ya una vez, de chico, había bebido detergente. Repetía costumbres, como si fuera inmune a la experiencia, que por lo general es dura carga de errores. El bebé recuperó su damajuana y se marchó hacia la calle. Lo siguieron con el peso de la cómoda. El bebé los ayudó a subirla al carro, molestándolos, empujaba para abajo, se les enredaba entre las piernas, pretendía que jugaran con él, y cuando dijo: –Me quedo acá– accedieron precipitadamente con un suspiro de alivio.

Lo dejaron sin sospechas porque ya los había incomodado bastante y lo sentían como de la familia, y regresaron para continuar la mudanza. Al rato, escucharon un relincho gozoso del caballo y un trote rápido, libre de riendas. Les llegó en seguida a las narices un aroma de humo. El carro ardía en una hoguera que iluminaba la noche, y el bebé saltaba alrededor, palmoteando.

Los rotosos dejaron caer al suelo la mesa, que iba a seguir el destino de la cómoda, y se abalanzaron hacia la calle. Ante el carro en llamas perdieron todo sentimentalismo con la infancia. Persiguieron al bebé alrededor de la hoguera, pero el bebé era veloz, estaba en forma, y la persecución agotó a los rotosos vanamente. Se sentaron, calentándose exhaustos, en la vereda.

El bebé aprovechó la distracción del descanso, y entró nuevamente en la casa, se acercó a la Ecuyere y con la yilé que ella usaba para afeitarse las piernas, cortó las sogas. La Ecuyere lo premió con un sonoro beso en las mejillas y lo depositó en el suelo. Lanzó un grito de guerra, con tanta furia y entusiasmo que su gripe quedó relegada al olvido. Corrió hacia la puerta y reptó hábilmente hacia arriba, se hizo un nudo y cuando los rotosos entraron carajeando, frustrados, pero no vencidos, la Ecuyere se les desarmó encima.

Con el talón, calloso y eficiente, golpeó en la mandíbula al más alto, que perdió ahí mismo sus cuatro dientes roídos y un pedazo de piel. Era el barbudo. Chilló con un alarido de sorpresa y dolor, se sujetó la cara con las manos y huyó hacia la calle. La piel voló por la pieza con un pedazo de barba negra adherida y el bebé corrió tras ella y se la apropió antes de que tocara el suelo. La apretó contra su pecho, como un osito, y le daba besos.

La Ecuyere saltó sobre el otro rotoso, que no alcanzó a comprender lo que sucedía, lento de perspicacia o inepto para dar el salto en la imaginación con tanta rapidez como la Ecuyere lo hacía en la realidad. Un montón de carne blanda, pero que envolvía huesos duros, lo zarandeó brutalmente y salió aullando en la quietud de la noche, con los brazos en alto, despavorido.

La Ecuyere soltó a Tristán y corrieron hacia la calle. Imposible salvar la cómoda, reducida ya a cenizas. Pudieron apartar una rueda del carro, que llevaron como adorno, apenas tostada. Con cariño renovado y creciente, la Ecuyere observó sus pertenencias. Puso la rueda en el lugar de la cómoda para ocupar el vacío y que no le hablara al alma, y buscó al bebé con reconocimiento. Con Tristán, se limitó a menear la cabeza, como ante una fatalidad.

–Dame esa porquería– dijo la Ecuyere al bebé, después de los primeros transportes. Pero el bebé, que abrazaba su piel con barba, movió la cabeza, negando, y pateó el piso, dispuesto a que sus aullidos llegaran hasta la luna. La Ecuyere leyó esta determinación en el rostro del bebé y renunció. Después de todo, los había salvado. Así que, por esa noche, lo dejó dormir abrazado a ella, con la intención de levantarse temprano al día siguiente y comprarle un osito de felpa, negro de ser posible, y hacer la sustitución sin causar pena.

Un tipo afeitado venía al encuentro de la Ecuyere y de Tristán, era el rotoso barbudo. Para emparejar se había visto obligado a sacrificar su barba y se le veía el rostro entero. Donde antes se ocultaba una barbilla prepotente y siniestra, se revelaba ahora un mentón redondeado, y la pérdida de dientes le sumía un poco la boca en un gesto que la dulcificaba. Venía absorto en sus pensamientos, que no eran pensamientos sino necesidades, y esto le daba un aire reconcentrado y mucho más inteligente. La Ecuyere, sin embargo, lo reconoció en seguida y se abalanzó con el gusto de la venganza en la boca.

Tristán juntó las manos y lanzó un grito de advertencia, pero ya era tarde. Él cayó en el peligro con la facilidad de un inocente. Se detuvo, aturdido por la sorpresa del encuentro o vencido de antemano por la memoria de un fracaso, la decepción de sus hijos ante un regreso que no había traído riquezas sino pérdidas. El carro destruido con el fuego, el caballo que no había recuperado, trotando en su anhelo de libertad o carnicería, el trozo de su barba que había sido arrancado y cuya peladura infame había tratado de disimular a la mañana siguiente, despejando su piel sin perdonar pelo alguno y sin intentar acallar a sus hijos que reían. Rió con ellos finalmente, comiéndose la preocupación y la amargura, porque ignorante para pensar, intuía que sólo un poco de ridículo había podido regalarles de su excursión frustrada. Todo esto lo paralizó en la calle.

–¡Usted me quiso robar!– acusó la Ecuyere, arrinconándolo contra la pared y construyéndole una cerca con los brazos. El rotoso negó demudado y empujó para librarse. Pero la Ecuyere, con las manos apoyadas contra la pared, como ventosas, los brazos fuertes, no se movió.

–Ladrón, incendiario, asesino– decía la Ecuyere, en una retahíla de agravios, algunos no justificados.

A cada palabra, el rotoso se ponía más pálido y terminó por cerrar los ojos. Cuando los abrió, sorprendido por el silencio, encontró la cara de la Ecuyere muy cerca, mirándolo sin amenaza. Los ojos del rotoso eran marrones muy claros, color de miel. Quién no acusaría el impacto de los ojos en esa cara oscura, de piel curtida. –¡Ay!– dijo la Ecuyere, como si hubiera recibido un golpe a traición, y aflojó el abrazo.

El rotoso, incrédulo de su suerte, se inclinó despacio y salió furtivamente por debajo de la cerca. Caminó en puntas de pie, con el temor de despertar a un dormido, y luego, ya lejos, empezó a correr a toda velocidad y desapareció al doblar una esquina. La Ecuyere ni se dio cuenta, en lugar de la cara del rotoso tenía enfrente un pedazo de pared descascarada, pero seguía viéndola allí, en una de esas sustituciones imposibles. Salía a flote de esa cara para tomar aliento y volvía a hundirse, como si la dicha fuera una fatalidad sin remedio.

Tristán se aburría, sin comprender. Se metió en el hueco que formaban los brazos de la Ecuyere y levantó la cabeza en una interrogación muda. Qué miraba. Ella entreabrió los ojos y sonrió.

–La pared– contestó, hablando entre sueños. Y después de un rato, acercó la mejilla a la pared, la apoyó contra otra mejilla y se quedó quieta respirando lentamente, con los ojos cerrados.

La Ecuyere se había enamorado. Esta vez sin remisión, perdidamente. Su vida había estado llena de escarceos, de relaciones fugaces que la divertían. Dejaba que la amaran y sólo otorgaba su buena voluntad, una condescendencia afectuosa. Cuando el entusiasmo pasaba, decía –Creía que me había enamorado– y miraba a su alrededor buscando un nuevo candidato para rendir a sus pies. Fraguaba millonarios sin un céntimo, italianos nacidos en Rosario, y cuando veía que eran pobres infelices y no respondían a sus sueños, cortaba por lo sano, tan rápida y decidida que los otros, dispuestos al amor, creían tenerla enfrente cuando ella ya estaba a leguas de distancia y, por lo general, en brazos de un seductor que esta vez sí respondería a sus ilusiones, aunque agregaba un quizás en voz muy baja porque el entusiasmo no le quitaba un protector y tenue escepticismo. Se dejaba enamorar participante de un juego necesario, impuesto por las circunstancias, era joven y estaba en el mundo, los hombres constituían misterio, y cuando sobrevenía la ruptura, los hombres no eran misterio sino confusión aburrida, no sentía deterioros ni cansancios, un poco menos de curiosidad tal vez.

Nadie puede hacer planes con su escepticismo cuando éste habla en voz muy baja. Tristán, aunque había asistido a la escena del encuentro, había tomado el súbito ablandamiento de la Ecuyere por distracción, se estaba volviendo vieja, pensó, pérdida de reflejos. La escena, el contacto de las dos mejillas, el primer momento, crucial y único, cuando la carne toca la carne ajena, le podía haber revelado a Tristán que el amor había llamado a la Ecuyere como los tres golpes del destino en la puerta. Había otros signos que corroboraban la certeza, cierto aire de ensueño que tenía la Ecuyere, el descuido en el trabajo, comenzaba a hacerse un nudo y dejaba todo a mitad de camino, extraviaba las pistas. Incluso se olvidó del circo, pasaba la hora de la función sin que lo advirtiera. Tristán, a quien el gusto por el circo concedía una intuición exacta, tomaba el reloj despertador y se lo ponía delante, con un tácito reproche.

Ella miraba las agujas absorta, estiraba la mano y las hacía correr, como con un propósito de adelantar el tiempo. El bebé palidecía y se lo sacaba de las manos. Lamentaba que un vidrio no protegiera las agujas de esa precipitación peligrosa, el tiempo tiene su propia medida y ésta depende de los acontecimientos que deben madurar sin sobresaltos, intentar forzar los acontecimientos puede ser precipitarnos en un abismo. Tristán obedecía al bebé, quien le ordenaba poner el reloj en su lugar, y no comprendía. Ante los ojos tenía el rompecabezas armado, pero le faltaba una pieza que era su propia comprensión.

El bebé fue más sagaz. Llamó a Tristán con un dedo sobre los labios. La Ecuyere estaba acostada a una hora insólita, antes del almuerzo. Miraba el techo a través de los dedos abiertos de sus pies. Cada tanto, bajaba la pierna derecha y subía la izquierda, y a eso limitaba sus movimientos.

Tristán se acercó al bebé, quien le señalaba el cajón de fruta que había sustituido a la cómoda quemada. En el cajón, bajo un montón de pañuelos, la Ecuyere había escondido la barba del rotoso. El bebé tanteó comparativamente el osito de felpa y la barba, el cambio, que no había sido cambio sino desaparición brusca de la barba después de un mes de continuas insistencias de la Ecuyere, no había sido aceptado con placer, y ni siquiera con sumisión, por el bebé. Se había encariñado y aullaba ferozmente cada vez que ella le tendía el osito con una mano y con la otra pretendía que le entregara la barba.

–Es una porquería– afirmaba, con una codicia que él no advirtió, pensando que ella simplemente lo creía un bebé y que había que obligarlo, como un bebé, a aceptar las convenciones de los adultos. Se negaba aullando, ofendido por la subestimación de la Ecuyere, y abrazaba el recorte de barba, que era a la vez compañía y trofeo.

Ella no insistió y lo dejó tranquilo hasta que una mañana él se despertó y la buscó infructuosamente, tanteó bajo la almohada y miró por los rincones, sintiéndose víctima de un abandono incomprensible. La Ecuyere levantó los ojos del suelo y dijo: –Se perdió– con una sonrisa falsa que él creyó sincera. Le tendió el osito, que el bebé aferró empapándolo con lágrimas de rechazo y desilusión.

Y ahora la barba aparecía bajo los pañuelos y tenía el perfume de la Ecuyere. Se sintió engañado y la miró con una sombra de rencor. Ella cambiaba en ese momento de pierna, bajaba la derecha y subía la izquierda, y buscaba en el techo confirmaciones imposibles.

El bebé apartó los pañuelos y rozó delicadamente la barba. La piel que la sostenía se había resecado y encogido, y era un trozo minúsculo. Tristán comprendió a medias cuando el bebé dijo –Está enamorada.

¿De quién?, preguntó Tristán con un gesto. Y el bebé señaló la barba, golpeándola con el índice. Sacó la barba y depositó el osito bajo los pañuelos. Que a otros les fueran con cambios, un pedazo de piel con barba, aun reseco, no podía compararse a un osito de felpa, simulacro de algo vivo. La piel era áspera y le traía recuerdos.

Pero cuando iba a alejarse del cajón, la barba contra su mejilla, la Ecuyere suspiró fuerte, con un huracán de pena, y el bebé se arrepintió. Bufó enojado, dejó la barba en su lugar y recuperó el osito.

Dios no nos quiere contentos

—Soy siempre el mismo tonto– dijo con furia y apretó el osito contra su pecho.

Tristán y el bebé seguían los amores de la Ecuyere desde lejos. Amores es decir mucho, un solo amor, era el de ella solamente, porque el rotoso no quería saber nada, ni se había enterado. La Ecuyere lo persiguió tenazmente al principio, y apenas la veía, el rotoso se aterrorizaba y corría en dirección opuesta. Ella quería entablar un diálogo, pero en esa forma era imposible. Él equivocaba sus intenciones.

La Ecuyere descubrió dónde vivía por pura constancia de seguimiento, una noche en que el rotoso había dado tantas vueltas para despistarla que acabó por confundirse él mismo. Entró en una casilla equivocada y salió en seguida, en una nube de escándalo y disculpas, y se metió en otra cercana, sin sospechar el contenido de una pelota terrosa que rodaba unos metros más atrás. La pelota doblaba las esquinas y se guarecía detrás de los árboles con una habilidad poco común, casi humana, ante cada mirada del rotoso que atisbaba por encima del hombro mientras corría. Sólo estaba atento a la persecución de los pasos, cuyo código de amenaza entendía sin esfuerzo, a la figura elástica y desmelenada que brincaba detrás de él, y no pensó en una transformación astuta. Creyó que era basura impulsada por el viento.

La Ecuyere sopló las hojas secas que se le pegaban a la cara y rodó hasta quedar de espaldas sobre el barro. La vivienda del rotoso le aguaba toda posibilidad de alegría. Se la llevaría la primera tormenta de invierno, a pesar de las grandes piedras dispuestas sobre el techo de chapas. Qué equivocación, pensó, sus sentimientos, pero ya estaban crecidos para asesinarlos. Se había dejado seducir por el aspecto del rotoso, prometedor para ella de comodidades elementales. Qué vida mezquina arrastraría ahí, tan mezquina que la Ecuyere sintió miedo. Qué le permitiría ese cubículo de maderas reventadas por la humedad. Qué márgenes para el amor, para su propia belleza. No la vería, como un hombre de visión escasa, a quien sólo le está concedido vivir en la penumbra, reconocer bultos y no seres. Atados por las necesidades, desatados por la muerte.

Dejó pasar el tiempo, hasta que cesó la única luz, y se desarmó, vertical, sacudiéndose la ropa. Miró el lugar con amargura y se frotó los brazos, llenos de rasguños y moretones por los cascotes de la calle. Emprendió el regreso, y el bebé, que se había quedado despierto, aguardándola, la vio entrar irreconocible, cubierta de mugre. Tenía cara de hombre, el bebé, y esa cara apartó en seguida la vista de la Ecuyere porque sabía que ciertos dolores exigen el pudor más secreto. Por ella, para protegerla de la indiscreción del interés o la lástima, se dijo: no vi más que la basura y el barro. Buscó una muda de ropa y la colocó sobre la cama.

–Andá a bañarte– le dijo.

Y ella no contestó nada. Asintió en silencio, incapaz de una excusa. No estoy loca ni soy trotamundos del barro. Me caí en una zanja de donde no salí. Dame la mano, bebé.

—Rosa— dijo el bebé.

Ella sonrió desmañadamente, se sentó en un banquito, al lado de la mesa, y despegó las últimas hojas secas adheridas al vestido. Las amontonó en su regazo, concentrada y lejana, y mientras las protegía con la mano, como si guardara un secreto, pensó en su amor y en la miseria.

A partir de esa noche, la Ecuyere tomó la costumbre de pasar largas horas en un terreno baldío frente a la choza del rotoso, los pies en un charco, atisbando la puerta sin parpadear. El rotoso no entendía, la vigilancia no explotaba en hechos concretos, y aunque al principio pasaba de un sobresalto a otro cada vez que espiaba por la ventana, terminó por acostumbrarse. No había voces agresivas tampoco, sólo esa mirada inmóvil sobre la puerta, y el rotoso creyó finalmente que la mujer cumplía a su manera, obstinada e incomprensible, una venganza que a la larga se transformaría en olvido. Acomodó sus horarios, fingiendo naturalidad para no inquietar a los suyos. Aceptaban que había épocas de fracaso y otras de bonanza, más raras, y no asociaron el confinamiento diurno, y a veces nocturno, del rotoso, más que a la naturaleza de su propio trabajo.

Con la persistencia, los ojos de la Ecuyere se hicieron cada vez más grandes, hasta empujar las sienes, sostenidas apenas por el hueso y una telita transparente que imitaba la piel. Enflaquecía y no pensaba en el circo.

Salían los hijos del rotoso, la mujer, que era chiquita, con cara sufrida, iba a comprar, los chicos a vagabundear por ahí, y observaban con tibia curiosidad a la Ecuyere. Vivían sin preguntas, así que tampoco se preguntaban el porqué de la presencia de la Ecuyere. La aceptaban, como una eventualidad corriente.

Un día de verano, hacía mucho calor y el charco a los pies de la Ecuyere se había secado, la mujer del rotoso, compadecida, le llevó un banquito. La Ecuyere la miró, sin celos porque esa mujer no podía ser rival de nadie, miró el banquito sin comprender, el amor le había secado la inteligencia, y balbuceó: –¿Para qué?

–Siéntese– dijo la otra. Sumisamente, la Ecuyere obedeció, y sólo al sentarse, se dio cuenta de que estaba cansada.

Tristán y el bebé observaron cómo la pieza se iba quedando vacía. Comprendieron que pasaban del estado miserable al de paupérrimo, sin que la comprobación los afectara demasiado porque la diferencia es apenas una ranura de luz. Claro que basta cerrar una ranura de luz para quedarnos ciegos.

Dios no nos quiere contentos

Un día desapareció la rueda del carro, otro día la mesa. Se acostaban con los muebles, los contaban para que las matemáticas confirmaran la realidad, y se despertaban sin ellos, como si entraran ladrones. La Ecuyere, con su sonambulismo crónico, parecía ajena al despojamiento y no podían asegurar que lo percibiera.

Tristán se despertó temprano una mañana y miró la cama vacía de la Ecuyere. En el sueño había registrado un movimiento en la pieza, el ruido de la puerta que se cerraba. Saltó de la cama y sacudió al bebé para despertarlo. Por una vez, pensó contento, le ganaba de mano en reacciones, y se precipitó hacia la calle.

La Ecuyere desaparecía en la esquina. El bebé se le acercó corriendo, a medio vestir. –¿Qué pasa?– preguntó, y Tristán señaló a la Ecuyere que se alejaba, caminando despacio, con una determinación abúlica y tristona, como si fuera a trabajar como cualquiera. Llevaba una bolsa oscura, cuyo contenido descifrarían más tarde, a pura pérdida, y dos botellas de vino. Las botellas las había comprado en el almacén el día anterior, balbuceando una excusa por haber sustituido con vino el dulce de leche que había prometido al bebé.

Él la miró incrédulo mientras ella enrojecía. –¿Y mi dulce?– preguntó el bebé, y estalló en un ataque de furia, con llantos y reproches, pero ella no había cedido. –No las devuelvo– dijo simplemente. Esa obstinación mansa e inconmovible acentuó la reacción del bebé, se retorció por el suelo, desgañitándose sin obtener resultados. Tuvo que tragarse la desazón de la promesa incumplida, la furia e incluso la saliva que había preparado en abundancia.

Ante el recuerdo del dulce de leche, destrozado irremediablemente por la imagen de las dos botellas que la Ecuyere sostenía por los cuellos abrazados, el bebé se dijo que le pedían tener un corazón demasiado grande. Una indecible nostalgia lo paralizaba y Tristán le pegó en el hombro, creyendo que seguía dormido.

–Allá va– dijo el bebé, y apartó la vista de las botellas.

La Ecuyere se había apoyado en una pared, la bolsa en el suelo, y con una mano se quitaba hojas invisibles del vestido. Abría la mano y seguía un recorrido en el aire con la mirada. Y volvía a quitar hojas, que arrebataba el viento, pero no el recuerdo. Finalmente renunció, bajó los hombros con vencida pesadumbre, sujetó la bolsa y retomó su camino. Inquietos y turbados, Tristán y el bebé la siguieron desde lejos, tomados de la mano y con el estómago vacío. A la luz del amanecer, la Ecuyere llegó a la casa del rotoso, abandonó bolsa y botellas contra la puerta, luego cruzó y permaneció a la espera.

Mucho tiempo después, con un sol alto, los chicos del rotoso salieron a la calle, tropezaron con las botellas y la bolsa y, entre gritos de excitación, se llevaron todo adentro. Al rato salió la madre y miró a los costados, con un rostro feliz. Cruzó y le habló a la Ecuyere.

–¿No vio a nadie?– dijo, y la Ecuyere negó.

La mujer lanzó un gorjeo, como un pájaro, y la Ecuyere notó que tenía malos dientes, aunque era joven. Cómo podía ser tan joven, se preguntó la Ecuyere con una sensación de espanto porque la había creído vieja. Cuando le ofreció el banquito, la Ecuyere había registrado arrugas, surcos ceñidos, pero la sorpresa del regalo desnudaba en ella su juventud, una ajada lozanía que revelaba su edad, más allá del sufrimiento.

—Dios mío— dijo la mujer con gratitud —qué buena es la gente.

Y estaba emocionada, a punto de llorar. Cruzó otra vez y se metió en la casa.

En ese momento, la Ecuyere descubrió a Tristán y al bebé que la miraban. Tardó en moverse y les sonrió con vergüenza. Tristán se quedó quieto, pensando qué podría hacer para ayudarla. Tengo que cantar, se dijo, pero el bebé fue más rápido, corrió y sujetó la mano de la Ecuyere. Se la besó repetidas veces y le dijo: —Rosa, vení a tomar la leche.

—Está enamorada— dijo Tristán —y nos despoja.

María había venido a buscarlo, sin necesidad de concertar citas previas. Tristán se había ido con la Ecuyere y el bebé, sin recibir el beso que esperaba de María, las cabezas de María y del bebé, juntas, como si ambos supieran que ya no volverían a encontrarse y que entonces había que demorar la despedida, no considerar a Tristán que esperaba sediento una palabra, un gesto que María ni siquiera esbozó porque habría más gestos y palabras para compensarlo. No para el bebé, a quien no encontraría nunca más porque en esto la vida es semejante a la muerte, o peor aún, separa inexorable y en la ignorancia no nos deja siquiera el recuerdo de lo que los otros han vivido por su cuenta.

María había rehusado su lugar en el bote y Tristán la había creído perdida, pero como en la magia natural de un sueño, ella estaba a su lado y caminaban hacia la casa reprobada e innombrable, decididos a franquearla esta vez, a tocar aunque fuera con la punta de los dedos la felicidad entrevista. La casa parecía sólida y estable en su actividad de alegría, pero no hay estabilidad eterna. Tristán seguía amarrado a la Ecuyere y la Ecuyere peregrinaba por distintos circos, al azar de pueblos y lugares lejanos. Ahora debían conocer la casa o sería nunca.

María no preguntó a quién se refería Tristán, porque con su servidumbre incomprensible, también de pensamiento, sólo podía referirse a la Ecuyere, y tampoco preguntó de quién estaba enamorada, no por celos o resentimientos sino porque el mundo de la Ecuyere le era extraño, enroscarse y desenroscarse, y luego el trapecio, decía Tristán, y no ya el trapecio sino un juego que los despojaba.

Tristán comprendió que la falta de comentarios y preguntas encerraba indiferencia y quizás reprobación. –Me da pena– dijo, en un último intento para conmoverla.

Ella miró a Tristán con sus ojos oscuros y orgullosos. Tristán le ofrecía su pena por la Ecuyere como un plato del que debía comer, la gente creía que la pena servía para todo, disculpaba todo, miserables desfallecimientos, confesiones. Olvidaban el pudor, famélicos de cualquier misericordia, aunque fuera ínfima y, en el fondo inútil. Distinto era su camino. Ella llevaba su pena como una carga, una joroba interna jamás expuesta a la mirada de los otros. Pegajosa e insistente, la pena podía adherirse a su corazón, pero no le daría categoría, no la llamaría angustia, melancolía o nostalgia, ningún gran nombre para la tristeza, ni siquiera tristeza. Que estuviera ahí, adentro, inevitable, porque los seres y el mundo la producían como miel las abejas, polen las flores, pero jamás le haría el juego, alimentarla con su propia compasión.

–La pena no es tan importante– dijo con desprecio, y aceleró el paso hacia la casa. Tristán experimentó una súbita aprensión y dijo: –María–. Quería detenerla, porque la aprensión le hizo recordar que la búsqueda les había deparado siempre pérdida y castigo.

Ella lo oyó, e incluso volvió fugazmente la cabeza, pero para acentuar el gesto desdeñoso. Estaba cerca de la puerta, mucho más cerca que otras veces. –Esperame– dijo Tristán.

La casa estaba rodeada de silencio y oscura, pero pronto se encendieron las luces, se apartaron las cortinas de una ventana movidas por alguien en acecho, y la puerta se abrió. Una mujer grande, altanera, apareció en el vano, iluminada en el rectángulo de luz. Los llamó con un ademán que no era amistoso, pero tampoco enemigo, indiferente como quien obedece apáticamente órdenes de otro que no nos humilla ni nos quiere.

Tristán apretó la mano de María y avanzaron. La mujer se pegó contra el marco de la puerta, pero cuando María pasó junto a ella, tendió el brazo y la sujetó por el hombro. La llevó a la luz y le levantó la barbilla, en un escrutinio penetrante y descarado. Buscó sus ojos y María sostuvo la mirada, no era ya una adolescente, como si pudiera crecer o envejecer a voluntad, sino alguien maduro que sabía lo que la mujer buscaba en esa observación bajo la luz. No tenía miedo. La mujer chasqueó la lengua y la soltó.

Había hombres sentados en sillas ubicadas contra la pared, y mujeres con batones abiertos sobre desnudeces, pero no se revelaba ninguna familiaridad entre ellos, no obstante el contacto pasivo de manos sobre muslos, de bocas que sorbían senos con una insistencia mecánica, de frías investigaciones sobre sexos expuestos a la luz. Porque no había placer ni eran gestos conmovidos por apetitos, parecían primeros invitados a una fiesta que demora en iniciarse, y que se pretende convocar torpemente con los gestos, para que la fiesta irrumpa y los envuelva. Pero no había música ni nadie bailaba, aunque las sillas estaban ubicadas como para dejar un amplio espacio en el centro del cuarto, casi un salón. ¿Cuál era la felicidad que les prometía la casa, dónde estaba? La felicidad con sentido que pedía coexistir con la pena. No ahí, en ese silencio. En esos gestos que desconocían su lenguaje. Tampoco en la expectativa que empezaba a nacer en los rostros pesados de los hombres, en la expresión, levemente sarcástica y viciosa, de las mujeres. Miraban a Tristán y a María, y poco a poco fueron aquietando las manos y se quedaron en suspenso. Uno de los hombres transpiraba profusamente, inmóvil, con las manos sobre los muslos. Cuando el sudor llegó a su boca, sacó un pañuelo y se enjugó la cara, desabotonó la camisa y se secó el pecho y las axilas. No era el hombre del ómnibus que había intentado seducir a Tristán, sino alguien mucho más fornido aún, con gruesas cejas que se le unían en el centro en una sola línea, aunque tenía una expresión que lo recordaba: estaba incubando una idea o propósito, y esa expresión decía que se aferraría a él con la misma dureza y obstinación del otro, pero sin ninguna inquietud por interrupciones de una mujer ajada y cuarentona. Ajadas eran las mujeres, más jóvenes que la otra que había expulsado a Tristán y a María con dedos como garras, y también más viejas, pero en las sonrisas sarcásticas y francamente viciosas ahora, había complicidad y no ofensa.

El hombrón se acercó a María e imitando a la mujer que les había abierto la puerta, la llevó hacia la luz, bajo una bombita que, tan alto era, tocó con la cabeza e hizo oscilar. Y en la oscilación de la luz fue su cara la que se iluminó primero, con labios muy oscuros, hosca y brutal. Pero el tono de su voz fue bajo y monocorde.

–Estamos aburridos– dijo, casi con tristeza.

María se encogió de hombros, decepcionada. Tristán avanzó hacia ellos. No le gustaba ver al hombre, con su transpiración incesante, tan pegado a ella, los gruesos dedos que le levantaban la barbilla con una fuerza que hundía la carne. El hombre dirigió a Tristán una mirada interrogativa sin que sus cejas se arquearan.

–Es mi amigo– dijo María, y esto pareció interesar al hombre, que esbozó una sonrisa. Dejó caer su mano y miró hacia atrás, hacia los hombres sentados contra la pared, como si hubiera redondeado su propia expectativa y la comunicara así a los otros, y los hombres contestaron alzando el ceño en una interrogación muda, pero fatigados o no tan interesados como para incorporarse.

–¿Nos divertimos?– dijo el hombrón, abarcando con el mismo gesto a María y a Tristán.

Uno de los sentados se incorporó –No hay muchas maneras de divertirse– dijo, y rompiendo los contactos fraguados de manos sobre muslos, de bocas sobre senos, poco a poco, cuidadosamente y con aire aburrido, se fueron levantando todos, salvo dos o tres de las mujeres más viejas que siguieron sentadas.

–Fuera de juego– dijo una. Entreabrieron más los batones, mientras les asomaba una sonrisa escéptica y ruin sobre los dientes manchados.

El que había hablado, se movió lentamente, sin entusiasmo, como si cumpliera una obligación, arrimó una silla y empujó a María.

–Sentada no se ve– dijo una de las mujeres jóvenes, y curioseó entre las piernas de María. Le brotó una risa nerviosa y, en cuclillas, le alzó la falda y escondió la cabeza con una fuerte aspiración.

–No es para vos– dijo el hombrón y la apartó rudamente. Empujó a Tristán entre las piernas de María. Ella alzó la cabeza, serena y sin miedo.

–No me toqués, Tristán– dijo.

Los otros armaron círculo alrededor. El hombrón sujetó a Tristán por la nuca y lo impulsó hacia abajo. Con un envión violento, Tristán enderezó la espalda y retrocedió, rechazando al hombre quien lo golpeó en la cara.

–Estamos aburridos– dijo el hombre, casi con la misma tristeza, pero con la voz más irritada y sin aliento porque había pegado fuerte.

–No me toqués, Tristán– repitió María.

–No– la tranquilizó Tristán.

María le sonrió, separada de su cuerpo, sin miedo.

Y la ausencia de miedo le concedía dureza porque el hombre castigaba a Tristán y ella miraba con los dientes apretados, pero sin debilidad.

–Si no la tocás, no sale más de aquí– dijo el hombre, y volvió a apartar a la mujer que hundía la cabeza en el sexo de María. Abandonó a Tristán por un momento y cacheteó a la mujer con tanta violencia que la hirió en la boca y la sangre se escurrió, abierta. Con una perplejidad dolorosa la mujer chupó sus labios y miró el hilo que le corría por el escote, se asustó y escapó gritando.

María miraba a Tristán, movía la cabeza en una negación muda, serena y orgullosa, como si no los amenazara ningún peligro. El hombre descargó sus puños en Tristán y quizás también porque el estallido contra la mujer lo había aligerado en parte de su furia, súbitamente dejó caer los brazos y consideró a los dos sin interés. ¿Qué podían combinar esos dos que él no supiera? Serían torpes, inhábiles, y la experiencia lo había gastado de tal modo que ya no lograba extraer deleite alguno de las manipulaciones ajenas. Se llevó la mano a la entrepierna e inició un manoseo maquinal, pero se descubrió apático, como si el trabajo del placer no valiera el tedio subsiguiente. Hizo una señal imperceptible y los hombres volvieron a desgano a sus lugares en las sillas contra la pared y también las mujeres, salvo la que había golpeado y que gemía en un rincón en el suelo. Al cabo, también ella se incorporó y ocupó su lugar junto a los otros. Las que habían permanecido sentadas, cuchichearon entre ellas, con risitas satisfechas, –Nunca pasa nada– dijeron.

María se levantó y tomó la mano de Tristán. –Vamos– dijo.

–Sí, váyanse– dijo la mujer altanera que les había abierto la puerta, con un acento en el que asomaba el odio y la frustración.

Apenas se encontraron afuera, sonó la música y estalló una algarabía de gritos y risas. Las luces siguieron encendidas y la casa entera se sacudió en el sonido. Miraron hacia atrás, hacia la casa que durante tanto tiempo les había mentido una felicidad inexistente. A través de las ventanas y el velo de las cortinas, pasaban las parejas abrazadas, bailando a saltos, rápidas y graciosas.

María se acercó a Tristán y le apartó el pelo de los ojos. –¿Te lastimaron?– preguntó, y tanteó sus párpados violáceos, la boca tumefacta.

–No. Nadie me lastimó– dijo Tristán. No sentía dolor, como cuando uno sueña que está muerto y el mismo sueño desmiente su propia realidad.

Ella reclinó la mejilla en el pelo de Tristán, repitiendo el gesto que había tenido con el bebé en un adiós distante, y se quedó un rato así, pensativa. Luego alzó las manos de Tristán, las puso sobre sus senos firmes de adolescente y le dijo: –Gracias por no tocarme.

Un sábado la Ecuyere pasó toda la tarde en la cama, meditando. De vez en cuando se enredaba en un nudo fácil que deshacía en seguida, o se besaba el dedo gordo del pie, como probando sus fuerzas. Tristán y el bebé se regocijaron. Presentían cambios felices.

En la tarde del domingo, apenas culminado el mediodía, la Ecuyere vistió sus galas y volvió al circo. El Patrón traspasó a la Ecuyere con la mirada, como si ella fuera invisible, y se puso a dar órdenes y todo el mundo se vio obligado a una actividad desenfrenada, inútil, pero muy impresionante. No hay mejor humillación en vida que omitir el lugar que nuestro cuerpo ocupa en el espacio, y agregar el movimiento ajeno para que cualquier reacción parezca escuálida. Subrayar el desprecio.

Entre las protestas de los conminados, que debieron interrumpir el almuerzo, los camiones del circo se pusieron en marcha, asmáticos y desvencijados, y comenzaron a maniobrar y a entrecruzarse, chocando con frecuencia, por el terreno donde acampaban. Con la barahúnda y el movimiento, la quietud de la Ecuyere pareció engrandecerse. Desde el almuerzo, sostenía entre los labios una hoja de mandarina que ni siquiera masticaba. El Patrón, que acechaba desde lejos, sintió un atisbo de frustración, la quietud de la Ecuyere la protegía como un muro. La espesa polvareda que levantaban los camiones se cortaba a la distancia, sin tocarla.

Tristán y el bebé, angustiados por la extraña inmovilidad de la Ecuyere, se abrazaron fuertemente, hasta que un camión que les venía al encuentro los separó.

–¡No es posible!– gritó el bebé, enojado, levantándose del suelo. Observó a Tristán, que había ido rodando hasta la entrada del circo y que se incorporaba indemne, y entonces se acercó a la Ecuyere y la sacudió.

–Quedate quieto– le dijo ella, tragando la hojita y tirándole un bofetón, sin mirarlo.

El bebé se agachó y los cinco dedos de la Ecuyere se marcaron sobre la cara del Patrón que se había aproximado por el mismo lado. Tosía como con tos convulsa y escupía puñados de tierra. El bofetón detuvo la tos en seco, o tal vez fue el aire limpio que rodeaba a la Ecuyere. Él la enfrentó, furioso, pero sin acusar recibo directo del impacto, porque alguien que le pegara, aun por casualidad, no pertenecía a su mundo, estaría muerto antes. Alzó la mano y con un gesto tajante detuvo el movimiento de gentes y camiones. El terreno quedó sembrado de paragolpes y guardabarros desprendidos, vidrios de faros y ventanillas rotas. Miró con odio a la Ecuyere, lo había dejado plantado en plena temporada, y encima lo obligaba a un gasto extra de nafta y reparaciones.

–¡En plena temporada!– gritó, sin darse cuenta de que procedía de manera similar cuando se le ocurría. Le gustaba dar sorpresas y desaparecer con el circo. Pero, por otra parte, lo similar no es idéntico. Las razones de los fuertes son siempre más atinadas que las de los débiles que, por lo general, pecan habitualmente por demasiado personales.

Con un ademán autoritario, ordenó a la Ecuyere que lo siguiera, y empezó a caminar por los alrededores del circo a gran velocidad. Los cansados pierden fácilmente el orgullo, opinaba.

No advertía los obstáculos, se los llevaba por delante y un reguero de cuerpos quedó como resultado de su prisa enloquecida. Volaba. Tristán y el bebé les corrían detrás, con la lengua afuera, esquivando los despojos de los camiones y a los caídos, que parecían dormir.

–Ustedes no– dijo el Patrón, dispuesto a entrar en la carpa.

Entonces el bebé le pidió permiso para quedarse con Tristán junto a la jaula de los leones, que guardaba, desde tiempo inmemorial, un solo león imponente y apático. El Patrón olió y no opuso reparos porque pensó que el tufo que desprendía la jaula no tardaría en desvanecerlos.

Entró en la carpa, seguido dócilmente por la Ecuyere, y reptó por debajo de los bancos, donde se amontonaba la mugre de un público desaprensivo, escupidas, papeles, caramelos aplastados, con la voz de la Ecuyere musitando disculpas que satisfacían su ofensa sin vencerla, y cuando emergió irreconocible y exhausto, sintió que la furia lo ahogaba porque ella se mantenía limpia, puede decirse sin mácula.

–¿Cómo?– dijo él, despegándose de la cara los pegotes dulzones y húmedos de los caramelos aplastados, que después le costó separar de los dedos. Ella evitó la respuesta y le sacó un poco de roña. Había acompañado el subterráneo recorrido del Patrón ovillada en el aire, sólo a veces, con delicadeza, había apoyado el pie en el suelo para tomar impulso, y ni siquiera tenía la respiración acelerada.

El Patrón se dominó con un esfuerzo sobrehumano y, juzgándose inteligente, cambió de táctica, comenzó a probar la firmeza de los postes que sostenían la carpa, empujando de un lado y de otro con todas sus fuerzas.

Se puso carmesí y después violeta. Era lo que quería para tener un buen pretexto. –Ayudame– le dijo, sabiendo que la Ecuyere se transformaba en una fiera cuando agraviaban su orgullo.

No soy un peón, diría, y cuando pronunciara esas palabras, él sonreiría sardónicamente y se sentiría vengado, porque sería sí o sí, el trabajo ha estado siempre condicionado a la humillación. Ensayó la sonrisa sardónica, para tenerla segura, y para su sorpresa, la Ecuyere la devolvió en el mismo estilo. Ignoraba que la Ecuyere procedía por reflejos, mecánicamente, y esa sonrisa sardónica en la boca de la Ecuyere lo trastornó hasta la irracionalidad. Sacudió el poste como en un ataque de locura, frenético.

–¡Ayudame, ayudame!– gritó.

Ella asintió con la cabeza, silenciosa y humilde, y empujó con la mano. El poste se vino abajo con un pedazo de carpa y por poco no aplastó al Patrón, a quien se le erizaron los cabellos, despavorido. Con un rápido gesto, ella lo hurtó del peligro, levantándolo en el aire y depositándolo sano y salvo en el suelo.

–Le salvé la vida– dijo con una satisfacción triste.

–Está bien– dijo el Patrón, pataleando entre la lona. –Te tomo por última vez, pero con una condición.

–¿Cuál?– preguntó la Ecuyere sin interés.

–Sí o sí– dijo el Patrón.

–Sí– contestó la Ecuyere.

Y el Patrón sonrió, porque había impuesto la condición impremeditadamente, pero ya se redondeaba en su cabeza. La necesidad ajena es rica en posibilidades para quien debe saciarla. Le imponía condescendencia, pero la condescendencia no altera los sentimientos. Salieron fuera de la carpa desmoronada. La polvareda se había aquietado sobre la tierra, y la gente terminaba de comer. Se apuraron con los últimos bocados para que el Patrón no se los arruinara. Pero él tenía otras preocupaciones. Con una sonrisa siniestra miró el vestido impoluto de la Ecuyere. Lo imaginó desgarrado, entre jirones de carne, y llevó a la Ecuyere hacia la jaula de los leones. Tristán y el bebé se sobresaltaron porque el Patrón estaba lleno de escupidas y de roña, pero después observaron que parecía contento. Lo estaba en verdad y apenas si lo decepcionó fugazmente descubrir que Tristán y el bebé no yacían amoratados. Ignoraba que los dos habían corrido cada tanto lejos de la jaula, turnándose para respirar aire puro. Volvían con los pulmones repletos y lo arrojaban poco a poco al aire fétido, que se renovaba con este refuerzo viciado, pero no maloliente. El Patrón olió y pensó que, quién sabe por qué artera artimaña, no tenían narices como los demás sino aberturas insensibles. Sin embargo, una dulce expectativa lo consumía y le concedió prioridad. El tufo que desprendía la jaula le había concedido una idea feliz. Se había quedado sin peón de limpieza y la gente ya venía al circo con pañuelos sobre las narices.

Señaló la jaula y luego rozó a la Ecuyere con unas palmadas amistosas sobre el hombro. Tristán sostuvo al bebé a quien se le habían aflojado las piernas, para su desgracia era imaginativo. Que el Patrón señalara la jaula, en una invitación desatinada, o con un propósito evidentemente perverso, no le provocaba pavor desmesurado al bebé. El gesto se insertaba en los riesgos de la vida, donde el mal se opone al bien como contrapartida natural. Pero en cambio, esas palmadas amistosas sobre el hombro, ¿qué auguraban, qué horror impredecible? Trepó sobre la Ecuyere y le limpió el hombro con ambas manos hasta que el Patrón lo tomó en brazos y lo depositó en el suelo. Antes, lo sostuvo en el aire, mirando la cara del bebé bajo la cabellera enrulada, y lo besó en las mejillas. El bebé se puso pálido y se tendió en la tierra, boca abajo, como si lo hubieran condenado a muerte.

–Limpiá la jaula– dijo el Patrón a la Ecuyere, y ahí mismo ordenó a uno de los acomodadores que fuera a buscar cepillo, baldes y palas. El acomodador, que era bajito sin llegar a ser enano, y que por esta ambigüedad, o quizás porque no necesitaba maquillaje, era el mismo que trabajaba de payaso, obedeció eufórico, creyó que la orden significaba un ascenso.

Tristán pensó que la Ecuyere le rompería el cepillo en la cabeza, primero al Patrón y luego al payaso, por servil, en cambio, ella aceptó sumisamente.

Debajo de sus bigotes de punta levantada, el Patrón sonrió: –Te colgás del techo– dijo, burlándose.

Pero la Ecuyere ya no entendía burlas ni sugerencias. Abrió la jaula y se metió dentro.

Tristán estaba muerto del susto, el bebé no, porque era de rápida recuperación y confiado por naturaleza. Giró de costado en el suelo, cuánta luz, se dijo casi maravillado, después de levantar la cortina de sus párpados, desde abajo todo adquiere distinta perspectiva y casi deseó un crecimiento a la inversa, arrimándose a la tierra, que es dura, pero pocas veces miente. Y desde abajo le gustó mirar el cielo, que siempre está disponible para ser mirado. Se restregó empeñosamente las mejillas que habían sido besadas por el Patrón y se sentó en el suelo, con el cuerpo dispuesto a entrar de nuevo en el juego de la vida, como si nunca hubiera salido por espanto. Esto es lo bueno de la carne, que el espíritu siempre la vence, obviamente, cuando queda espíritu para vencerla.

–Movete– gritaba el Patrón. Pensativa, la Ecuyere se había paralizado en medio de la jaula, apoyada en el cepillo como en el tronco de un árbol.

Tristán intentó cantar porque el gesto inédito transformaría la historia, incluso la grande que nace siempre al menudeo, ante el sonido de su voz todo se inmovilizaría por un momento y nacería de otra manera, más piadosa y comprensible, pero el león abrió una boca inmensa y le lanzó un rugido. Tristán renunció en seguida y se abrazó al bebé. La Ecuyere pasó al lado del león, que no se movió, cansado y aburrido después del esfuerzo de su propio bostezo, y empezó a barrer desde el fondo de la jaula.

–Rosa, subite al techo– le gritaba el bebé, que había recogido la insinuación escarnecedora del Patrón y la había dado vuelta, buscándole el provecho. Se había sacado a Tristán de encima y gritaba como un loco, pero la Ecuyere parecía sorda.

–¡Tirá el agua!– aullaba el Patrón, esperando que la mojadura irritara al león y le lanzara un zarpazo.

–Movete– le dijo la Ecuyere al león, con el tono que usaba para el bebé, y el león obedeció dócilmente y se desplazó un poco, levantó la pata y la sostuvo en el aire para facilitarle el trabajo o para no mojarse.

–Gracias– le dijo la Ecuyere, y barrió cuidadosamente alrededor del león, de manera que cuando éste se levantó para desperezarse, la forma de su cuerpo se marcó claramente, con su superficie de polvo y pequeñas basuras destacándose sobre la limpieza del resto.

–¡Ahí también!– gritó el Patrón, que veía esfumarse sus expectativas. Las recuperó cuando el león volvió a su lugar de reposo, que recibía sombra de un camión estacionado en las cercanías, sin darle tiempo a la Ecuyere que, justo en ese momento, alzaba el cepillo con la intención de barrer la mugre nítidamente recortada. El león se dejó caer muellemente sobre su imagen de polvo y pequeñas basuras, ajustándose al contorno.

Dios no nos quiere contentos

Se esmeró sin entusiasmo como en presencia del público. No encontraba lugar para su pata, la ubicó de distintas maneras sin descifrar el misterio, y, para no complicarse, se la puso en la cabeza.

–¡Limpiá todo!– gritó el Patrón, y la Ecuyere preguntó dónde con un tono extranjero a toda lengua. Se estaba desplazando en un país abierto, mucho más grande que esa jaula, pero no estaba perdida ni era necesario preguntar lugares.

–¡Donde está el león!– gritó el Patrón, y corrió a buscar un palo para azuzarlo y despertar en él la furia ancestral, el devorador de indígenas. Pero muchos años de servidumbre circense lo habían domado como el gozo de vivir a un hombre que envejece.

–Movete otra vez– le dijo la Ecuyere, y el león bufó, fatigado, y abrió la boca. Pero en lugar de cortarle la yugular a la Ecuyere, bostezó ampliamente y el Patrón, que justo estaba enfrente para no perderse detalle del primer estallido o borbotón de sangre fresca, recibió de pleno la vaharada de aliento acre y espumoso.

–¡Idiota! ¡Idiota!– decía el Patrón, no sabiéndose bien a quién dirigía el agravio, retrocediendo y escupiendo la saliva recibida.

–Movete– repitió la Ecuyere, con un cantito plañidero en la voz, y empujó al león por el lomo, él se torció blandamente, deslizándose de espaldas contra el suelo, levantó las cuatro patas en el aire, y ella, con el cepillo, le barrió la barriga. Tristán escuchó la risa del bebé, que se interrumpió de pronto, cuando el león atrajo a la Ecuyere con las dos patas delanteras.

—Me rasguñás– dijo ella, dejó caer el cepillo y se abandonó, apoyando la cabeza y medio cuerpo sobre la panza, con los ojos cerrados.

—¡Por fin! ¡Por fin!– gritaba el Patrón, creyendo que se la iba a comer.

Pero al cabo de un rato, el Patrón se roía las uñas, impaciente, el león despertó a la Ecuyere, golpeándola en el hombro con la pata porque se había entumecido y quería cambiar de posición. Ella se levantó y recogió el cepillo. —Gracias– le agradeció, desperezándose, y el león saltó pesadamente sobre sus cuatro patas y, por simple casualidad, inclinó la cabeza en un gesto vagamente cortesano, entre la mujer y la bestia nada hay que agradecer o una gentileza semejante.

Ante esta nueva frustración, el Patrón se sintió enceguecer por la ira, azuzó al león con el palo. Giró la cabeza el león, y mordió el palo con tal habilidad y ligereza que tomó al Patrón desprevenido. Con el palo entre las mandíbulas apretadas, retrocedió y el Patrón avanzó a saltos, como un muñeco, y se aprisionó la cara entre dos barrotes. El payaso, oficioso, lo enlazó por la cintura y tiró hacia atrás. El Patrón prorrumpió en alaridos porque el león, sin rencores, lo besaba con la lengua del tamaño de una sábana, maloliente y rugosa. No podía secarse y se le cubrieron los ojos de humedad. Hizo palanca con el hombro contra la reja y cayó sentado sobre el payaso, con dos estrías rojas marcándole las mejillas. Se levantó enardecido y la emprendió a bofetones con el payaso y en su furia, porque el otro se resistía, le desgarró el brazo con una dentellada tremenda.

El gesto impulsivo desvaneció su encono, lo limpió bellamente, escupió en seguida, con asco, la sangre y restos de tendones con nudos de carne, y le preguntó si lo había lastimado. El payaso, entre boqueadas, se apresuró a decir que no, y ante la insistencia preocupada, se reafirmó en la negativa y disminuyó lo sucedido, –Me mordió sólo un dedo– dijo, buscando a los otros por el suelo, porque no quería desaprovechar estúpidamente la ocasión de bienquistarse con el Patrón, que siempre lo tenía zumbando.

Ante el olor de la sangre, el león agitó la melena embrollada y olfateó, tratando de recordar. Pero todo estaba tan lejos, para su desgracia. Más que lejos, casi extraviado, sin recuerdos. Perdía pie en la tierra del presente. Y para colmo, no lograba ver porque la Ecuyere le había atraído la cabeza y lo protegía contra su pecho. –No mirés– decía. El león olió los senos de la Ecuyere, respiró profundamente y se quedó dormido.

Cuando entre varios se llevaron al payaso, el Patrón intentó soplarse las mejillas, agitó las manos como pantallas para aliviar el ardor, y se preguntó finalmente si no estaría en un día sin suerte, uno de esos días en que respirar o mover un dedo significa amenaza. Esos días, mejor dejarlos pasar, sin morir, pero tampoco sin vivirlos. Siguió escupiendo saliva enrojecida porque la descarga emocional le había limpiado el alma, pero le había dejado un mal gusto en la boca.

–¡Salí de ahí!– gritó, reconociendo su derrota.

Y la Ecuyere obedeció, tan distraída que ni siquiera se dio cuenta de dónde había estado. Le había hecho una zancadilla a la humillación, pero como el gesto no había sido deliberado, la humillación no guardaba rencores. Inteligente, había pegado un salto, cambiando de destino o destinatario, en esto semejante al dolor, que siempre elige a los que están mejor dispuestos, por grado o por fuerza, para sufrir. El Patrón resultó, a la postre, material más conveniente y la humillación sentía que no había perdido el día. No importa a quien le toque, basta que le toque a alguno, nunca sería excluida de este reino.

Tristán y el bebé corrieron hacia la Ecuyere y la abrazaron.

–¿Qué les pasa?– preguntó ella, y comenzó a deshojar el cepillo como si fuera una margarita.

El Patrón se abalanzó hacia la jaula que la Ecuyere había dejado abierta. –¡Estúpida!– gritó.

Y la Ecuyere lo miró sin comprender: –La dejé abierta para que se ventile– dijo mansamente.

Ya abrigaban sospechas, pero justo en ese momento, Tristán y el bebé descubrieron que habían sido necias las esperanzas puestas en el tiempo que todo lo cura, que es así como se llama al olvido. El empecinamiento amoroso de la Ecuyere subsistía, sólo que había tomado otro atajo.

Volvió a la casa y se vistió con esmero. Extendió sus trapos sobre la cama y meditó profundamente la elección. Eligió lo peor porque tenía un gusto desdichado, doblemente desdichado porque no entraba la duda. Antes de salir, la Ecuyere observó con extrañeza la mugre abandonada. –Qué raro– dijo. –Recién barrí.

Tristán y el bebé, tomados de la mano, la siguieron desde lejos. Extremaron las precauciones, se ocultaron detrás de los árboles, caminaron como sombras de la gente y se asomaban, antes de doblar, por los ángulos de las esquinas. Era innecesaria tanta cautela, pero la adoptaron, por consideración y afecto. Como el Patrón había hecho con ella, la mirada de la Ecuyere los traspasaba, sólo que en este caso no había propósitos de ofensa porque también traspasaba todo objeto o ser que se le ponía delante, salvo la distancia que tenía que recorrer con su carga aún indescifrable de felicidad o desdicha.

La Ecuyere llegó a la casa del rotoso y, sin vacilar, llamó a la puerta.

Nunca lo había hecho antes y Tristán y el bebé se miraron, interrogándose mutuamente.

Abrió el rotoso. Ver a la Ecuyere, palidecer e intentar cerrar la puerta fue todo uno. Pero la Ecuyere, con rapidez, y un fuerte golpe del hombro, la abrió completamente.

—Le traigo unas entradas— dijo la Ecuyere, con voz tímida y desarmada. —Soy artista.

El rotoso abrió muy grande los ojos y le apareció una sonrisa. Le gustó la voz de la Ecuyere, que no era aquélla preñada de amenazas. Se tranquilizó instantáneamente. Aunque era ignorante, la palabra explicaba tantas cosas, incomprensibles actitudes. Sin saberlo, el rotoso había saltado sobre su propia ignorancia, "un oficio peligroso, por eso fueron siempre amados". Había perdido el miedo, y, en algunos casos, la pérdida del miedo es casi un amor.

—Gracias, gracias— dijo el rotoso, conmovido. —Van a ir los chicos.

La Ecuyere lo miró con una mirada que hubiera podido recorrerse a caballo, como un campo abierto, desnudo.

–Quiero que vaya usted– dijo.

–¿Yo?– y el rotoso movió la cabeza, dubitativo. –Bueno, ¡yo voy!

–Me llamo Rosa– dijo la Ecuyere, y le tendió la mano. El rotoso vaciló un poco, limpió la suya en el pantalón y se la estrechó débilmente.

Ese día, la Ecuyere se superó a sí misma.

–¿Hay mucha gente?– preguntó antes de la función, y el payaso alzó los dedos de la mano y le sobraba uno.

–Es la lluvia– dijo la Ecuyere, que había ahogado, para no lastimarse con ingratitudes de la gente, el recuerdo de una tarde donde el sol brillaba. –Es el sol– había dicho entonces, explicando la ausencia de público por esa necesidad de los humanos de tostarse los huesos antes de que sea demasiado tarde.

–Paró de llover– dijo el payaso.

–Hay mucho barro– contestó ella, y sonrió desvaídamente ante el muñón que el payaso le agitaba ahora delante de las narices.

El payaso parecía otro, el Patrón lo trataba con deferencia, no por sentimientos de culpa, sino porque

Dios no nos quiere contentos

manco lo encontraba mucho más cómico, y el payaso sentía que se le habían abierto caminos, incluso la imaginación. Se había pintado una mujer desnuda sobre el muñón, lo agitaba y la mujer cobraba vida. En la torpeza del dibujo, la mujer tenía joroba, piernas en arco y senos descomunales hasta las rodillas. Cuando el payaso contraía el muñón, la boca chorreada de la mujer adquiría una expresión procaz que proclamaba: toqué fondo. Pero el payaso sólo veía bellezas porque se sentía libre. Antes nunca se hubiera atrevido.

—Muy bien— dijo la Ecuyere, tratando de poner énfasis en sus palabras para que el payaso quedara satisfecho y dejara de presentarle esa vida tan lamentable. Era lo que el payaso quería oír y se fue porque el Patrón lo llamaba a gritos para que acomodara al público.

Al rato se asomó, chistó a la Ecuyere y, ufano, alzó la mano con todos los dedos y le sumó el muñón.

—¿Por cuánto vale?— preguntó la Ecuyere.

La pregunta ofendió al payaso y no la contestó. La Ecuyere espió por un agujero de la lona y descubrió que valía más que una mano, pero no tanto como una multitud. Para no emocionarse, no buscó al rotoso entre el público. Entrecerró los ojos cuando creyó verlo, atrás, entre un montón de chicos, vestido con un traje oscuro que lo volvía desconocido.

Dos viejos la rondaban, con las caras mustias y melancólicas. —Somos José y Pepé— se presentaron, señalándose mutuamente.

Vestían mamelucos desteñidos y uno de ellos tenía envuelto el brazo en un pañuelo floreado y contorsionaba la cara cada vez que se movía, mientras el otro se afanaba a su alrededor y le preguntaba solícito a cada instante: –¿Te duele?

–Mucho gusto– dijo la Ecuyere, distraída, y buscó un papel cualquiera para firmarles un autógrafo. Rompió el borde de una revista y garrapateó su nombre.

Los viejos no recogieron el papel. –Permiso– dijeron, y arrancaron otro trozo de revista, se apropiaron del lápiz y, apoyándose por turno en las encorvadas espaldas, se pusieron a escribir con tanta concentración como si redactaran una escritura de condominio.

La Ecuyere aprovechó el tiempo para terminar de maquillarse y ya se había olvidado de los viejos cuando un golpecito en la espalda le descubrió que aún vivían.

–Sírvase– dijeron.

"José y Pepé", leyó la Ecuyere, escrito casi con la misma letra, infantil y despareja, pero con distinta rúbrica. José había estampado una rúbrica larga y adornada, semejante a guirnalda de flores cruzando un salón de fiestas, y Pepé una onda temblorosa, mezquina, como circunvoluciones en el cerebro de un tonto. Pero Pepé no era tonto, sólo tenía las manos rígidas.

–¿Qué quieren?– preguntó la Ecuyere, y les devolvió el papel. Pensó que se había equivocado y que no eran admiradores sino peones de circo o simplemente envidiosos. Ella jamás pedía autógrafos, los concedía. Los viejos pensaron lo mismo porque retrocedieron, como si el papel quemara.

–¿Qué queremos?– dijeron los dos, hablando al mismo tiempo, ofendidos, mientras Pepé revoleaba el brazo fuera del pañuelo, con tanto ímpetu que el gesto le arrancó un grito de dolor. José apretó a Pepé contra su pecho, con una ternura maternal, y lo consoló, mientras bizqueaba acusadoramente en dirección a la Ecuyere.

–¿Usted no nos conoce?– preguntó como un rey.

La Ecuyere los miró con atención, no los conocía. Con los mamelucos desteñidos y el aspecto de hambruna podían haberse escapado de un asilo. –No– dijo, mientras hacía caso omiso de la mano de Pepé que la rechazaba e introducía por la fuerza los dos jirones recortados de la revista en el bolsillo delantero del mameluco. Mataba así dos pájaros de un tiro: entregaba su autógrafo y devolvía el de los viejos. –No los conozco– acentuó.

José y Pepé se miraron, ignorando a la Ecuyere. Simularon una gran diversión por la respuesta y terminaron atragantándose.

–Tengo que actuar– dijo la Ecuyere.

Pepé la miró con odio, levantó la manga de la camisa y mostró un brazo flaco como cogote de gallina, con un lago de sangre congestionada bajo la piel. –Usted actúa gracias a esto– dijo, con voz temblorosa de indignación. Había pisado una cáscara de banana. –Nosotros somos los trapecistas del circo.

José se acercó y con cuidado bajó la manga de la camisa de Pepé y devolvió el brazo al pañuelo. Lo tranquilizó, susurrándole palabras que no quería que llegaran hasta la Ecuyere, pero como Pepé era duro de oído y no entendía, concluyó por gritarlas, desgañitado. Y la Ecuyere experimentó una lejana vergüenza de escucharlas y comprendió por qué José había intentado el secreto del susurro: porque el amor es asunto privado. Les dio la espalda y cuando cesaron los sorbidos de Pepé, los gritos confidenciales de José, se volvió para encontrarlos juntos, paraditos uno al lado del otro, mirando el aire con una reprobación dolida.

La Ecuyere los observó y se le ocurrió que eran demasiado viejos para el trapecio. –Siempre pierdo el circo– los conformó mansamente.

–¡Nosotros también! ¡Nosotros también!– prorrumpieron los viejos, y se sintieron encadenados por esta confesión de la Ecuyere. De pronto, les resultó muy simpática, nada orgullosa, un poco extravagante con su pretensión del autógrafo. Hubieran querido preguntarle con cuánta frecuencia perdía el circo y si no le daba miedo balancearse allá arriba, pero les faltó audacia.

Atrajeron a la Ecuyere hacia afuera y señalaron uno de los camiones más destartalados. –Vivimos ahí– dijeron orgullosamente, y la invitaron a tomar mate después de la función, del todo reconciliados. Ningún destino une mejor que la expulsión compartida del mismo paraíso, la fractura de la soledad, José se acercó a la oreja de Pepé y dijo: –¡También ella!

Y Pepé bromeó, dirigiéndose a la Ecuyere con una suficiencia dolorida: –¡No se vaya a caer!

–No– dijo la Ecuyere, y despertó fugazmente para comprender que la cáscara de banana había estado en la cuerda que llevaba al trapecio, en las manos que se aflojaban un instante antes de lo debido para regresar al suelo.

Los asió por los hombros y los empujó con suavidad. –Ahora tengo que concentrarme– dijo.
Los miró alejarse, tomados de la mano. José consultó algo con Pepé y éste asintió. Volvió corriendo con pasitos cortos y besó a la Ecuyere en ambas mejillas. –¡Mucha suerte!– dijo, mientras Pepé, a la distancia, aprobaba con la cabeza que se le despeñaba desde el cogote.
–Gracias– contestó la Ecuyere, y sintió que José le ponía un papelito en la mano y murmuraba, guiñando los ojos con afecto y en un tono dadivoso y feliz. –Es suyo. Se lo regalamos.
Era el autógrafo de los viejos, ya ilegible con tanto manoseo. Los dos entraron en el camión y cerraron la puerta. La Ecuyere comprendió que no tuvieran interés por verla actuar, quien nos imita en un trabajo que creemos único nos causa espanto.
La Ecuyere no miró nuevamente hacia las gradas. Temía encontrar al rotoso, con su traje azul que lo volvía desconocido, conmocionarse demasiado. Apretó las manos unidas contra el pecho y suspiró profundamente, mientras la puerta del camión de los viejos se abría por un momento y volaba el borde de la revista donde la Ecuyere había estampado su nombre. Planeó el papel como una pajarita, y luego, otra ráfaga, lo juntó con otras basuras del suelo. En la caja del camión, los viejos permanecían en silencio, sumidos en el mismo sopor entristecido. Necesitados de afecto, simpatizaban con la Ecuyere y se destrozaban en la alternativa, un pequeño tropezón, deseaban.
El payaso manco se acercó a la Ecuyere. –Es tu turno– dijo, y le preguntó qué le ocurría porque la Ecuyere

estaba ajena a su propia piel, tan pálida que parecía sin sangre.

–Nada– contestó ella. Pensaba en el rotoso, en el trapecio que ese día serviría para hablarle, lo envolvería en su amor de tal manera que no podría escapar, como uno no escapa de la sed o del tiempo.

–Patean– dijo el payaso, y la Ecuyere tendió el oído y percibió como un trote de caballos impacientes. En el barullo había un silencio y supo que eran los pies del rotoso, inmóviles en la espera.

–Ya voy– dijo, y no contestó al payaso, sino al otro, sentado en las gradas, con los pies quietos, desprevenido de sus ojos, que ahora vagaban por la pista desierta, se posaban accidentalmente en la mujer y en los chicos, pero que mirarían a la Ecuyere y quedarían encadenados.

Como de costumbre, trajeron a la Ecuyere hecha un nudo sobre la tarima, y observar ese cuerpo que contrariaba las posiciones naturales produjo en todos un súbito calambre. Pero la Ecuyere no les dio tiempo a que se acostumbraran, se desarmó en un relámpago y de un salto prodigioso alcanzó el trapecio. No tocó las sogas, los trapecistas vulgares podían treparse como monos o Tarzanes de circo, enlazando las piernas y remontándose palmo a palmo hacia el trapecio, no ella, que ese día obedecía a otras leyes. Los espectadores lanzaron un ¡Oh! de admiración y espanto, y aplaudieron calurosamente. A un costado de la pista, el Patrón sonrió porque pensó que seguramente se estrellaría contra el suelo y eso le traería publicidad gratis. La Ecuyere siempre se había enroscado a ras de tierra. Pero ella, con los ojos cerrados, se sostenía con un dedo del trapecio y se balanceaba en el aire. Iba y venía, firme e ingrávida. Y de pronto, cuando la gente ya estaba aburrida y comenzaba a patear y a gritar obscenidades, dobló el cuerpo, alargó el cuello hasta volverlo fino y lo filtró entre los dedos abiertos de sus pies. Y la cabeza caía y caía, sostenida por la carne y las vértebras flexibles, agostada dulcemente como una flor bajo el calor del verano. Luego, como si viniera la frescura de la noche, la cabeza se reabsorbió llamada, pasó entre los dedos de los pies y, apoyada en el travesaño, sostuvo el cuerpo con las raíces hacia arriba, vertical y solitario en el aire.

No se cae, pensó el Patrón, desesperanzado, y miró hacia abajo para ver si lo engañaban sus sentidos y un montón de carne floja yacía en el suelo.

La Ecuyere se transformó en un ovillo y comenzó a pasar de un trapecio a otro, sosteniéndose con un dedo, con el roce de la piel, cada vez más rápido hasta que el movimiento fue vertiginoso y no pudo saberse siquiera con qué tomaba impulso. Los de abajo no vieron más que la mancha celeste y móvil de su traje de gasa, tachonado de lentejuelas, que cubría la malla ajustada sobre la carne. Y luego ni siquiera eso, desapareció el relumbrón de las lentejuelas en la tenuidad del ropaje y se quedaron con el movimiento desprovisto de las exigencias de fatiga y juicio que a ellos les reclamaba, puro aire que adquiría forma, maravilla de ver lo invisible.

Entonces se produjo una situación extraña, la Ecuyere no estaba sola arriba, cerca del techo agujereado de la carpa. Todos los de abajo sintieron que los llevaba con ella, sin miedo saltaban en el aire, ellos que, después del trabajo, nunca habían arrastrado el trasero más que de una silla a otra. Olvidados de las obscenidades proferidas, miraban y hubieran querido tener los ojos cerrados para que ese goce extraordinario no se borrara con nada, no conociera término.

Sin explicarse cómo, porque no vieron el salto, que fue más rápido que el cuerpo, la Ecuyere reapareció sobre la tarima, de pie esta vez, los brazos abiertos y la cabeza inclinada.

Los ralos espectadores recuperaron su estado primitivo de pequeñez y penuria. Descubrieron el uso de las manos y aplaudieron frenéticamente. Entonces, sin sombra de fatiga, con una sonrisa dichosa, la Ecuyere abrió los ojos e intentó acostumbrarlos a la penumbra de los bancos. Los chicos y la mujer del rotoso estaban allí, ubicados muy cerca, los chicos gritando y ella enmudecida, con la respiración entrecortada y anhelante después del milagro. El desconocido de traje oscuro saltó sobre su asiento y alzó los brazos, las manos unidas sobre su cabeza, como celebrando a un boxeador. No se parecía en nada al rotoso. La Ecuyere forzó la vista, buscándolo más atrás. Recorrió las gradas y se detuvo en el trozo de lona recortada que marcaba la salida. El payaso estaba ahí y agitó el muñón, lo movió hábilmente hasta conseguir que la mujer pintada imitara el saludo de la Ecuyere, allá lejos.

El bebé se acercó al ruedo, aplaudiendo. –¡Tenía dolor de muelas!– dijo sin nombrarlo, mintiéndole piadosamente. Ella lo miró un rato sin reconocerlo.

–¡Sí, Rosa!– gritó el bebé a todo pulmón, y se señaló

Dios no nos quiere contentos

la cara a la altura de las muelas, formando una pelota en el aire. –¡Estaba así!

La Ecuyere sonrió tristemente y adelantó un pie para bajar de la tarima. Estaba como ciega porque pisó mal, trastabilló varios pasos, manoteó ridículamente para recuperar el equilibrio y se fue al suelo de bruces.

El circo se vino abajo de alegría y hasta el Patrón sonrió. Todos se sintieron mucho más felices porque el mundo es ingrato y, por otra parte, es tan arduo soportar la perfección.

El rotoso estaba en la puerta de su choza tomando mate y vio llegar a la Ecuyere. Esta vez no deseó cerrar la puerta, la abrió un poco con el pie hacia el interior oscuro, qué bueno, se dijo sin pensarlo, poder cambiar los gestos que tenemos con la gente. Se sentía como si estrenara una camisa nueva, lo que hacía años que no ocurría, y la sensación de la tela flamante sobre su piel era esta espera de la Ecuyere que se aproximaba. Aguardó tranquilo, dueño del pedazo de suelo sobre el que se asentaban sus pies, un cuadrado suficiente y generoso considerando la exigüidad de sus bienes. Supo que habían terminado para siempre las vengativas persecuciones, no más huidas ni desconfianza, por lo menos de parte de esa mujer, y sorbió el mate para comprobar si la cebadura estaba buena y caliente, y estar en condiciones de ofrecerle uno. La condición humana no permite los regalos, todo regalo es intercambio de dones, quien recibe y no ofrece engendra peste.

No había ido al circo por humildad (ese mundo no está hecho para mí) o por recelo sobre la calidad de sus gustos, vaya a saberse, pero aún le duraba la gratitud por el goce otorgado a su familia, que nunca había tenido oportunidad de sentarse en un banco y esperar a que se le ofreciera algo. Los chicos habían hablado durante días del tropezón, matándose de risa cada vez, un solo instante de fracaso nos hunde para siempre en la ley de una humanidad sin perspicacia, pero la mujer, más sabia y bondadosa que los chicos, guardaba en su corazón la imagen de esas gasas que se balanceaban ingrávidas en lo alto, como despojadas de cuerpo, o como nubes que no guardaran el cuerpo de la lluvia. Ella no se atrevió a interrumpir la alegría con razones y también porque carecía de palabras para explicar sentimientos que nunca había tenido. Demasiado tarde habían nacido esos sentimientos, descolgados de su existencia de pesares y alegrías cortas, como días de invierno que traían la preocupación constante del alimento y del frío.

El rotoso ignoraba todo esto y tampoco la hubiera comprendido. Sólo quería agradecer la atención que la Ecuyere había tenido con ellos, y no se le ocurrió tender un puente de sentimientos profundos entre el agravio del robo y la mansedumbre actual. La Ecuyere lo miró largamente y el buen día y el ofrecimiento del mate se le atragantaron al rotoso en la boca. Se movió inquieto.

–¿Por qué no viniste?– dijo la Ecuyere sin reproche, con pena.

Al sentirse tutear, no por la pena, el rotoso se aterrorizó. Sufrió una súbita nostalgia por las amenazas, los días de persecución inocente. Sorbió el mate hasta que saltó la yerba.

La Ecuyere no repitió la pregunta. El rotoso se atrevió a levantar la vista y golpeó contra los ojos de la Ecuyere que lo miraban. Soy un hombre, se dijo sin pensarlo, y sin miedo, con un gesto tierno y más inmenso que su mano, le acarició la mejilla.

En ese momento, la mujer del rotoso apareció en la puerta. Traía más agua caliente en un jarrito para agregar a la pava. Vio a la Ecuyere y lanzó una risita feliz y tímida. Y se tapó en seguida la boca porque la avergonzaban sus dientes, castigados por el descuido y la negrura.

–¿Quiere un mate?– dijo, y no mencionó que la había visto en el circo, todo eso era demasiado grave y profundo para sacarlo a la luz del día, en una circunstancia intrascendente. ¿Es que los otros podían comentar?, se dijo, sujetando dentro de su boca la sonrisa que le relumbraba, a despecho de sus dientes. Enrojeció pudorosa e insistió con el ofrecimiento del mate, como si la Ecuyere, que no la había escuchado, fuera una persona cualquiera, una vecina cualquiera, cuando era increíblemente distinta y sólo por misericordia (no encegecerlos con la perdurabilidad de una belleza perfecta, que sólo puede ser un desgarrón entre las nubes) aparecía allí, con un aspecto común y casi triste. Se avergonzó de recordar que, compadecida, le había llevado un banquito y le había dicho siéntese en un día de bochorno. Con el mate, la mujer del rotoso esperaba disimular la conmoción que le duraba, y a la que se agregaba la que le producía la presencia de la Ecuyere en carne y hueso, ahí, tan cerca que podía tocarla con la mano. No mencionaría que la había visto en el circo. Otra debía ser ella para hablar, otra criatura, educada y hermosa, no ella como era, con sus dientes roídos, junto a su hombre en camiseta y mal afeitado, bajo la luz de la tarde. Príncipes debían ser para tocar sin menoscabo aquel momento único.

–¿Quiere un mate?– dijo. –Está dulce.

La Ecuyere la miró fugazmente.

–Fuimos al circo– dijo la mujer del rotoso, con desgano, porque le parecía que la Ecuyere esperaba no sabía qué, y se calló. Pero llenó el mate con una precaución infinita y lo limpió con el borde de su delantal antes de ofrecerlo. –Está muy dulce– dijo.

La Ecuyere asintió con la cabeza y tomó el mate. Sorbió y tuvo la impresión de que borraba para siempre la caricia del rotoso, quien ya no la miraba.

Él dijo de pronto, hoscamente: –Yo no quiero más.

Bajó la cabeza sintiendo que algo lo había rozado y se había perdido. Soy un hombre, se dijo, desdichado. Sonrió a la mujer y entró en la casa.

La Ecuyere devolvió el mate y dijo tenuemente: –Me voy.

Atónita, la mujer del rotoso la vio alejarse. No comprendía qué había sucedido para ese cambio repentino y total de la Ecuyere. Se había desmoronado, arrastraba los pies. No era la misma que había estado allá arriba y que le había dado a ella, que miraba, le había dado... Arrugó el entrecejo en el esfuerzo por completar su pensamiento, sin conseguirlo. Cuando ya le latían las sienes, se iluminó. Sintió que la mujer temerosa y sujeta moría en ella y corrió detrás de la Ecuyere. La alcanzó a las tres cuadras y la Ecuyere volvió hacia ella un rostro acongojado. La mujer del rotoso, arrebatada y sin aliento, le tomó las manos y se las apretó fuertemente.

–¡Me gustó mucho! ¡Me gustó mucho!– repitió. Y después le retornó la vergüenza y se alejó corriendo.

Cuando llegó el invierno, el bebé pasó hambre dos o tres días y luego se rebeló. La Ecuyere no había seguido al circo, que había partido subrepticiamente a principios del otoño. Había enfrentado el redondel vacío sin la indignación y la cólera de otras veces. Vivía dentro de su pasión por el rotoso como en una casa donde no entraba nadie, ni siquiera él desgraciadamente. Aun en su propia casa, el rotoso entraba con irregularidad, rompía el ritmo como una visita no deseada. La Ecuyere habría podido creer en desavenencias conyugales si no hubiera sido desmentida por la mansa complicidad del afecto que envolvía al rotoso y a su mujer, ella lo acompañaba hasta la puerta, generalmente al atardecer, y lo miraba partir con expresión cargada de cuidado y preocupación.

La Ecuyere se mordía los labios, aparte y sin rencores, y se sumergía tristemente en su pasión por el rotoso, entraba de nuevo en su casa solitaria. El rotoso concluyó por desaparecer durante días y al cabo apareció, tranquilo en apariencia, retomando sus hábitos que se habían normalizado con un trabajo de changas. Después se repitieron las ausencias, hasta que el llamado de sus costumbres o el clima de seguridad que le daban los gritos alborotados de sus hijos, lo hacían volver, como un animal a su guarida. Precauciones que tomaba y abandonaba el rotoso por pálpitos de miedo o de confianza, y por ocultos motivos que nada tenían que ver con la pasión. O quizás sí, con una pasión tan antigua como la del sexo y el amor, pero más dura y más llena de peligro.

Soy un hombre, se había dicho el rotoso ante la Ecuyere, sin pensarlo. Desde antes, y sin pensarlo también había sido un hombre en pequeñas actitudes, oscilantes entre el coraje y el miedo, donde el robo había sido una justicia elemental y primitiva, actitudes que nada tenían que ver con la Ecuyere, pero que habían servido para conocerla, no en el instante accidental del robo, sino más tarde, cuando ella descubrió su rostro en la pared y a través de ese rostro que palidecía mudo en la cerca de sus brazos, leyó su infancia, sus pesares, incluso sus amores lejanos. Sin conexión aparente, aún ciego, cada parpadeo nos encadena a los otros. Qué decir, entonces, de esa prisión privada e intransferible que es el amor. En esa prisión la Ecuyere estaba doblemente sola, ella dentro de un muro de sentimientos inútiles. Cuando el rotoso la encontraba, muy raramente, asustado de la súbita desdicha que se apoderaba de él, bajaba la cabeza, rehuyéndola.

Dios no nos quiere contentos

La Ecuyere se replegaba sobre sí misma, pero replegarse sobre uno mismo trae miseria. Tristán y el bebé hubieran podido pasarse sin las muestras de afecto que antes les prodigaba la Ecuyere, pero imposible pasarse sin comida. Entre los muebles perdidos y la miseria ganada, la casa parecía un erial. Tristán hubiera muerto de inanición, pero el bebé, dotado de una naturaleza afortunada, poseía más recursos y se las arregló para la subsistencia. Se dijo que era demasiado joven para abandonarse y que el mundo lo esperaba. El mundo tiene sus propios contenidos, pero siempre le sobra un lugar donde podemos meter, por razones de valor o de inconsciencia, la cuña de nuestras propias expectativas.

El bebé partía muy temprano a la mañana y volvía a la noche con dinero que ganaba abriendo las puertas de los coches. Recorrió varias iglesias y consiguió estampitas. Conmovió con su cabeza de ángel y no se las cobraron ni le pidieron nada en cambio, ni siquiera manifestaciones de fe. Lo veían alejarse con su botín de santos y vírgenes impresas y sentían la confusión de la duda. ¿Qué era el bebé? Tenían miedo de saberlo y en el interior de la iglesia, miraban a Cristo alterados, resentidos casi por esa modificación de las costumbres.

Cuando el bebé juntó un fajo de estampitas, se lo entregó a Tristán. Tristán creyó que era un regalo y besó al bebé.

–Para que las vendas– dijo el bebé, muy serio, y le arrebató las estampitas porque veía bien que Tristán no se transformaría en un hombre de negocios de la noche a la mañana.

Barajó las estampitas como naipes y lo obligó a sacar una del mazo, al azar. Lo aleccionó mientras la Ecuyere los miraba con indiferencia. Tender la mano, sonreír lastimeramente, no tan lastimeramente como para provocar repulsión. –Rosa, ¿está bien así?– preguntaba, obligando a Tristán a quedarse tieso, con la estampita en la mano y una sonrisa repugnante, pero la Ecuyere se limitaba a suspirar.

Explicarle a Tristán los peligros de la calle fue más arduo, aunque Tristán, que no había ido a la escuela ni leía periódicos, guardaba una virginidad de criterio que podía protegerlo. Una noche, cuando el chofer del ómnibus había aconsejado depositar el bebé en la comisaría, Tristán había padecido angustia, pero más por esa asociación de perro y perrera que lo había conmovido que por una elucubración inteligente sobre la tragedia del poder y la fuerza, la estrechísima puerta de los desvalidos. Ahora debían meterse juntos en esa enorme perrera donde se gana el pan, y el bebé, no obstante su expectativa sobre el mundo, se sentía preocupado porque Tristán parecía poco apto para ese simple trabajo, y menos capaz aun de desafiar los peligros de la calle sin desaparecer en el intento. Para empezar por lo más gordo, el bebé, con la expresión inocente y un índice que asomaba cauteloso entre los restantes dedos, señaló a todos los uniformados que, armados hasta los dientes, pululaban a pie y en camiones, en autos y motocicletas, tranquilizando las preguntas de la gente sobre su destino de penuria.

–Hay que rajar– le dijo –volverse idiota, genuflexo, simpático.

Dios no nos quiere contentos

Tristán lo comprendió y le bastaba entrever un uniforme, aun de cartero, para que saliera disparando. –No, no– le dijo el bebé, sujetándose la cabeza –hay que rajar sin raje. Usá la inteligencia– y lo miraba desalentado, ¿cómo? Y por un momento se le ocurrió si no sería mejor dejar a Tristán en la casa, como compañía de la Ecuyere o bajo su ala indiferente. Pero riesgos o no, no podía apostarle en contra, abandonarlo en una seguridad imposible. El bebé adelgazó en el esfuerzo y adquirió una flacura impresionante, reveladora de huesos, cuando debió aleccionar a Tristán sobre los otros peligros de la calle, no los intrascendentes que podían partir de asaltantes, pederastas y drogadictos, sino el peligro de los otros uniformados, los que se mimetizaban de hippies o sediciosos, con barbas propias o postizas, cabelleras de Cristo en el huerto de los olivos, turistas ingleses o brasileños que balbuceaban una jerga incomprensible mientras tendían las orejas transformadas en radares para sorprender conversaciones, confianza, confesiones de amor o de odio. Ya no perseguían planes revolucionarios sino exceso de sentimientos, sombras de inteligencia.

Demasiado complicado, pensó el bebé, al borde del renunciamiento. Pero levantó la nariz y olió el aire. Un montón de basura se calentaba al sol, en un potrero vecino. Una asquerosidad vaporosa, cáscara de huevos, mondaduras, huesos de caracú sin médula.

–Olé, Tristán– le dijo, dispuesto a sostenerlo si se desmayaba, y Tristán olió, y por semejanza, aprendió a detectar el peligro. Sus narices se volvieron sensibles y precavidas. El olor de la basura era intenso e imborrable, persistía a través del perfume de un naranjo silvestre en pleno azahar y el polvo y los disfraces que asumía el aire en las calles del barrio.

Llevó a Tristán a la plaza con su fajo de estampitas. Lo vigilaba con un ojo mientras abría las puertas de los coches y forzaba espontáneamente una propina generosa con una reverencia que se ubicaba en el punto justo del halago. No pedía limosna ni reparación de miserias. Tristán usufructuaba otro campo, le compraban estampitas para borrar la sonrisa repugnante.

Cuando los otros chicos descubrieron al bebé, lo rodearon y a empujones lo llevaron al centro de la plaza, al amparo de un monumento marcial, pero sucio y pacificado por las palomas. Le pegaron entre todos y por turno, porque la competencia los enloquecía. El bebé, en lugar de combatir, se dejó castigar con mansedumbre y luego se sentó, la cabeza enrulada sobre las rodillas, y comenzó a llorar amargamente. Ninguno de los chicos le llevó el apunte, al contrario, saborearon la rápida victoria. Pero el llanto del bebé siguió a la tarde y al día siguiente, con el intervalo de una noche. Era un llanto aullador, capaz de conmover a las piedras. Los autos dejaron de estacionar en la plaza y en las calles circundantes, y la gente daba rodeos porque confundían el llanto con sirenas, con augurios de catástrofes. Los uniformados rodearon la plaza en un gran operativo, sólo encontraron el desierto y al bebé que les sonreía dulcemente. Cuando desaparecieron, sumidos en la perplejidad más absoluta, el bebé tragó aire y comenzó a llorar de nuevo.

Dios no nos quiere contentos

Al tercer día, lo chicos se reunieron frente al bebé y lo contemplaron. Uno de ellos, adelantándose, lo zamarreó con furia. –Terminala– suplicó, vencido.

El bebé se levantó, se sacudió tranquilamente los fundillos de los pantalones y se secó las lágrimas. Había calculado la resistencia ajena y al tercer día no aguantan más, le había dicho a Tristán. Y Tristán se acercaba tímidamente con su fajo de estampitas y su sonrisa petrificada porque para no olvidarse la había impreso desde su salida de la casa.

–Él también– dijo el bebé, señalándolo, y los otros sólo entendieron el ademán y asintieron, sordos ante el brusco silencio.

–Vení, Tristán– dijo el bebé, y sacó del bolsillo unos caramelos aplastados que había llevado a la espera del triunfo, y convidó a todos.

La vida se reorganizó. Corría sobre nuevos carriles, tanto para Tristán y el bebé como para la Ecuyere, pero la capacidad de adaptación de los humanos es imprevisible. Nada podemos aguantar, calculando sobre la imaginación y la sensibilidad, nada de lo que a la vida se le va a ocurrir exigirnos porque el terror nos anonada ante ese sufrimiento todo junto, pero, ¡cuántas reservas en la práctica!, por simple cuestión de espaciamiento. Dureza de diamante en una fragilidad esencial, tal nuestra existencia. De la felicidad al dolor hay un centímetro, y la ignorancia nos salva, aunque de la riqueza a la pobreza haya más distancia y no tan fácilmente superable.

Tristán y el bebé no desconocían adónde iba la Ecuyere cada mañana, en amaneceres inhóspitos o tibios. Procedía con una regularidad obstinada que no necesitaba siquiera el sobresalto del despertador, paralizado después de tanto manipuleo de agujas. Todavía se llevaba algún despojo apetecible de la pieza, lo último había sido el cajón de fruta que había sustituido a la cómoda quemada, y los pañuelos y la ropa yacían sobre un diario en el piso. El bebé recordó el retazo de barba y lo buscó, ya sin deseos.

La Ecuyere se lo había devuelto al rotoso, una noche en que lo había sorprendido oculto detrás de un árbol, atisbando su propia casa, desde lejos, bajo la lluvia, en lugar de entrar y guarecerse bajo la protección de las goteras.

–¿Qué es?– preguntó él, ante ese objeto informe y manoseado. Olió y eso le trajo un vago recuerdo. Sonrió: –¿Es mía?

–Te la devuelvo– dijo la Ecuyere.

El rotoso se guardó de levantar la vista hacia ella, aunque lo protegía la oscuridad; dejó caer la barba en el bolsillo para tirarla más lejos y no ofenderla. Por qué se la había devuelto, se preguntó. Chorreaban los dos bajo la lluvia y sentía un malestar desconocido que se unía al malestar reconocible del frío en la espalda, bajo su ropa húmeda.

Esa noche, él no entró en su casa, porque el pálpito del miedo fue más fuerte o porque la desazón le quitaba confianza. Se alejó y sacó la barba, empapada por la lluvia, para arrojarla en un charco como una porquería cualquiera. Pero a último momento, la volvió al bolsillo, la tocó con la punta de los dedos, sin pensar en nada, y se sintió oscuramente confortado.

Después del cajón de fruta, que había sustituido a la cómoda, la Ecuyere se encontró con las manos vacías. Deslizaba la mirada por las paredes y el suelo buscando riquezas para regalar. El circo, canturreaba el bebé, con la esperanza de que la Ecuyere dijera: ¿El circo? ¡Allá voy!, pero ella erraba por la pieza, husmeaba por lugares inverosímiles, como rendijas o montoncitos de tierra, con el aspecto atontado y febril de un perro que olvidó dónde escondió su hueso. El bebé se enfurecía cuando compraba una taza y al día siguiente desaparecía, pero su bondad terminaba por prevalecer y se guardaba de formularle reproches a la Ecuyere.

–¿Viste, Tristán?– decía, con el aire de quien es constantemente estafado por sus propios sentimientos. Compró jarritos de lata y los ató con alambre a los tobillos de Tristán, pero Tristán se movía mucho en la agitación del sueño y dormían inquietos, arrullados por las latas. La Ecuyere no registró lo que podía ser una ofensa, y rendida, más que por los plantones frente a la choza del rotoso, por la fatiga interna de su amor imposible, tampoco percibió el ruido.

Cuando el invierno se hizo sentir, particularmente inclemente como para desmentir que la naturaleza no nos acompaña, Tristán y el bebé, preocupados por la intemperie de los plantones, siguieron a la Ecuyere bajo la lluvia y descubrieron que en el terreno baldío frente a la choza se alzaba una especie de palio con restos de lonas viejas. Había sido la mujer del rotoso, compadecida, amarrada a la Ecuyere por un momento excepcional y único, amarrada con más fuerza ahora a raíz de ese estado de miseria que advertía en la Ecuyere. Pensó con dolor, pero sin asombro porque la injusticia era vieja costumbre, pan cotidiano, que la habían echado del circo, y poco a poco, ignorantes de la devolución que efectuaban, le habían ido acercando casi todas sus pertenencias, al banquito ofrecido en un día de calor se había agregado un brasero en los primeros fríos, y después, le habían reintegrado la mesa, unos platos, le daban de comer. Sólo no habían devuelto la taza del bebé, porque la mujer del rotoso, impresionada por su belleza, que se le antojaba fulgurante, la había apartado calladamente, con una sensación de deleite y culpable egoísmo.

La Ecuyere rechazaba al comienzo, en un tira y afloja de negaciones e insistencias, donde la mujer del rotoso usando gestos y casi sin palabras, proclamaba que podía prescindir de las cosas, y la Ecuyere acabó por ceder ante la voluntad amable de generosidad, se habituó e incluso esperaba los tazones de sopa, escasos de fideos, que le acercaban los chicos al mediodía, porque reconocía que le otorgaban más fuerzas para acechar inútilmente.

Así, de la manera más insólita, la Ecuyere recuperaba sus pertenencias, lo que había dado, ya que todo es intercambio de dones, retornaba con algunos deterioros, un poco más sucio, más cascado por el estropicio de los chicos. Pero una mañana, cuando llegó con las manos vacías, observó apisonado el terreno frente a la choza y esperó en vano, sintiéndose desnuda sin el techo de lona vieja, desnuda y sacudida por el viento, que se abriese la puerta hacia el interior oscuro y que se asomara la mujer del rotoso, tomando mate. Repetía el mismo juego, alzaba la vista hacia ella con fingida sorpresa y adelantaba el mate con un ofrecimiento mudo. Sin esperar respuesta, cruzaba con el mate, iba y venía, y finalmente traía la pava y se instalaba al lado de la Ecuyere. Ya no limpiaba el mate con el borde del delantal y dejaba al aire sin vergüenza sus dientes roídos porque la amistad asume.

Pero ese día, y otros, la puerta siguió cerrada tenazmente. La Ecuyere vio pasar a los vecinos, con la cabeza gacha, haciendo un desvío frente a la choza. Regresaba tarde, cuando Tristán y el bebé, cansados de esperarla, ya dormían, y a la mañana partía temprano, antes de que amaneciera, diciéndose, esta vez estarán. El bebé la extrañaba y le hablaba entre sueños, pero ella no lo oía, absorta en su insomnio como en una pesadilla. Los papeles que le dejaba el bebé para no perder el contacto, Rosa, ¿cómo estás?, los encontraba en su lugar, sin respuesta.

Al cabo de una semana de espera estéril, de abandono increíble, la Ecuyere sacudió la inmovilidad de su vigilia y abordó a uno de los vecinos.

El hombre, que la tomaba por una del barrio, la miró y ella sintió una punzada de dolor, el hombre se parecía al rotoso, vestía igual, con ropa descolorida, tenía la piel con arrugas finísimas, un surco muy marcado a ambos costados de la boca. Los ojos eran distintos, y quizás por esto, aunque se sintió súbitamente consciente de su aspecto, su cabellera que apenas desmadejaba, su vestido de dudosa limpieza, no se avergonzó. Porque no era él, alguien que se le parecía solamente.

—¿Qué pasó?— preguntó la Ecuyere.

Cuando el hombre habló, tuvo que mirarlo derecho y fijo en los ojos, con un esfuerzo agudo de su memoria, despierta pero no tensa, para saber que no era el rotoso, la voz era igual, desprolija, cantarina, con una leve transformación de las elles en íes. El hombre la consideró con desconfianza, pero borró la desconfianza en seguida y con pudor, porque la mirada de la Ecuyere no era para él, hurtó los ojos y se encogió de hombros.

–¿Qué pasó?– repitió la Ecuyere. El sonido de la voz del hombre había ensordecido el entendimiento de las palabras. No comprendió lo que él dijo como si las palabras se hubieran quemado en el sonido, aniquiladas en cenizas como un muerto cualquiera a años de su muerte, y le resultara imposible descifrar cenizas, entenderlas.

–¿Qué pasó?– repitió, y se dijo esta vez voy a entender porque las palabras no volverán a morir por mí, este hombre no volverá a hablar, morir por mí para darme cenizas.

Él alzó un poco la voz, quebró su tono cantarino. Buscó la cara de la Ecuyere atento a lo que se producía ahí, a la reacción que le otorgaría seguridad o alarma.

–Se los ievaron– contestó con desgano, casi con fastidio, y deseó estar lejos.

La Ecuyere se acercó con pasitos cortos a la choza y empujó la puerta. Estaba abierta, desprendida de uno de sus goznes. La Ecuyere miró las paredes vacías, el piso, donde una meada ofensiva se había secado, no de los chicos, que corrían a un retrete del fondo o usaban los árboles de la calle. Ésta era la antigua y elemental venganza de la barbarie, y se repetía desde el pasado, aquí y allá, siempre y en cualquier lugar donde los hombres vivan. Había otros restos, igualmente ofensivos, secos ya, sobre los que se cernía un recuerdo ignominioso y perfumado.

El rotoso había abandonado los pequeños hurtos sin provecho y preferido la honradez del trabajo. Pero qué había hecho en el trabajo, protestar o dar la cara, para que sus márgenes de felicidad, ya tan estrechos, disminuyeran a la nada.

La Ecuyere se inmovilizó en medio de la pieza. No había un solo mueble y ni siquiera podía pensarse que se ofrecía para alquilar, por los restos ignominiosos sobre el piso, porque la rechazaría el último en la escala infinita de la miseria. Allí había vivido su amor, el rotoso, pero ninguna acción perdurando en las cosas había quedado para aclararle el misterio. No el misterio de lo que había sucedido, que el del horror es fácilmente descifrable, sino el de los hechos corrientes, perdido para siempre, en un misterio insoluble, los gestos del rotoso en momentos de amor que no habían sido para ella, el ademán, precioso y único, de tender el brazo hacia una taza, tragar, adormecerse. Todo perdido.

El hombre la había seguido sin ganas. –Váyase– murmuró.

–¿Dónde fueron?– preguntó la Ecuyere suavemente. Y pensaba en la mujer del rotoso, que ni siquiera tenía palabras, y en los chicos. El hombre se encogió de hombros. Miró hacia la puerta, inquieto, y repitió –Váyase– como protegiéndola de un peligro. La Ecuyere arrugó el ceño, forzando la mirada. No conseguía ver. En un rincón, olvidada sobre el piso, estaba la rueda del carro.

El hombre la levantó y la hizo rodar hasta la puerta. Pero en la puerta se detuvo y esperó a la Ecuyere, que se movió sobre un campo minado. Alzaba los pies con precaución temerosa y los dejaba apoyarse como si el suelo estuviera lleno de blandura y bajo la blandura, un peligro de muerte. Caminaba en una ciénaga, porque nada había estallado bajo sus pies, y se sentía devorar.

Pasó la tarde. El hombre la observaba, al lado de la puerta. Quería irse, pero no podía abandonarla. No se decidía, atado a los gestos pausados de la Ecuyere, a un dolor que, pensó, nacía de un parentesco que ignoraba y que tampoco quería conocer. Esperó paciente que ella salvara el umbral y, sosteniendo la rueda, para explicar que no era robo ni préstamo, dijo, avergonzado –Igual... no vuelven.

La Ecuyere parpadeó ante el terreno desnudo y apisonado donde había estado su casa, el palio de lonas rotas se había transformado en un techo porque había sido otorgado con bondad, desde otra pobreza. Se volvió para despedirse y vio que el hombre había dejado abierta la puerta.

Él sostuvo la rueda con una mano y levantó la otra, en despedida.

–¿Por qué no cierra?– gritó la Ecuyere, furiosa y muy alto, como si el hombre estuviera lejos.

Y él contestó de la misma manera –¡Todo se lo lleva el viento! ¡En este país, todo se lo lleva el viento!

Y él mismo se alejaba, los pelos agitados sobre la cabeza, y se aferraba a la rueda para tener más peso.

Dios no nos quiere contentos

El viento levantó la tierra de la calle y formó un remolino, se coló en la choza con la insolencia de un indiferente, borrando huellas, gritos, pasos. La Ecuyere puso la cara al viento y supo que no valía la pena cerrar la puerta. En ella, no borraba nada. Se encarnizaba el viento sobre sus mejillas, las resecaba por fuera, y no borraba nada. Bajo el llanto resecado, conservaría la memoria. Y aun si perdiera la memoria, sabía que el dolor tiene su propia memoria insobornable.

Tristán y el bebé volvieron contentos esa noche porque la jornada había sido fructífera. Tristán había vendido veinte Ceferinos Namuncurás y el bebé, menos afortunado, pero no del todo, había propuesto apartar de las ganancias lo destinado a comida y con el resto comprarle un regalo a la Ecuyere. El bebé procedía más por malicia que por generosidad. Quería retomar contacto y eligió la coacción sentimental, un regalo conmovería a la Ecuyere, pensó, ya que no la conmovían en absoluto los papelitos, cada vez más tiernos, que escribía cada noche y que ella no se dignaba contestar.

¿Pero qué regalo? Algo que por sus características hiciera imposible o al menos innecesaria la costumbre de la Ecuyere de traspasar todo a la choza del rotoso. Casi se declararon vencidos porque todo era naturalmente traspasable, se ponían en el lugar de la Ecuyere, la mano sobre el corazón, y no había objeto, y casi sentimiento, del que no pudieran desprenderse.

Se rompieron la cabeza y compraron finalmente un disco de Gardel, que ellos no podrían escuchar, pero tampoco el rotoso. Así, con unánime falta de tocadiscos, quizás quedaría simbólicamente para amueblar el páramo, promesa de sonidos en la mudez del surco. Tristán no opuso reparos, aunque lamentó un poco la competencia, incluso la futura, porque quién podría decir cómo sería su voz cuando irrumpiera en el silencio de su garganta.

La Ecuyere estaba sentada en el suelo, no en la cama, como el día aquél cuando miraba el techo a través de los dedos entreabiertos de sus pies, y Tristán y el bebé, barba mediante, descubrieron que estaba enamorada. El bebé, que entró primero, con el disco bajo el brazo, la divisó desde la puerta.

—¿Qué te pasa, Rosa?— dijo, con una punzada de inquietud. Murió en seguida su grito de alegría, el impulso de correr hacia ella y abrazarla.

En el suelo, pensó. A qué conclusiones había llegado para preferir ese lugar inhóspito. Sabía que ningún amor es imposible si está en nosotros, está y su mera existencia lo vuelve realizable. No era el olvido el que había llegado a la Ecuyere porque entonces su rostro mostraría otra expresión, aire de convalecencia o la ironía de quien ha soñado una estupidez penosa. Ella tenía dos gruesos surcos de lágrimas en las mejillas, sucios y resecos, con quebraduras de tierra quemada por la sequía, y el bebé apretó los dientes para sofocar su propia pena. Tristán llegó, retrasado como siempre, y buscó apoyo contra la espalda del bebé. Se dijo: tengo que aprender a cantar, porque había una expresión en el rostro de la Ecuyere que le decía que era necesario un gesto inédito, algo enteramente nuevo, no tocado.

El bebé abandonó el disco sobre la cama y se fue a la calle, sus expectativas consumidas de golpe y reemplazadas por la consternación. Tristán sacó el disco de su funda y posó el dedo sobre los surcos. Siguió el contorno para inspirarse y el pecho se le levantó como una montaña, amenazada de cataclismo, una ruptura estruendosa estaba por producirse, y luego se aquietó nuevamente, descendió contra el esternón. Le pareció oír: "Vieja, fané, descangayada", miró hacia la Ecuyere temiendo que ella pudiera sentirse aludida, y levantó el dedo. Retornó el disco a su funda y se fue a buscar al bebé. Estaba parado en la vereda, con las manos en los bolsillos, y miraba hacia adelante, la mandíbula dibujada netamente bajo los dientes apretados. Tristán lo tocó con suavidad.

—Hola— dijo el bebé, como si volviera de un viaje.

Entraron en la casa. Tristán tomó al bebé de la mano y lo sentó frente a la Ecuyere. El bebé le sonrió y si al menos la Ecuyere no hubiera contestado a la sonrisa, pero la contestó y Tristán hubiera preferido verla llorar, el fingimiento se agregaba a la desgracia. El bebé cerró los ojos y le apoyó la cabeza sobre las rodillas, la Ecuyere se la acarició un momento y después la mano se le fue y se abandonó contra el piso, sin fuerza.

El bebé acabó por dormirse, vencido por la posición y la fatiga de un día de trabajo. Tristán seguía de pie, mirando a la Ecuyere. Tengo que aprender a cantar, y lo deseó con tanta intensidad que consiguió emitir un sonido ronco que despertó al bebé, quien abrió los ojos, y luego, lentamente, ladeó la cabeza hacia la Ecuyere. Ella no lo miraba. Entonces el bebé se levantó y fue a buscar agua, le agregó limón y azúcar, y colocó el vaso al alcance de la Ecuyere. Tristán se adelantó y espió atento. ¿Qué pasaría? El canto no había producido efectos. El bebé se inclinó sobre la Ecuyere, la sacudió por el hombro y le señaló el vaso. La Ecuyere lo miró con aire de despertar, tomó el vaso y bebió ansiosamente. Los gestos del bebé habían estado desprovistos de ternura, ásperos y casi reprobadores. Sin embargo, la Ecuyere había bebido. Los otros siempre acertaban con los gestos oportunos, pensó Tristán.

Con un extremo del vestido, la Ecuyere limpió el piso donde iba a apoyar el vaso, se enjugó los labios con una lentitud infinita, no los labios sino la barbilla con una mano inhábil, y reclinó la cabeza en la pared. Cerró los ojos y Tristán y el bebé se sintieron aparte, como muertos.

–Se le pasará– dijo el bebé, al cabo de unos días, como si fuera un viejo con un pie en la tumba y esa perspectiva le diera una ecuanimidad indiferente. Pero sólo trataba de alentar a Tristán, que no había logrado salir

Dios no nos quiere contentos

del apartamiento adonde lo había confinado la Ecuyere. Le costaba incluso arrastrarlo a la plaza y el trabajo se resentía, la sonrisa repugnante en la boca de Tristán se había transformado en una mueca de angustia y los clientes lo rechazaban porque no había santo capaz de lavar esa mueca desde el cartoncito tendido.

Se le pasará. ¿Cómo?, hubiera querido preguntar Tristán, ignorante de que la gente sale de sus pozos profundos de la mano del tiempo o de la muerte, y el bebé pareció entender lo que quería preguntarle porque se alborotó la cabellera enrulada y oscura, reflexivo, y terminó por encogerse de hombros.

—La pena no es tan importante— dijo el bebé, de pronto, como si alguien le soplara en el oído, y Tristán se sobresaltó y buscó a María con la mirada, porque ésa era la frase que ella había dicho, negándose a dejarse ablandar por la pena que corría por el mundo como agua y temiendo por su corazón, pan fresco que se embebe con la pena y se deshace. María, pensó Tristán. Corrió a la cocina, excitado, y regresó para escudriñar debajo de las camas, sacudió al bebé con la esperanza de que se le desprendiera otro cuerpo o, al menos, la sombra de ese cuerpo.

—¿Qué hacés?— dijo el bebé, irritado, pero ya Tristán corría hacia la puerta de calle. Lo vio regresar en seguida, porque sólo había entrado el viento, y el bebé miró a Tristán con sus ojos honestos tratando de comprender. ¿Qué buscaba Tristán? ¿La pena, para expulsarla, o había oído el rasguño de los ratones entre las maderas podridas? Se dijo que le faltaban cabos y renunció, pero como Tristán permanecía ansioso, parpadeaba con la incredulidad dolorosa de quien ha atisbado el paraíso y lo ha perdido, el bebé brincó en el aire, con una agitación cómica, y observó el suelo para ver si se le había perdido algo porque a veces Tristán tenía la propiedad de traspasarle sus dudas.

–No hay nada– dijo, y Tristán se acercó y miró el suelo con él y luego le tocó la espalda y el contorno de las orejas. María no estaba. Sonrió tristemente y el bebé no se dejó atacar por la sonrisa y consideró que ya había hecho bastante. Aunque no había aclarado sus dudas, el tiempo urgía. –Vamos a trabajar– dijo, y se puso el saco que le había regalado, entre pantalones zurcidos y pullóveres de lana apelotonada, la vecina con hijos en el servicio militar, y que ya no le quedaba tan holgado, apenas encima de las rodillas. Buscó las estampitas y se las colocó a Tristán en la mano.

Tristán negó con la cabeza, y el bebé se marchó solo, no ofendido, sabía bien que, penas o no, alguno tiene que preocuparse por alimentar el cuerpo que las guarda. Los pobres son más felices que los ricos porque la necesidad distrae. Coherente, antes de salir, el bebé preparó sándwiches de queso para el almuerzo. Depositó el de la Ecuyere en un platito y lo dejó en el suelo, junto con un vaso de agua.

–Hasta luego, Tristán– dijo, y no saludó a la Ecuyere porque le parecía gasto inútil.

Tristán se sentó en otro rincón, frente a la Ecuyere. La pena no es tan importante, se dijo, no la aumentés, Tristán, con la compasión, pero le resultaba difícil frente a esa figura agobiada en el suelo, más difícil si la comparaba con aquella otra que se balanceaba en el trapecio, puro goce de movimiento, y que lo había arrebatado de su torpeza a ras de tierra. La pena no es tan importante, se repitió, mientras, indiferente a lo que se pensaba de ella, la pena crecía y lo aplastaba como una losa. La Ecuyere se movió imperceptiblemente, buscando un imposible reposo para su cabeza cansada. Su mano tropezó con el vaso y lo volcó.

Contento, porque estaba seguro de acertar con la actitud justa, Tristán tomó el vaso y se precipitó hacia la cocina. Para sobrepasar al bebé, lavó el vaso hasta que quedó brillante como el cristal, y lo llenó de agua, soplándola para que estuviera más fresca. Dejó el vaso al lado del sándwich y, cansado de esperar una reacción de la Ecuyere, la tocó con el dedo, deseoso de que le dijera gracias. Y ella lo dijo, con una voz sin matices, desteñida de entusiasmos.

La pena no es tan importante, hubiera querido iluminarla Tristán. Después de los golpes y la humillación del dolor, viene la reparación de una mejilla contra nuestro pelo, la firmeza de unos senos adolescentes en nuestra mano. Eso u otra cosa, según el sexo, la edad, la apetencia de olvido.

Se arrodilló junto a la Ecuyere y apoyó su mejilla en la cabellera pringosa, pero ella lo apartó como si el contacto la lastimara. Apenas si Tristán pudo oler sus cabellos, que no desprendían ya aquel penetrante perfume que lo mareaba, sólo un olor a cabello sucio, triste. Se explicó el rechazo porque él no conseguía tener el aire reflexivo que la situación requería. Tímido y vacilante, pero obligado por la angustia de aligerarla, Tristán alzó las manos y las colocó sobre el pecho generoso de la

Ecuyere, y tampoco tuvo más suerte, al contrario, ella lo alejó con el codo, fastidiada, o peor aún, como si Tristán la ofendiera.

Nunca acierto, pensó Tristán, decepcionado, en pleno olvido de su certidumbre con el vaso, y regresó a su rincón, frente a la Ecuyere. La miró y cerró los ojos como ella. Lo único que le quedaba ahora era la imitación de dolor, que no bastaba para quitarle su carácter excepcional, pero alguien podía mirarlos, creer que compartían. María, pensó, y permaneció atento. El nombre nos trae a los seres, los convoca y acuden dóciles porque necesitan pegarse al nombre pronunciado por la voz o la carne. Ella llegaría para tomarlo de la mano y llevarlo a un lugar donde él podría hablar y donde cada gesto se insertaría naturalmente en la certeza porque le correspondería otro ajeno. Pero ella no vino, y Tristán permaneció en la oscuridad de sus párpados, buscándola, y las palabras que había preparado para ella se perdieron como papelitos cortados en una tarde con viento, y después, hasta el nombre de ella se alejó, desnudo y sin cuerpo, y se quedó solo y con su pena.

—Vení, voy a enseñarte– dijo la Ecuyere al cabo de unas semanas, y se levantó del suelo. –Es fácil hacerse un nudo.

Tristán gorjeó como un pájaro que no sabe cantar y la Ecuyere lo atrajo hacia ella y le dio un beso en la frente. La Ecuyere había enflaquecido y parecía viejísima. Se olvidó en seguida de su propósito, y Tristán se alegró porque estaba muy consciente de su ineptitud y la hubiera vuelto loca. Se precipitó hacia el disco, lo sacó de su funda, y pasó la uña sobre los surcos. "Vieja, fané, descangayada", no eran ya alusiones, o las alusiones no ofenden cuando contienen verdad. No ofenden, pero son insoportables. La Ecuyere le quitó el disco de las manos, sin que Tristán le aclarara que lo habían comprado para ella en una tarde de generosidad y de desgracia. Había pasado la oportunidad y qué peso, salvo las alusiones agraviantes, podía tener para ella ahora, cuando nada le provocaba entusiasmo. Había sido una adolescente y después una mujer curiosa e inquieta, había mirado sin terror el porvenir. La vocación del ser humano es la felicidad, pero su ignorancia, o su consciencia sobre la ignorancia de los otros, lo impulsan a la desdicha. La Ecuyere podía decir: ignorancia es un modo amable de nombrar mi desdicha y las generalizaciones son mortificantes cuando justificamos por la especie lo que sólo soporta nuestro corazón. No decía nada, no registraba siquiera los brincos de Tristán que calculaba mal las distancias y chocaba con las paredes, mientras la espiaba, temeroso de que ella se encerrara de nuevo en su rincón sobre el piso.

La Ecuyere miró la superficie negra y rayada, estriada de través por las uñas de Tristán, y luego la foto de Gardel en la funda, sonriente y engominado, sólo necesitaba hablar para estar vivo del todo, y se sumergió en quién sabe qué recuerdos. Para sacarla a flote, Tristán se arrojó al suelo y dobló una pierna, como había visto hacer a la Ecuyere.

—No así— dijo ella. —Tenés que...— y se perdió. Miró la habitación casi desnuda, el bebé y Tristán habían conseguido comprar dos sillas viejas y unos tablones, pero aún faltaba mucho para recuperar el antiguo esplendor. El bebé entró de la calle, vio a la Ecuyere en pie, con el disco en la mano, y no dijo palabra. Suavemente, con una sonrisa penosa, como si se disculpara por un presente ya sin sentido, tomó el disco y lo dejó sobre la cama, con la cara de Gardel hacia abajo. Cansado de esperar, Tristán desdobló la pierna y se levantó del suelo. Se acercó a la Ecuyere. El bebé estaba más atrás, inseguro, él siempre tan decidido, y de pronto la Ecuyere abrió los brazos y los sujetó a los dos fuertemente, como pidiendo perdón. Pero el gesto pareció agotarla, volvió a sentarse en el suelo y hundió la cabeza en las rodillas.

Tengo que aprender a cantar, se dijo Tristán, y lanzó al aire unos ajjj, hasta que el bebé le clavó un codo en las costillas y lo llamó al silencio. El bebé se atareó por la pieza, con un trapo sucio limpió los tablones y colocó encima tres tazas.

Miraron a la Ecuyere para comprobar si recogía la insinuación y se sentaba a tomar el café con leche con ellos. Tristán sentó al bebé en una silla y dejó libre la otra, dobló las piernas y se acuclilló con naturalidad, ubicado en un banquito invisible.

La cabeza de la Ecuyere no estaba ya escondida sobre el regazo, reposaba sobre la espalda, sostenida por el cuello flexible y alargado, y esto alertó a los dos de que ella revivía. Pero cuando se levantaron, contentos, y corrieron para verle la cara e intercambiar una sonrisa, la primera en muchos días, descubrieron que la Ecuyere miraba hacia el suelo y comprendieron que la resurrección sería lenta y que, si querían acompañarla, la alegría de ellos debía ser pequeña y débil.

Entonces el bebé sirvió el café con leche en las tazas, le alcanzó una a la Ecuyere en el suelo, que la dejó enfriar sin tomarla, y ellos se arrimaron a los tablones y el bebé hizo el gasto de la conversación. Mientras bebían la leche, el bebé discurría, con voz apenas un poco más alta que de costumbre, como para que alguna palabra, cualquiera, tocara a la Ecuyere y con la vieja misericordia de los sonidos cotidianos, la ayudara a vivir.

—Me voy a buscar al circo– dijo la Ecuyere, y Tristán y el bebé se tomaron de las manos y comenzaron a dar vueltas por la pieza. Fingían estar alegres, pero la Ecuyere vio la trampa en seguida. Suspiró fuertemente, como diciendo qué tontos, y les dio la espalda.

Tristán y el bebé se pusieron a guardar las pertenencias en una valija de cartón. Iba a ser un problema otorgarle peso, consistencia al equipaje de una estrella que viaja.

El bebé se refregó las manos, miró a su alrededor, tratando de conservar las ilusiones y dijo: –¿Qué guardamos?

La Ecuyere espió fugazmente por debajo del brazo y se mantuvo indiferente. Tristán, como quien recibe una revelación del cielo, recogió el osito del bebé y lo acostó en el fondo de la valija. Sonrió al bebé porque había sido rápido y eficiente y el bebé reaccionaría con la sorpresa gozosa de quien cree tener que ver con idiotas y en cambio choca con la inteligencia. Pero el bebé bufó, murmuró qué idiota y sacó el osito de la valija. Lo paró sobre el tablón y después, quizás para que no despertara recuerdos penosos en la Ecuyere, había sido simulacro de algo vivo, lo cubrió con un diario, que ahuecó para no quitarle el aire.

Dios no nos quiere contentos

—¿Dónde vas?– le preguntó a Tristán, quien se había iluminado nuevamente con una sonrisa de entusiasmo y se marchaba a la calle. Tristán guardó el secreto y no contestó. Por una vez vencía al bebé en iniciativa, y el éxito era seguro. Recorrió las casas de los vecinos buscando un serrucho en préstamo. Quería cortar los tablones para ponerlos en la valija y otorgarle consistencia, pero cuando volvió, el serrucho bajo el brazo, el bebé adivinó sus intenciones y con un dedo le señaló la puerta y le ordenó que lo devolviera.

Las frustraciones no terminaron ahí para Tristán, aunque, por suerte, la próxima la compartió con el bebé. Cuando, muertos de fatiga por la búsqueda de pertenencias y, sobre todo, por el simulacro de alegría y excitación (dejarse llevar por la tristeza es siempre más descansado) consiguieron completar la valija y la cerraron, asegurándola con un piolín, la Ecuyere salió de su indiferencia. Ellos esperaban la aprobación, pero ella contempló la valija con una mirada crítica, extrañamente antipática, como si contuviera algo más que su malla y su traje de lentejuelas, y algunos pantalones remendados y medias con agujeros.

—Listo– dijo el bebé, esperando convencerla.

—Sí– dijo ella, como si hubiera llegado a la misma conclusión, pero referida a ese algo más que se les escapaba. Cortó el piolín con una tijera y desparramó el contenido a lo largo de los tablones. Separó las pertenencias. Ubicó las suyas en la valija, levantó el diario, apartando el osito sin verlo, lo rasgó por la mitad y envolvió allí, por separado, las miserias de Tristán y del bebé. Ellos buscaron una explicación, sin encontrarla.

La Ecuyere nunca había tenido ese tipo de egoísmo. Solía poner desechos en la valija para exagerar sus riquezas. Y tampoco había manifestado antes ese desprecio por el trabajo ajeno, salvo cuando entraba la competencia.

La cara del bebé reflejó un pesar profundo, y luego conformidad. Acarició la cabeza de Tristán, sabiendo que no podría ahorrarle el dolor, y que el dolor es más intenso si no comprendemos sus razones. El bebé había comprendido lo que Tristán tomaba por desamor y dureza inexplicables.

Al día siguiente se levantaron temprano. La Ecuyere abandonó la casa como si fuera un andén. No se detuvo en la puerta con una última mirada de despedida, porque no hay hogar donde no hemos sido felices. Se marchó sin llamarlos, con una prisa que les interrumpió el desayuno por la mitad. Tristán y el bebé la siguieron, Tristán acarreando los paquetes con las ropas, los dos, ya que el bebé, por comodidad inhabitual o misteriosas razones, no había querido hacerse cargo del suyo. Más tarde, Tristán lo dejó caer al suelo, necesitaba sonarse, y entonces el bebé lo recogió con desgano.

En la estación, la Ecuyere sacó el dinero del viaje y se acercó a la ventanilla.

—No me saqués boleto— dijo el bebé de pronto. La Ecuyere no dijo ni sí ni no, pero Tristán lo oyó asustado. Quería a los dos, ¿con quién debía quedarse o partir?

La Ecuyere contempló al bebé sin sonrisa ni agravio, y no preguntó nada. Luego, por un momento, fijó los ojos en Tristán. Yo voy, yo voy, quería decir Tristán, pero la Ecuyere no le dio tiempo. Frente al empleado de la ventanilla, que golpeaba impaciente con un lápiz sobre el mostrador, pidió un solo boleto. Tristán la tironeó del vestido y la Ecuyere le separó la mano y meneó la cabeza, como antes, cuando enfrentó su ineficacia ante los rotosos y lo consideró como si él fuera una fatalidad. Tristán tironeó más fuerte del vestido, angustiado, y creyó que ella iba a hablarle, desmenuzaría con razones el gesto incomprensible para que a él no le doliera o le doliera menos. Pero ella sumió la boca como si tuviera un conocimiento imposible de compartir, y lo besó en la frente. La muerte final no importa, sino estas pequeñas muertes que nos paralizan en medio de la existencia, la resurrección es siempre solitaria. Al bebé no lo besó, se miraron largamente, remotos y cercanos, y se sonrieron. Y sin saber por qué, Tristán hubiera cambiado el beso por la sonrisa o por esa mirada que lo dejaba aparte.

La Ecuyere subió al ómnibus, que demoró en partir un largo rato, y los saludó, distante, a través de la ventanilla polvorienta. Tristán subió al ómnibus, pero el chofer le pidió el boleto y le ordenó que bajara. Tristán no obedeció, señalaba a la Ecuyere, como razón suficiente, y entonces el chofer se levantó de su asiento y lo empujó hacia la puerta. Quedó hecho un sándwich, entre el chofer, que era corpulento, y la gente que subía. Balbuceó desesperado, ahogado entre cuerpos y valijas, hasta que el bebé montó en el estribo, consiguió sujetarlo de la mano y lo tironeó hacia afuera.

—Cómo te hiciste la ropa— murmuró el bebé, sin reproche, y le alcanzó un trozo de pantalón. —¿Dónde dejaste el paquete?– y Tristán señaló hacia el ómnibus, en donde lo había abandonado, ciego en el pánico del estrujamiento. El bebé subió ágilmente y consiguió recuperar algunas prendas roñosas y pisoteadas por el suelo.

El chofer, malhumorado, protestando contra los imbéciles, se sentó frente al volante y encendió el motor.

Tristán y el bebé se pusieron a limpiar frenéticamente la ventanilla con las manos y después con las mangas de los sacos. El rostro de la Ecuyere se les borroneaba entre el polvo seco. Y Tristán comenzó a llorar, el bebé no, y la imagen de la Ecuyere se les borró del todo. El ómnibus partió.

–Vení. Ya somos hombres– dijo el bebé y retornaron a la casa. El bebé se sentó en el suelo, en el lugar de dolor de la Ecuyere, y se acarició la cabeza enrulada. Meditaba profundamente, con los ojos claritos llenos de pensamientos. O de recuerdos porque quizás el ómnibus le había traído la imagen de otro ómnibus donde se había perdido.

De regreso, tragándose las lágrimas, Tristán había concebido el proyecto de atacar la pena con el fingimiento de la felicidad, los dos momentáneamente solos, dueños de la absoluta independencia que siempre habían gozado. Dueños y señores, ¿de qué?, pensó Tristán, y ahí no siguió porque le avergonzaba llorar delante del bebé, que seguía mesándose los rulos, como si en ellos residiera una respuesta.

Tristán se cansó de querer entablar conversación, el bebé contestaba con monosílabos o con desalentadores encogimientos de hombros, deseando no ser interrumpido. El osito miraba con sus cuencas vidriosas desde el tablón, y hasta esto molestaba al bebé, porque se levantó y lo dio vuelta de espaldas. Tristán vagó un rato, aburrido, y salió a la puerta. Era mediodía y no había comido. Se calentó la leche más tarde, y la bebió, hambriento, pero reservó una parte para el bebé, que seguía sentado, meditando. Felizmente había dejado en paz la cabeza y tenía las manos cruzadas sobre el pecho, estaba extraordinariamente quieto ahora, pura materia pensante que no podía distraerse.

Tristán regresó a la puerta de calle. Unos chicos jugaban en la vereda y los miró con envidia, pero los chicos desconocieron su presencia. No por maldad, era demasiado grande, consideraron. Vio pasar a una muchacha que le recordó a María. Venía por la vereda de enfrente y no era ella cuando cruzó la calle, registrando los números de las casas, indecisa, como si se hubiera perdido, sólo por un momento porque en seguida afirmó el paso y se alejó. No era ella, pensó Tristán, tratando de serenar su sobresalto, pero a medida que se alejaba ya no estaba tan seguro. La muchacha giró la cabeza antes de doblar la esquina y Tristán encontró unos ojos orgullosos y oscuros y tuvo la certeza de que era ella, sólo a ella pertenecía ese gesto de torcer el cuello, llevando la barbilla hacia adelante.

Entró rápido en la pieza y sacudió al bebé, que se había dormido, para comunicarle su descubrimiento. El vacío dejado por la Ecuyere podía ser llenado por María, que era más joven, que estaba más llena de misterio como todo ser que no gastó aún del todo el tiempo de su vida. Un misterio inocente al fin y al cabo porque jamás se sustituye una presencia.

—Andate, andate— dijo el bebé entre sueños. Tristán creyó que era una autorización, corrió hacia la calle y empezó a caminar, tras los pasos de la muchacha que ya estaba muy lejos.

No la encontró. Si la muchacha era María, Tristán nunca lo supo. Se perdió entre calles que no conocía, se sentó en un portón para descansar un rato y se quedó dormido, en esto semejante al bebé, quien nunca llamaba al sueño, siempre instalado en él, como una almohada.

Cuando volvió al día siguiente, el bebé lo miró con sorpresa, acaso no esperaba su regreso. No le preguntó si había tenido suerte. Descolgó de la soga un par de pantalones y se los tendió a Tristán. —Cambiate— le dijo. Tenía en los ojos una expresión remota, idéntica a la expresión de la Ecuyere cuando se había enamorado. El bebé partía y Tristán se asustó. Se cambió rápidamente y el bebé levantó los harapos del suelo y los echó a la basura, en silencio. Tristán se acercó a él y lo sujetó por los hombros.

El bebé le bajó las manos y le sonrió tranquilizadoramente. —Ya vamos a encontrarla— dijo, sin especificar a quién se refería, pero no era lo que Tristán quería oír. Se le prendió otra vez de los hombros, lleno de pánico por esa mirada remota que seguía en los ojos del bebé, no obstante la sonrisa.

Dios no nos quiere contentos

—¿Qué te pasa?– preguntó el bebé, y Tristán señaló sus propios ojos, que sólo mostraban desamparo. Entonces el bebé comprendió, bajó los párpados y cuando los alzó, la mirada había desaparecido y en su lugar estaba la otra, familiar y conocida. Allí tomaban la leche, lo acompañaba.

—Estaba tomando la leche– dijo el bebé y trajo otra taza de la cocina y sirvió a Tristán.

No la encontré, no era María, hubiera querido decirle Tristán, con el deseo de escuchar la voz del bebé, habitualmente pródiga en ternura. Así como la mirada le concedía amparo, la voz podía traerle, de un lugar que Tristán no transitaba, la sabiduría.

María te hubiera esperado, lo tranquilizaría el bebé, y para esto, forzosamente, antes debía decir: yo estoy aquí. Pero el bebé se sentó a horcajadas sobre la silla, hundió los ojos en el fondo de su taza y se quedó en silencio. Tristán bebió dos tragos, se quemó la lengua y no pudo tomar más. El bebé partía y lo dejaba solo.

Reconoció el suburbio, el potrero donde había pasado buena parte de su infancia. Nadie había construido sobre los restos de la hecatombe, que se hacía más definitiva a través del tiempo, con los muertos siempre muertos y como si no hubiera nadie capaz de edificar otra casa sobre cimientos de masilla y reiterar los sueños y apetitos miserables.

En la casa de María vivía una pareja con chicos, y cuando después de muchos rodeos, Tristán se hizo entender, la mujer cerró la boca en un hilo delgado, pero el hombre sonrió maliciosamente. –¿María?– dijo. Lo tomó del hombro, obligándolo a girar, y señaló a la distancia, riendo.

¿Por qué ese hombre se sentía feliz?, se preguntó Tristán, tenía mujer, niños, y esto suponía el amor y el deseo, y la vida apacible, ¿por qué no quería ese destino para todos? ¿Por qué se sentía feliz? Una felicidad negra e impúdica en la sonrisa maliciosa, gozaba la felicidad como un privilegio de honestidad o viveza, y la volvía más agraviante que el crimen de un inocente. Y se dio cuenta, sin pensarlo, por simple desazón, que las casas no se reconstruyen jamás, como cada objeto cuya pureza inanimada se niega a ser reconstituida en otra cosa que no sea lo que fue, pero sí los sueños y apetitos miserables.

Caminó hacia la casa que el hombre había señalado, la misma que con María había avizorado desde lejos en un tiempo perdido. Era un anochecer de sábado y los sábados se multiplicaba el movimiento, las sombras rechazaban su carácter subrepticio y se alzaban las voces y la música, como si hubiera días especiales para justificar el escándalo. Se quedó parado frente a la casa, ansioso e irresoluto, y acabaron por descubrirlo. Aparecieron varios hombres y mujeres en la ventana y ejecutaban gestos que no entendía, se atropellaban entre risas, quitándose el lugar. Luego, la ventana quedó vacía bruscamente y se abrió casi en seguida la puerta. Una mujer apareció en el vano.

–¿Qué andás husmeando?– preguntó. –Vení–. Y él obedeció. Ella lo escrutó, fría, solemne. La vio a contraluz, a través del rectángulo iluminado de la puerta, y le sorprendió la cara limpia, sin maquillaje alguno, y recordó cuántas veces con María habían superpuesto intuitivamente infinitas capas de afeites sobre los rostros de las mujeres de la casa, no para acentuar coqueterías sino para ocultar desnudeces que en aquel tiempo ignoraban, aunque más tarde Tristán entrevió, como si soñara, cuerpos enteros, carnes pálidas y recorridas. Buscó roces e investigaciones mecánicas mientras trataba de escudriñar el interior, pero el cuerpo de la mujer cubría casi por completo la puerta.

Ella retrocedió para dejarle paso en una invitación indiferente. Y apenas entró, redoblaron las risas y un tipo le puso una copa de vino en la mano.

–¿La conocés a ésta?– dijeron, y señalaron a María, sentada en las rodillas de un hombre grande, de expresión oscura.

Estaba panzón de recuerdos, pero no negó ni afirmó. La palabra, que nos gana tantas cosas, también a veces nos pierde. La había encontrado, por fin, y pronunció su nombre para adentro, protegiéndolo de esos seres que no le gustaban.

–¿No la conocés?– repitieron. Entonces, uno que estaba medio borracho, gritó: –¡Que la conozca! ¡Que la conozca!

La idea prendió rápidamente. Se pusieron a trabajar como para una fiesta. Arrimaron dos mesas, con sus mantelitos de hule a cuadros rojos y blancos, llenos de vasos y botellas, y perforados por el fuego gris de los puchos.

La señora que le había abierto la puerta perdió entonces su aire de indiferencia y comenzó a gritar: –¿Quién paga esto? ¿Quién paga?–. Y lo primero que hizo fue sacarle a Tristán el vaso de vino que le habían dado.

Los otros trasladaban los vasos y botellas a una mesa alejada con un apresuramiento contagioso. Tropezaban en las idas y venidas, abrazándose para conservar el equilibrio y se bebían el resto de vino de los vasos. Las mujeres se mantenían a la expectativa, sentadas en sillas de paja contra la pared, con batones abiertos, deslucidos, que chillaban roncos sobre la palidez ablandada de las carnes. Una de ellas tenía una gran verruga sobre el mentón y se tironeaba un pelo negro que nacía en el centro, con una expresión de envidia. Se acercó a la señora, reclamando, y ella, con un gesto imperioso, la volvió a su lugar, borrada la envidia de la cara y toda otra expresión, como un pedazo de carne, en la vacuidad de la carne que espera ser comprada. Silenciosa, se sumó a las otras mujeres que cuchicheaban entre ellas, con risitas satisfechas. –Por protestar– dijeron.

María seguía sentada en las rodillas del hombrón, que observaba los desplazamientos de los otros apenas interesado. Acariciaba las caderas de María con su fuerte mano oscura y, con la sombra de una sonrisa, comenzó a hablarle al oído. Ella escuchaba indiferente, limpia de sentimientos, de expectativas. Él terminó de hablar, acentuando lo dicho con un golpe en las caderas, y como por arte de magia, María pasó de sus rodillas a las dos mesas unidas. No debía llevar bombachas porque no se vio volar nada por el aire y la falda del vestido subió en una confusión de manos y risas nerviosas. Rodearon a Tristán y le sacaron los pantalones. El se rió, protegiéndose el sexo con las manos.

La señora miró, meneando la cabeza, disgustada, indecisa, y optó por alejarse. Se dedicó a contar las botellas a medio vaciar sobre la mesa apartada, diciendo:

–¿Quién paga esto?– y señaló con un ademán irritado hacia María –¿Y eso?

Pero nadie le prestaba atención. Tenía su experiencia y se dominó, a la larga la excitación pasaba y le llegaba el turno. Ante criaturas flojas y vencidas, con un aire culpable que acentuaba más la estupidez habitual, presentaba la cuenta.

Dios no nos quiere contentos

El hombrón, con su expresión indescifrable, estaba inclinado sobre María y le acariciaba los cabellos. Tristán intentó retroceder, pero lo rodeaban, contentos y alborotados, como espectadores en una riña de gallos. Le apartaron las manos de su sexo. –No seas tímido, andá– gritaban.

Se encontró tendido sobre María, más rápido que su pensamiento lento, que su capacidad de comprensión, ofuscada por el medio vaso de vino, por las risas y el ruido. Levantó la cabeza, pero una mano se incrustó en su nuca y su cara cayó sobre la cara de María, que sintió tibia, inmóvil. No percibió siquiera el consolador aleteo de los párpados, el trémulo roce de las pestañas que a veces significa reconocer. Uno se acercó trastabillando con un vaso de vino, pero le empujaron el codo, y el vino se volcó sobre Tristán y se perdió en su cara, buscando el nacimiento del cuello. Respiró profundamente y le llegó el olor de María, que no era su olor de niña, sino otro, glandular y casi agrio, ajeno entre el olor a vino. Sus labios cayeron sobre un cuello que conservaba la misma piel inocente. Insistió levantando la cabeza y antes de que se la empujaran nuevamente hacia abajo, pudo entrever la cara de ella, que parecía fría, desdeñosa. Sus ojos miraban sin parpadear, inexpresivos. Y su sexo, al contacto, se irguió y alguien curioseó, tocando, y redoblaron las carcajadas.

María no estaba preocupada, y eso le extrañó. Él sentía una pena inmensa, absoluta, como el pesar del mundo sin el contrapeso de ninguna alegría. No sabía qué había pasado o si algo debía pasar que la justificara, pero el pesar del mundo estaba en él, y lo aumentaba, si era posible aumentarlo, esa especie de liviandad que había en ella, reciente e inexplicable. Se había vestido con cuidado, con una coquetería que Tristán le había creído ajena, y se había peinado de manera diferente, con su rígido cabello lacio alborotado en rulos. Giró sobre sus pies, alzando los brazos por encima de la cabeza, para que la observara, y el movimiento llenó de aire el ruedo del vestido. Pero ante el pesar inmóvil de Tristán, se detuvo. –¿Por qué esa cara?– preguntó. –¿No te gusta?

Él asintió débilmente, para conformarla, para mentirle. Ella seguía siendo aquella niña que buscaba un sentido en la tierra. Un sentido que no era el de los otros, una tierra que no pisaban los otros. Tierra baldada y baldía, donde los pensamientos persistían en el aire, volando en círculos como pájaros agotados, sin tocarnos. Ella le presentaba su cuerpo, oculto bajo el vestido, y en su coquetería, que reemplazaba su desaliño, Tristán veía que seguía creyendo en su poder sobre él, en una inocencia inatacable. Recordó los abrazos del mentido italiano y el gesto de María hurtándose hacia atrás. Inútil desprenderse del cuerpo salvo en la muerte. Deseado o no deseado, es compañero y víctima.

Ella giró de nuevo y Tristán asintió con mayor efusión, despedazándose la boca en una sonrisa. Había que mentirle para que siguiera viviendo. Creyó haber fracasado porque la sombra de un pesar se instaló en sus ojos, pero se equivocaba sobre el motivo.

—Me gustaría tener flores— dijo.

Tristán se miró las manos vacías, no había pensado en flores, sólo había pensado en ella, cómo no traicionar su fragilidad orgullosa. Algo había ocurrido además, aunque lo rechazara tenazmente su memoria, que había sumergido todo orgullo y donde las flores sólo podían tener peso de duelo. Pero el hombrón que había acariciado a María sobre sus rodillas, en la casa, entró y trajo flores, un ramo inmenso y fresco que ella tomó con alborozo, sepultando la cara y aspirando el olor con una respiración lenta, sostenida.

—Casi soy feliz— dijo.

Besó a Tristán en la mejilla. El hombre no se fue, se mantenía aparte, como alimentando una pequeña y cortés expectativa, esperando.

—¿Es la hora?— preguntó María.

—Sí— dijo el otro, con firmeza. Tristán la abrazó.

—Me arrugás el vestido— dijo María, pero se advertía que estaba contenta de la fuerza del abrazo, que parecía una despedida y un encuentro.

Tristán lloraba. María le tocó las lágrimas con los dedos.

—¡No!— dijo. —¿Por qué?

El hombrón sonreía, indulgente. —¿Es que tiene tanta importancia?— dijo. —Se exagera.

Recuperó las flores y sopló las corolas, que también habían padecido con el abrazo.

María se separó y mostró sus manos a Tristán, y las

manos también eran distintas y le costó reconocerlas. No las manos de ella, percudidas y usadas, sino otras, muy blancas, sin desgaste, de enferma o enclaustrada.

Con un dedo, ella se señaló las uñas. –Van a crecer– dijo simplemente. Se las había cortado, dándoles una esmerada forma redondeada, pintadas de rosa.

Tristán las veía crecer, unidas al cuerpo, en la oscuridad, pero independientes en su crecimiento. El cuerpo por fin libre para asumir otra vida, para desarmarse y desmoronarse lentamente, por fin libre, él, tan encadenado. Tuvo un sobresalto paralizador, que María interpretó mal.

–No se usa mucho este color– dijo, mirándose las uñas, desilusionada.

–Sí, sí– enfatizó el hombrón, sonriendo, y se volvió hacia la puerta, esbozando un gesto imperceptible con la cabeza para que ella lo siguiera.

Tristán quiso decir voy, yo también voy, como antes a la Ecuyere, en una partida lejana que lo había entristecido sin terror. Y lo dijo, un poco tardíamente porque la lengua le obedecía temblorosa, pero María negó con un chasquido de la lengua, y también el hombre, sonriendo ambos con una superioridad amable, inflexible.

–Usted se sienta acá– dijo María, sin tutearlo; no por enojo sino para acentuar la condescendencia, casi por broma. Lo condujo hacia la única silla del cuarto y lo obligó a sentarse. Las manos de Tristán caían laxas y se las alzó sobre los muslos. Le arañó suavemente el dorso con la uña rosa, como el juego de un adulto con un niño. Antes de salir, se miró en el espejo, se acomodó los pliegues del vestido, ajustándose el cinturón, y giró por última vez hacia Tristán, sonriendo. No dijo palabra.

Afuera sonó un disparo, uno solo, seco y nítido en el silencio, que se abrió un momento, como abre un amigo la soledad, y se volvió a cerrar. Y Tristán se levantó de la silla y corrió hasta tocar una pared espesa y blanda, de algodón o de nubes.

–Tristán, ¿qué pasa?– le preguntaba María, que no estaba muerta, separándole las manos de la pared. Pero Tristán no podía creer que no lo estuviera, como quien ve vivos a los muertos en sus sueños y sabe sin embargo, que están muertos.

Los oídos le zumbaban. Se encontró afuera, tendido en el pasto. Adentro, la excitación divertida había dado lugar a la sorpresa injuriada ante lo que sucedía y, en seguida, al enojo. No los había calmado el hecho de que después quedara exánime sobre María, tan desolado como un muerto que puede sentir su muerte. Quizás la reacción de los mirones había sido provocada por ese instante que había apartado a Tristán de la curiosidad y las risas, o esa figura tendida sobre María, que recuperaba su dimensión próxima de gozador aprovechado, les recordara la propia insatisfacción no confesada, un goce que debía ser entero y más que goce, y que se consumía mecánicamente en las carnes blandas de las mujeres de la casa, como una búsqueda en el vacío. Ellas habían leído esto en el estupor y el enojo de los hombres, y comenzaron a parlotear, resucitadas de la indiferencia, con comentarios y risas escarnecedoras. Saboreaban el estupor y el enojo, retribuidas inesperadamente de humillaciones ya olvidadas, de pérdidas totales.

El hombrón, que no había abandonado su puesto en la cabecera, mirando con interés y enroscando los cabellos de María entre sus dedos, se había abierto paso entre los mirones alterados y había levantado a Tristán en vilo, llevándolo afuera a puntapiés. Sus pantalones le habían caída encima, más rotos, más sucios. Le sangraba la boca. El hombrón se había ensañado con su cara, extrañamente, en venganza de algo que Tristán no comprendía. Cuando desenfundó un revólver y le apuntó en la sien, Tristán supo que lo que había consumado sobre la mesa de hule era terrible, y esta cualidad no surgía de una aquiescencia dudosa, de una cara sin pestañeos que él besó, buscando un olor de niña y de inocencia, besó inútilmente y de ahí su desolación, pero más allá de la desolación, lo que había consumado tenía un sentido trágico y condenatorio que se le escapaba. Pero el hombrón sólo quería asustarlo. La bala le rozó la oreja y se perdió en la noche.

María apareció en las sombras, gritando –¡Tristán! ¡Tristán!

El hombre se irguió, guardó el revólver y salió a su encuentro. Le rodeó la cintura con su brazo, riendo, y la llevó hacia la casa.

Tristán se alzó tambaleante y se alejó hacia el río.

Había desaparecido el hoyo que lo había salvado hacía años de la furia de la Ecuyere y apenas si una extensa pero superficial depresión marcaba el punto. Se sentó allí, como esperando que la tierra desapareciera bajo su cuerpo y que, no un pozo, sino la nada lo envolviera. Miró a su alrededor y todo tenía la intensidad del desamparo. El aire crudo, que le cortaba la respiración, la lejanía de las estrellas, ajenas a las pequeñeces del dolor o la angustia, los árboles escasos, no verdes ni familiares, sino sombras oscuras, seres irreconocibles.

Un bicho desconocido erraba sobre su pierna, sentía el roce levísimo y extraviado de las patas debajo del pantalón. Levantó la botamanga rasgada, lo cazó delicadamente y lo depositó sobre su palma en cuenco. El bicho indagó el terreno extraño con sus antenas y corrió enloquecido hacia el dorso de la mano. Bicho, bicho, quería decirle para que no se asustara. Acercó su mano a los ojos, buscándolo. Pero era una mano sola.

–No había caminos, Tristán. ¿Es que no estuve demasiado alerta? La vida pide intensidad y que una se diga: esto es, poniendo en fila hormigas negras. Mi cuerpo no fue un intermediario astuto sino una caja de resonancias que me traía todo agrandado y deshacía mi orgullo. Siempre un niño que choca por primera vez con la maldad de los otros y corre en busca de su madre. Y yo era la madre de mi propio cuerpo y lo protegía, pero terminé por morir ya que sólo este vehículo nos conecta a la tierra, a sus frutos de amor o de odio. No se sabe en qué momento se muere por acción de los otros porque no es franca esta muerte. No encontré pensamientos en un mundo que no los necesitaba, en medio de criaturas secas como desiertos. Sólo a veces pude detenerme y recoger pensamientos que se referían a mí misma.

–¿Cuándo?– preguntó Tristán.

María tanteó su cara castigada y lo abrazó fuertemente. Se le hincharon los labios de haber llorado mucho, se separó de Tristán. Miró a lo lejos y Tristán temió perderla, como al bebé. Pero ella retornó la cara y musitó unas palabras que Tristán no entendió.

–¿Qué?– preguntó.

–Cuando te miraba– dijo ella, en un susurro tierno y vencido.

Alguien despertó a Tristán de su sueño. Era la Ecuyere, que había perdido al circo en una de sus giras. Esta vez no había sido del todo un gesto deliberado del Patrón. Una gran tormenta había aflojado los ganchos y sogas que sujetaban la carpa y la había levantado por el aire, como un paracaídas gigantesco que equivocara su destino de bajada. El Patrón se atusaba los bigotes, arrimado a un poste, y vio el cielo libre sobre su cabeza, sin sorpresa. Se afirmó sobre sus pies, mientras el viento rugía, y dijo ociosamente: –Desarmen todo.

La Ecuyere lo había oído, diciéndose: esta vez no se me escapan, pero entretenida con el viento, como un chico con el regalo de un juguete, había empleado el tiempo en desplazarse. Aprovechó el desafío de las ráfagas enfurecidas, que le proponían riesgo, aventura, y eligió las corrientes en espirales que ascendían, amplias y rápidas, y se dejó llevar, el cuerpo horizontal y rígido, ablandando ocasionalmente un brazo, torciendo una pierna, para corregir el rumbo que quería libre, pero no azaroso. El vendaval la había conducido lejos, y cuando cesó, se descubrió sobre el techo de una casa. Bajar, rehacer camino, le había insumido horas, y al cabo, sólo encontró el redondel lleno de papeles rotos y botellas vacías.

En la casa, vivía un tipo flaco, con una nariz enorme y lacrimosa, a quien había despertado el ruido sordo, y siniestro por lo impreciso, del cuerpo de la Ecuyere aterrizando sobre el techo entre un deslizamiento de tejas. Pensó en miles de accidentes, árboles desgajados, perros de la vecindad o elefantes del zoológico arrojados en catapulta, monstruos nacidos de la tormenta. Las tejas desprendidas caían en torrente y se estrellaban contra el patio. Dejarían pelado el techo. Salió a medio vestir, malhumorado, y cuando descubrió a la Ecuyere, ya de pie sobre las tejas, creyó que ella venía del cielo. La Ecuyere, con su vestido de gasa tachonado de lentejuelas y su cabellera alborotada, le resultó una aparición que no pertenecía a este mundo ni a ningún mundo de monstruos. Verla y prenderse de sus encantos fue todo uno. La había seguido, a medio vestir, sin experimentar la menor vacilación, como un perro buscando dueño. La Ecuyere, de regreso hacia el circo, se dejaba arrullar por la voz ronca del flaco, interrumpida por los sorbidos de la nariz descomunal, la voz le hacía compañía, pero a él no le había otorgado una mirada.

En un momento dado, se cansó del arrullo y comenzó a hablar sola, más para ella que para ese oído cuya conformación exterior no conocía. Lo suponía sujeto a un rostro gordo, a un cuerpo asmático, cuando el flaco era puro y ágil esqueleto. La Ecuyere habló. Bajo el

Dios no nos quiere contentos

cielo extrañamente calmo y estrellado después de la tormenta, levantó e hizo caminar a su lado a los seres que alguna vez había querido, sobre todo a Tristán y al bebé, pero no habló del rotoso. Nunca habían caminado juntos o la miseria de su destino lo había apartado definitivamente de la Ecuyere. A veces lo que queda de un hombre sobre la tierra es muy poco, apenas una herida que lleva alguien hasta que muera y después, nada. Para los vivos, punto y aparte: se pasa a otra cosa. Hablaba de Tristán y el bebé, pero no del rotoso. Mientras caminaba con el flaco, que cada vez se le acercaba más creyendo que ella le otorgaba una muestra de confianza con el desgranar de sus recuerdos, la Ecuyere veía la línea del horizonte, tan nítida a la distancia como la línea que separa la vida de lo inexorable, pero sabía que por debajo, tenaces y sin querer el olvido, los muertos van y vienen, como grandes peces en el mar. Próximos y secretos, tan secretos que una presencia extraña los trastorna.

–No está el circo– dijo la Ecuyere, ante el redondel pelado, y había regresado con el flaco a la casa con tejas desprendidas. El flaco caminaba delante o corría hacia atrás, y guardaba a la Ecuyere como un pastor a sus ovejas, incrédulo de esta felicidad inesperada.

La Ecuyere despertó a Tristán y le dijo: –¿Dónde te habías metido?– y Tristán se sujetó del brazo de la Ecuyere y se incorporó, aturdido, no por la sorpresa del encuentro, sino por las palabras de María, por esa increíble entrega de la ternura.

Entonces la Ecuyere vio que estaba sembrado de moretones, con la ropa destrozada, y meneó la cabeza.

—Apenas te dejo solo– comentó, aunque hacía meses que no se veían.

El tipo flaco le tendió la mano y dijo: —¿Éste es el chico?

—No— contestó la Ecuyere —el chico es el otro. ¿Dónde está el bebé?

El bebé se había ido diciendo hasta luego, pero no volvió más. Tristán, si hubiera sido inteligente, se habría dado cuenta de que el saludo suponía una despedida, ya anunciada por la expresión remota que solía aparecer en la cara del bebé y que tanto lo asustaba. Sin embargo, Tristán no lo había vivido como abandono, salvo al principio. Preferible una despedida explícita, con besos y abrazos, y las fórmulas que no se gastan porque las llena el sentimiento, pero, ¿qué remedio le había quedado al bebé ante la desazón coercitiva de Tristán? Cuando no nos entienden, hay que dejar que el tiempo aclare, pensaba el bebé. Y el tiempo lo había explicado, e incluso, lo había despedido correctamente de Tristán, como si hubieran cambiado las palabras rituales y el último abrazo. La intuición de Tristán se había vuelto mucho más sabia, no sólo superaba la experiencia que empezaba a tener, también barría los deseos de su corazón ante las necesidades de los otros.

El bebé había comenzado a mirar los ómnibus, subía a los suburbanos sin pagar boleto, conmoviendo con su simpatía, con su cabeza enrulada. En ocasiones tenía suerte, y en ocasiones no. Lo tiraban a patadas abajo, pero por lo general caía bien, sobre sus pies. No era tonto, había mirado mucho a la Ecuyere cuando ella practicaba sus ejercicios. En algún ómnibus encontraría una pista, y entonces, el hilo interrumpido en un ómnibus repleto, madre, infancia, cuidado, se enlazaría nuevamente y podría crecer del todo. Ya somos hombres, había dicho a Tristán, después de la partida de la Ecuyere, pero eso era una expresión de deseos, nadie es hombre antes de tener todos sus instantes anudados bien fuertes para que, cuando los corte, la ruptura signifique algo. Adultez o crecimiento. Pero todo era demasiado complicado para que Tristán pudiera explicárselo a la Ecuyere. Ella inclinó la cabeza, atendiendo, como si Tristán, que seguía mudo, estuviera hablando.

El flaco se cansó y dijo –¿Es tonto?

La Ecuyere lo miró entonces, por primera vez desde que lo conocía, de esto varias semanas, y el flaco hubiera hecho mal en alegrarse. Lo miró sin piedad, para fulminarlo, atendió otro rato a Tristán, le limpió la sangre de la boca con un pañuelo y después dijo –Vamos.

Charlas que no se hicieron.

Lo que me pasa, Tristán, es que sin el circo no puedo vivir. ¿Hay otro mundo fuera del circo? Bien sé que sí. Mejor que el circo, peor que el circo. El mundo tiene la ruindad de ser fragmentario y que nuestro mundo sea a la medida de lo que el azar del nacimiento haya dispuesto sea nuestro lugar. No hay otro mundo fuera del circo, entonces, aunque el peregrinaje pueda hacerme creer que hay otros mundos, aunque me conceda el respiro de otros mundos. Aquí paso de un Patrón a otro y veo lo que no quiero ver. Pero en el circo soy lo que soy, alguien que puede enroscarse, y treparse a un trapecio, y que se perfecciona en su habilidad. Y esos ojos que me ven y que no me ven, Tristán, tan llenos de telarañas y de moho, me intuyen y reconocen mi existencia. Pero fuera del circo, ¿qué soy?

La Ecuyere suspiró hondamente y se levantó. –Vamos a buscar al circo, Tristán– dijo.

Al flaco, que estaba tomando mate después del trabajo, se le alargó la cara. Abandonó el mate sobre la mesa y miró a la Ecuyere con su felicidad hecha añicos. Daba lástima. Se le iban todas las ovejas de una vez. Sorbió y puso la mano sobre el pecho de la Ecuyere y ella se la apartó sin hostilidad y se la colocó sobre la mesa, como si fuera inanimada. Estaba muy cerca del borde y la Ecuyere se inclinó y la corrió más hacia el centro.

El flaco no se movió, por fidelidad perruna miró su mano sobre la mesa con la misma actitud de la Ecuyere, y se quedó helado. Tristán no pudo aguantar tanta tristeza, más porque el flaco, aunque parecía lacrimoso por obra de un resfrío constante, tenía buen carácter, fácilmente entusiasta, y le daba de comer. Llenó un mate y se lo tendió. Él lo sujetó fuertemente con su única mano viva, sorbió, equivocándose, por la nariz, y se le aflojaron los dedos. El mate rebotó contra el piso y saltó yerba y bombilla, mientras el flaco se apropiaba de su mano sobre la mesa y la atraía hacia su pecho, con la precaución que se usa con un animal resucitado.

–¿Por qué se va?– dijo, sin dirigirse a nadie. Con una desesperación activa, no quieta y sonámbula como había sido la de la Ecuyere, caminó de un lado a otro de la pieza. No pensaba en el desgranar de los recuerdos de la Ecuyere ni en los favores concedidos más tarde, sólo en el montón de tejas desprendidas y en la aparición sobre el techo, y con la incoherencia que presta el dolor, decía: –¡Me la gané! ¡Me la gané!–. No entendía nada.

En una de sus idas y venidas, chocó contra Tristán, que tenía los ojos estrábicos de seguirlo, y se le prendió de los hombros, llorando amargamente. –¿Por qué se va?– repitió, y Tristán pensó que el dolor es buen compañero y no quedaría solo. Le acarició la cabeza.

La Ecuyere no registró nada de esto. Sacó un mapa de su valija de cartón, cerró los ojos y dejó caer el índice. Naufragó el dedo varias veces, sobre océanos y ríos, y después, por encima del hombro del flaco que lloraba, Tristán la vio hacer trampa, entrecerrando los ojos hasta conservar una ranura ínfima que le permitía elegir y caer sobre la tierra.

–¿No vieron un circo?– preguntó la Ecuyere en un bar, y los hombres acodados en el mostrador se consultaron con pocas palabras entre grandes y adormecidos pozos de silencio. Era el sopor del mediodía de verano, después de la comida.
–Me pareció– dijo uno, que era más expansivo. Salió a la puerta, arrastrando los pies y les señaló la lejanía.
–No veo nada– dijo la Ecuyere.
El hombre se encogió de hombros. –Se fue– dijo.
Tristán, cargando la valija, siguió a la Ecuyere. Ella caminaba unos pasos adelante, decidida, como si hubiera recibido buena información. Un montón de camiones rodeaba la plaza reseca, con unos árboles achaparrados, de troncos sucios, que daban miseria de sombra.
¡El circo! ¡El circo!, iba a gritar Tristán y dejó la valija en el suelo para tomar impulso, aspiró hondamente y ya estaba a punto de salirle la voz cuando se desinfló. No eran camiones de circo sino camiones de carga, sin techo y con olor a boñiga, tan pisoteado e intenso que

también retrocedió asustado porque pensó que se le abalanzaban las vacas.

–¡Tristán!– lo llamó la Ecuyere secamente, y se acercó a los camiones. Tenían llantas dobles y cuchetas en las cabinas. En una de ellas, el chofer dormía comprimido, con la boca abierta, deshidratándose poco a poco. La Ecuyere golpeó sobre el capot hasta que lo despertó y lo salvó de la muerte.

–¿Un circo?– preguntó el hombre, atontado. A tropezones, bajó de la cabina y con las fauces abiertas, boca y narices, respiró el aire quemante del mediodía. La Ecuyere lo miraba, frenando su impaciencia, tenía ganas de abofetearlo, de los cabellos del hombre brotaba una espiral de humo. Vaya inconsciente, y encima lerdo, pensó la Ecuyere, furiosa. Tristán cabeceaba a la sombra del camión.

–¿Un circo?– repitió el hombre. –En la carretera– y flexionó el brazo para recuperar los movimientos antes de señalar hacia el oeste.

–Vamos, Tristán– dijo la Ecuyere, sin dar las gracias. Caminó un trecho largo antes de caer en la cuenta de que estaba sola. El chofer había llevado el camión sobre la vereda, a la sombra de una casa, y Tristán dormía a pleno sol, creyendo estar al reparo de la vigilia. Soñaba con un día de otoño, la cabeza apoyada contra el hombro de María, y el otoño se transformó en verano cuando la Ecuyere lo zamarreó, irritada, y lo despertó.

–¡El circo, Tristán!– y por el tono, Tristán comprendió que ese solo instante lo responsabilizaba de desapariciones presentes y futuras.

Atravesaron el pueblo dormido en una invisibilidad de medianoche, sólo perros extendidos como alfombras al fresco de los zaguanes, abrían los ojos ante el rumor de los pasos, que debían provocarles naturalmente la hostilidad y el acecho, y volvían a cerrarlos sin el mínimo interés. Tristán se retrasaba y la Ecuyere lo llamaba, no a voces sino con una fría mirada resentida. Llegaron a la carretera, pero ni huella de circo, ni otra presencia que no fuera el mediodía tórrido que se arrastraba hacia la tarde.

Más adelante, sobre la carretera misma, nacía un reflejo de agua, y Tristán, que estaba sediento, comenzó a correr. Por suerte, el espejismo le abrevió camino, como toda ilusión. Caminaron con la lengua afuera, la Ecuyere con los zapatos en la mano, pero sin proferir una queja, ajena a la quemazón del cemento. Insensible a la fatiga, porque había vencido una fatiga más grande que le aconsejaba quedarse en la vivienda del flaco y con un amor que no necesitaba.

El hombre había dicho la verdad: encontraron el circo en la carretera, pero el hombre estaba aturdido o calculaba mal las distancias, el circo apareció en el hueco de llanura que formaba la carretera en un recodo y casi en otro pueblo. Las leguas que habían caminado para encontrarlo, salieron de la carretera, subieron y se instalaron en las piernas de Tristán y también en las de la Ecuyere, sin que ella registrara otra cosa que una brusca sensación de cosquilleo en los pies. Contemplaron el circo desde lejos, como peregrinos frente a la tierra prometida. La carpa era de plástico y parecía un hongo, moderna, blanca con listas azules.

El payaso manco barría el suelo suavemente para no levantar polvo y lo salpicaba con el agua de una regadera. Saltó de alegría al ver a la Ecuyere, no sabía por qué había caído en desgracia, relegado otra vez a trabajos infames, no había vuelto a pisar el redondel, y el deseo y la nostalgia lo atenaceaban, como a un muerto la alegría de vivir. Avanzó el muñón, que lucía una piel violácea y lisa, saludando, y sintió renacer sus esperanzas. La Ecuyere traía siempre un aire de complicaciones y rebeldías. A río revuelto, ganancia de pescadores.

Sin abandonar la escoba, corriendo, fue en busca del Patrón. –En seguida viene– dijo, y agitó la regadera vacía porque Tristán se había tragado el agua.

–¿Tienen sed?– preguntó, y se alejó para llenarla nuevamente.

–Traé un vaso– le pidió la Ecuyere, el agua le caía a Tristán en cualquier lugar menos en la boca, sólo que estaba tan sediento que era lo mismo. Ella no quería empaparse.

–No puedo– dijo el payaso, con miedo de que ella se marchara a saciar su sed en otro lado, pero indeciso, también temía provocar las iras del Patrón que odiaba los abusos de confianza. –En seguida viene– la conformó, y si cerraban trato, se prometió interiormente, le traería un vaso de agua, e incluso agregaría un platito.

–Bueno– dijo ella, creyendo que la espera sería corta. No obstante, casi anochecía cuando el Patrón apareció. No mostró reconocer a la Ecuyere o no era el mismo. Calzaba botas lustrosas, de caña alta, y tenía una gran cabeza, con poco pelo.

—Entre, señora– dijo, sin darle la mano– y muéstreme qué sabe hacer.

—¿Yo?– gritó la Ecuyere, alterada. –¡Usted está loco! ¡Me toma o no me toma!

—No la tomo– contestó el Patrón tranquilamente y la dejó de una pieza. El payaso se rió, festejando, y recibió un golpe de la Ecuyere, que lo tenía a mano. Él devolvió el golpe con el muñón, que era compacto, y la Ecuyere, desprevenida, cayó largo a largo en el suelo. No se levantó en seguida, enfrente, a la misma altura, se vio los pies, mugrientos y cansados por la caminata, vio su propio orgullo acostado.

El Patrón se marchó, y la Ecuyere rechazó al payaso que quería ayudarla, arrepentido. –Dejame, idiota– le dijo sin rencor.

Tristán rondaba a su alrededor, agitado, creyendo que se había roto las piernas, pero la Ecuyere tenía una expresión que no reflejaba dolor alguno, sólo parpadeaba seguido, como si en lugar de la luz que se suavizaba en el atardecer siguiera el cielo deslumbrante y tórrido.

—¿Por qué no te levantás?– dijo el payaso, inquieto, porque pensó si el Patrón no consideraría un abuso de confianza que la Ecuyere tomara el suelo de tierra cercano al circo como un lecho de rosas.

—Dejame, idiota– repitió ella, y giró boca abajo. El payaso, que no podía más de inquietud, levantó polvo con la escoba y lo arrojó contra la Ecuyere. Ella lo miró de costado y sonrió, sin protestar. Me toma o no me toma, había dicho con el orgullo debilitado por el pasado y la caminata. Lo dejó descansar en paz, y sólo cuando pudo alzarlo, maltrecho, pero en pie, se incorporó. –Andá a buscar al Patrón– dijo al payaso mansamente.

A Tristán le dolió esa mansedumbre, ignoraba que la Ecuyere, como en un tiempo lejano, había puesto el orgullo más allá o más acá de sus propias palabras y necesidades. Ninguna comprobación de su valía la afectaba y en realidad se degradaba quien pedía pruebas. Quien las pide, vive en un mundo inseguro. Ya es prueba suficiente estar sobre la tierra sin concederse la miseria.

El Patrón volvió después de la cena, las estrellas en el firmamento. Por suerte, esa noche era lunes y no había función. Miró a la Ecuyere silencioso, escarbándose la dentadura con un alfiler de cabecita, hasta que ella dijo –Disculpe. ¿Qué quiere que le muestre?

–Estoy completo– dijo él, para desanimarla.

–¿Y entonces?– preguntó la Ecuyere, luchando entre el desaliento y la indignación.

Por respuesta, él señaló la entrada de la carpa. Adentro, tomó una silla y se sentó bajo el cono iluminado de un reflector. El resto estaba sumido en una luz mortecina.

La Ecuyere miró a su alrededor, refregándose las manos. –¿No hay luces?– dijo.

–No– contestó el Patrón secamente, levantó los ojos del alfiler de cabecita que había sacado de su boca y concentraba su atención. –Sólo ésta. Y la necesito. Empiecen– dijo, incluyendo a Tristán.

–Éste no sabe hacer nada– dijo la Ecuyere.

–Entonces sobra– contestó el Patrón.

Tristán intuyó que su presencia colocaba a la Ecuyere

en situación comprometida, prójimo inútil mejor lejos que cerca, con más razón si hay necesidad. Quiso decir sé cantar, y emitió unos sonidos, cómicos por desesperados, y el Patrón lo observó con interés.

–Que te acompañe– dijo.

La Ecuyere se puso carmesí. Ella actuaba con el *Danubio azul* o, mejor, sin música de latas. Odiaba las orquestas de circo, que la sacaban de clima. El Patrón balanceaba la cabeza acompasadamente, aprobando los ruidos de Tristán por puro espíritu de contradicción.

Prójimo útil mejor lejos que cerca, con más razón si hay necesidad. Una fatal competencia, no hay escape. Cesó el rubor en las mejillas de la Ecuyere y se quedó pálida. Miró suplicante a Tristán y Tristán hubiera querido ser comido por la tierra. Devuelto en bicho sin responsabilidad, sin voz.

–¡El *Danubio azul*, Tristán!– gritó la Ecuyere, con un acento que reconocía imposibles, pleno de desesperanza.

Y comenzó a enroscarse, curvando brazos y piernas, pero se paralizó en medio del nudo: el Patrón le había dado la espalda y conversaba con un recién llegado. Bromeaban y se alejaban hacia la salida. Oyó unas carcajadas agraviantes, más agraviantes porque no reían de ella, ni siquiera de Tristán, quien, con magros resultados, bombeaba aire para impulsar la voz. La Ecuyere sufrió una súbita amnesia, y se forzó por recordar el mecanismo del nudo, el resorte que desataba la magia, pero sólo la asaltaron sensaciones penosas, el ardiente contacto del pavimento y, a traición, el recuerdo de una pared descascarada donde había apoyado la mejilla, recibiendo calor de carne y piel. Sintió un dolor intenso en la cintura, ella, que tenía el cuerpo para domarlo. El payaso se había sentado en las gradas y llenaba el circo con su risa. Preso de una hilaridad irresistible, se contorsionaba con el muñón al lado de la oreja, escuchando los ruidos de Tristán.

La Ecuyere concluyó el nudo dificultosamente, se deshizo a desgano, y subió al trapecio, no de un salto como acostumbraba sino trepando sin gracia ni sutileza por las sogas. Se balanceó, aferrada con las dos manos de la barra, y con su vestido polvoriento, tachonado de mugre por las incidencias de un día ingrato, parecía una bolsa de papas recién arrancadas de la tierra. Enlazó las sogas con las piernas y descendió. Se había despellejado, le faltaba el aliento.

Cerca de la salida, el Patrón saludó, jocoso y expansivo, al desconocido, y se volvió. Cambió de tesitura.

–No vi nada– dijo secamente. –Hacelo otra vez.

Miró al payaso que aplaudía, como batiendo un parche. El payaso se sintió observado y se mudó a una actitud de repugnancia. Apretó el muñón contra la palma de la mano, ahogando el sonido repiqueteante, y agobió las comisuras de la boca.

El Patrón lo llamó y él saltó, cayendo e incorporándose, por encima de los bancos.

–¿Qué te parece?– le preguntó.

El payaso se hinchó como un pavo, recuperaba favores. Miró a la Ecuyere con agradecimiento, porque a ella se lo debía, y luego al Patrón. Desesperado y convincente, acentuó su cara de asco. –Más o menos– dijo. Y señaló a Tristán. –El chico es el que vale.

Dios no nos quiere contentos

Como el número de la Ecuyere resultó mejor de lo que había creído, el Patrón se ablandó. No simpatizaba con ella, pero la dejaba tranquila. José y Pepé habían quedado descolgados por un desperfecto del camión en un pueblo perdido y el circo no podía prescindir de trapecistas. Además, los viejos llenaban un espacio cómico y la Ecuyere otro más grave, de solemnidad necesaria. Pero ella se lo tomaba demasiado en serio, con una soberbia imprudente, cuando era el chico el que valía, y el Patrón no veía la hora de hacerle besar el suelo, o que lo besara ella, mejor, por propio impulso, en una de esas caídas que despertaban el morbo de la gente y las aglomeraba fanáticas.

Por el momento, esperaba. Le había hecho entregar a Tristán, descontando el gasto de los primeros sueldos de la Ecuyere, un traje azul, con charreteras amarillas y gruesos cordones de salida de baño, y Tristán debía compartir con ella el mismo foco y mover la boca como si cantara. –No te muevas– le aconsejaba la Ecuyere, porque muchas veces Tristán se distraía y empezaba a caminar, y el foco la dejaba en la oscuridad en pleno salto. Sólo su pericia la salvaba. En el saludo final, por expresa diligencia del Patrón, Tristán saludaba junto a la Ecuyere, él unos pasos adelante, y colocaba a la gente en la disyuntiva del silbido o del aplauso.

El Patrón no accedió al *Danubio azul* ni al acompañamiento de latas de la orquesta, pero si hacía esto para contrariar a la Ecuyere, se equivocaba. Ella jamás había prestado atención a la música, se cantaba, contorsionándose sobre la tarima, abajo, o balanceándose en el trapecio, su propia música, que podía recordar una melodía conocida, pero que, por lo general, nacía de ella y se relacionaba con su propio movimiento y sus estados de ánimo. Más allá de la alegría o la pena, se cantaba con los labios cerrados en un arrullo que guardaba atisbos de piedad.

Descubrió que el circo, con sus camiones flamantes y su carpa moderna, era más sórdido que otros que había frecuentado desde el uso de su propia habilidad o memoria, donde las carpas raídas y agujereadas tenían la cualidad de no mentir un mundo ignorante y miserable.

La gente parecía aplastada por la figura del Patrón, no había discusiones ni jolgorio ni escándalo. Terminada la función, cada uno, envuelto en un aire de resquemor y fracaso, se encerraba en su camión o se alejaba, como la Ecuyere y Tristán, hacia pensiones baratas. También el público era distinto, aplaudía sin generosidad y se impacientaba con rapidez. Pero el circo se colmaba en cada función porque todo se transformaba en magia por obra de una publicidad incesante, hoy 3 funciones 3 en carteles y en los diarios, y fuegos artificiales y los desfiles a plena luz por las calles del pueblo, con los elefantes adornados caminando como sonámbulos, y las cornetas y los tambores que ensordecían, pero avivaban la sangre desteñida. La gente no aplaudía excesivamente porque estaba poco dispuesta al esfuerzo físico del entusiasmo, no porque dudara de las bondades del espectáculo. Había un elefante que levantaba las patas, bailando, y se sentaba graciosamente sobre sus cuartos traseros, unos perros que ladraban a dúo y a coro, practicaban sumas y restas elementales, y jugaban a la pelota con camisetas de terciopelo, las patas quemadas por el aprendizaje, y leones de verdad y malabaristas. La función comenzaba y se cerraba con un urso que rompía cadenas y que el resto del tiempo seguía al Patrón como su sombra, diseminando terror. Usaba una barba rala, en punta, que parecía a punto de desprendérsele de la cara y Tristán, creyendo que era postiza, le había dado un tirón.

A duras penas, la Ecuyere había conseguido librarlo del urso, tan enfurecido que había tomado a Tristán por el cuello y lo golpeaba contra la chapa de uno de los camiones. Tristán pegaba con el cuerpo, que producía un ruido sordo, pero la cabeza se adelantaba y rebotaba dos a uno, con un acompañamiento hueco, y la Ecuyere pensó que se lo dejarían idiota.

—Bestia— dijo, y se interpuso para amortiguar los golpes. Aferró a Tristán y lo separó del urso.

—Te descuento medio sueldo— dijo el Patrón, que contemplaba la escena, porque consideraba que el urso merecía indemnización por el agravio, y después, al observar las abolladuras sobre la chapa del camión, aumentó la indemnización al sueldo entero.

El urso le besó las manos, agradecido, y la Ecuyere no musitó nada, porque sabía cuando perdía y arrastró a Tristán con ella para reanimarlo bajo el chorro de una canilla.

Cuando Tristán despertó, se encontró con la mirada de la Ecuyere, crítica y bondadosa, que reconocía en él imperfecciones, y bajó la cabeza, humillado. Ella entendió sus sentimientos porque dijo: –Es el circo.

No le mentía, el circo le estaba resultando demasiado oprimente. El Patrón oficiaba como una fatalidad que no sabía si alguna vez se podría sacar de encima para subsistir con más sosiego y contentamiento. No se acostumbraba al urso, a esos artistas tristes que se encerraban en sus camiones después de la función, masticando frustraciones, amarguras, como si hicieran la representación de algo imposible, enemiga de la realidad y de ellos mismos.

Sólo se salvaba una mansa criatura que a la Ecuyere le recordaba a la mujer del rotoso, y cuando la Ecuyere tropezó con ella, le abrió los brazos y la apretó contra su pecho. Lo que creía muerto estaba vivo y esos peces enormes que volvían le pegaban en el flanco, delfines cariñosos, pero terribles. La mujer tenía la misma mirada de la mujer del rotoso, esa mirada indefensa de los seres que no pueden articular sus experiencias y sólo disponen de la estúpida capacidad de sufrirlas.

Por su silencio y resignación, había podido subsistir en el circo. En muy contadas ocasiones había tenido la mala ocurrencia de manifestarse, de que tomaran en cuenta sus deseos. Había corrido en busca de la Ecuyere cuando el urso sacudía a Tristán contra el camión, y la Ecuyere le estaba agradecida. Le costó caro porque después la encontró con el labio partido y un ojo amoratado.

–¿Qué pasó?– preguntó la Ecuyere. Y la mujer se

encogió de hombros sin señalar ningún culpable. Intentó abrir el ojo, una ranura enrojecida en una hinchazón violeta, y sonrió, disculpándose. Esa sonrisa trastornó a la Ecuyere, si al dolor inmerecido agregamos la sonrisa, no hay salvación.

El Patrón apareció con el urso y unas botas de recambio. Sin una palabra, se las tendió a la mujer. Ella las tomó y corrió a lustrarlas, como un animal manejado por reflejos.

La Ecuyere suspiró y se alejó, agobiada. Había terminado de comprender, la mujer jamás había dicho: existo, sufro, sino existo, sirvo, y eso la había condenado. ¿Qué le deparaba la existencia?, se preguntó la Ecuyere con amargura, ante esa servicial y castigada mansedumbre.

En días sucesivos, rearmó el pasado de la mujer, que se le acercaba, mansa y callada, como quien se calienta ante un fuego preparado para otros. La Ecuyere no volvió a abrazarla, pero no rehuyó su mirada, y la miró tanto que la mujer del rotoso se alejó de nuevo, sumergida en su misterio insoluble, y dejó vivir a la otra. Amante del Patrón en otro tiempo, madre de sus hijos, sirvienta para todo trabajo, no servía para nada, decía el Patrón. Insólitamente, comenzó a decir también que tenía condiciones, y cuando vio la facilidad con que la Ecuyere se desplazaba en el aire, se empeñó en que la imitara, sobre todo porque esa criatura había perdido ya gran parte de sus encantos y lo fastidiaba su presencia.

–No hace falta que ensayes– le decía y buscaba la complicidad del payaso, quien todavía no había logrado acceder al redondel de sus sueños.

El payaso se ponía pálido y balbuceaba. No obstante, pesaban tanto sus ansiedades que un día terminó por asentir. Por qué misterio el Patrón quería la aprobación del payaso, imposible saberlo o había en él un resto de humanidad que necesitaba el freno de la opinión ajena. El Patrón le colocó la mano paternalmente sobre los hombros y le dijo que esa noche lo dejaría agitar el muñón ante la gente.

–¿Sólo el muñón?– le preguntó el payaso.

–No, no– contestó el Patrón riendo. Y lo llenó de felicidad: volteretas y vueltas carneros y tropezones y chistes malos.

–¿No que tiene condiciones?– dijo el Patrón, señalando a la mujer.

–¡Muchísimas!– dijo el payaso, extraviado. –Sin red, ¡puede trabajar sin red!

–¿No lo decía?– comentó el Patrón, contento, y guiñó un ojo al payaso, que exánime por lo que había dicho impremeditadamente, se cubría la boca con el muñón.

Los rumores del propósito descabellado llegaron a oídos de la Ecuyere. Llamó a la mujer aparte y la interrogó. Parecía feliz, le habían dado un traje de lentejuelas doradas que titilaban por los estremecimientos debidos al miedo o la excitación.

–Es esta noche– anunció.

–Imposible– dijo la Ecuyere.

–Sí, sí– aseguró ella. –Sin red, ¡puedo trabajar sin red!– e intentó abrir las ranuras de los dos ojos ahora, envueltos en hinchazones violáceas, porque el convencimiento había demorado un poco.

Sonó la música en la carpa y un súbito terror la paralizó. El urso acudió mientras la música terminaba y empezaba de nuevo, repitiendo el mismo aire. La llamó con una extraña voz amable, se atusaba la barbita en punta, y la besó en las mejillas, cariñoso.

—Se va a matar— dijo la Ecuyere, pero lo que antes le hubiera provocado al urso un estallido de furia, apenas si le originó una sonrisa. Meneó la cabeza condescendiente y enlazó su brazo con el brazo de la mujer. Ella la siguió dócilmente, pero ya cerca de la carpa, se desasió y corrió hacia la Ecuyere, quien tuvo un atisbo de esperanza. Se salva, pensó, y decidió hacerle una zancadilla al urso para darle tiempo a la fuga.

La mujer se acercó a la Ecuyere, quien vio incrédula que sonreía, y después de la sonrisa la abrazó fuertemente, como si devolviera a la Ecuyere un abrazo que había sido para otra y como si dijera ahora soy yo y éste es mi abrazo.

Se alejó hacia la carpa, retardando el paso cada vez más hasta que el urso salió a su encuentro y la empujó al interior.

Dentro de la carpa, continuó un rato la música y luego sólo batió el tambor, rápido, crepitante. Alcanzó el cenit y cesó repentinamente para que la atención se concentrara. ¿Salta o no salta?, pensó el Patrón, que estaba alerta a un costado, y cruzó los dedos para invocar la buena suerte.

¡Ploc!, resonó el cuerpo al estrellarse contra el suelo, mientras un murmullo de espanto recorría las gradas. El Patrón descruzó los dedos, hizo estallar el ruido de latas de la orquesta y con un puntapié entusiasta, lanzó al payaso hacia la pista. Corrieron dos peones para retirar el cuerpo. Lo envolvieron en una lona pesada y se retiraron, disimulando con pasos de baile, al compás de la música. Como persistía el murmullo de espanto y cierta agitación, el Patrón ordenó la entrada del elefante. El cuidador, nervioso, le dio una orden equivocada, y el elefante alzó la pata sobre el payaso y la dejó suspendida en el aire. Reculó el payaso rápidamente ante esas toneladas de carne viva y tropezó con tanta torpeza que la gente se fue tranquilizando, porque no obstante lo que había visto, ¿o había soñado?, la normalidad desmentía el accidente. El espanto cedió poco a poco y en algunos, con rapidez. Los perturbaba interrumpir una función de circo. Comían caramelos y el jugo azucarado los acercaba a la vida. El payaso agitaba el muñón como un bastón, cuando lograba tranquilizar sus piernas, y no causaba gracia, pero hacía olvidar. Aplaudieron débilmente, y luego con un calor desacostumbrado, porque esperaban de ellos aceptación y aplauso.

Murió como quería, canturreaba el Patrón, cuando la Ecuyere pasó a su lado, enterada del accidente, murió como quería, sin causar melancolía... Cargada de aprensiones, la Ecuyere había ido a vestirse y no había tenido tiempo siquiera de sacarse los zapatos. Murió como quería, canturreaba el Patrón, y se atusaba los bigotes, sin sorpresa de que los problemas se solucionaran de manera tan conciliadora. Ningún método mejor, pensaba, que sacarle espiritualidad a un cuerpo, vaciarlo de contenidos, no queda nada, sólo la insoslayable podredumbre. Y aun esto, porque la tierra es ancha y ajena, desaparece fácilmente. Estaba contento.

Dios no nos quiere contentos

La Ecuyere sintió las piernas temblorosas, salió fuera del circo, uno de los camiones partía a una hora desusada, tomó un camino de tierra y se perdió en la noche. Azorada, la Ecuyere corrió un trecho tras el camión, sin saber qué perseguía, y regresó. Otro camión se acercaba por la carretera, pero asmático y desvencijado. Tosió antes de alcanzar la entrada del circo y se detuvo. Dos figuras descendieron e intentaron empujarlo. Eran José y Pepé, ya vestidos y maquillados para lanzarse al trapecio. Se agotaron vanamente y corrieron hacia la Ecuyere.

–¿Llegamos a tiempo?– preguntaron sin reconocerla, jadeantes.

Ella los encontró exhaustos por el esfuerzo y mucho más viejos, no obstante las sombras piadosas que disimulaban los estragos. No les contestó, porque estaba seca para la compasión, indiferente. Los escuchó protestar, tartajosos, víctimas de un desprecio que no comprendían. Buscó el bulto envuelto en lona, con la incredulidad que nos otorga la desgracia, y ésta ni siquiera era concreta, se había vuelto invisible, soñada, reducida a pura imaginación. ¿Había existido esa mansa criatura, había existido el golpe contra el suelo? Había existido, insistió la Ecuyere consigo misma, mientras buscaba lo que sabía ya enterrado y olvidado: no perderé la memoria. Viviré en su esclavitud que me quitará la alegría, pero no querré salir porque no hay paraíso posible, es decir, inocente, fuera de la memoria, y yo no seré nada si la pierdo.

El camión que había partido por el camino de tierra, regresó por el mismo camino y estacionó en redondel, junto a los otros camiones. Descendieron dos hombres de la cabina, uno de ellos silbaba un aire triste, pero vio al Patrón y aceleró el ritmo. Al rato se le unió el otro, que silbaba más agudo.

Cuando los hombres se alejaron, el Patrón abrió las puertas traseras del camión y llamó a la Ecuyere. Señaló el interior vacío, sin befa ni escarnio, sólo una comprobación irrefutable.

–¿Cómo no estás vestida?– le preguntó con acritud.
–¿Qué estás buscando? Acá no pasó nada.

Charlas que no se hicieron.

El circo es el presente, Tristán, y un pasado mentido. Cuando me acerco al Patrón, no hay pregunta que pueda formularle. Rápido para la humillación, porque el circo es suyo, y los que mueven el circo y hacen el espectáculo, no tienen voz ni voto, más importante la posesión de la carpa que la carpa misma y lo que pasa debajo de ella.

No envejezco, Tristán, con el pelo ralo y teñido, con arrugas y todo, soy la misma, puedo enroscarme y desenroscarme sin trabajo, saltar de un trapecio a otro con una levedad que no depende del cuerpo. Pero lo que me envejece verdaderamente es el silencio, un silencio que no puede nombrar.

Cuando oigo las órdenes del Patrón y los aplausos,

Dios no nos quiere contentos

o la voz del payaso mientras acomoda a la gente o grita sus gracias escuálidas en la arena y transforma en irrisión la crueldad que también él padece, no oigo más que silencio.

Pierdo el uso y la costumbre de las palabras, deterioro mis gestos que sólo adquieren peso y sentido cuando pueden completarse en las palabras y los gestos de los otros. Pero en ese silencio manchado, nadie habla, nadie pone nombre a sus acciones y a las acciones de los otros porque nombrar significa descubrir. No hay voces ni gritos que traspasen esa envoltura de algodón y yeso en la que estamos atados, como dormidos en una casa grande. Y siento que todo se cubre de una ignominia bárbara y dolorosa, nacida de la confusión, de la debilidad de muchos y del poder de unos pocos. Sólo si el crimen se nombra, y en el nombre se reconoce, cabe una reparación ínfima, puede disolverse en la justicia. Pero ya no hay justicia.

El circo es pura mentira y a veces, cuando estoy allá arriba, me parece que no ilumino a nadie. Que ni siquiera el respiro de pasar de un trapecio a otro nos está concedido mientras siga el silencio.

–Acá no pasó nada– dijo el Patrón –y a quien no le gusta, se va.
–Vamos, Tristán– dijo la Ecuyere.

–¡No te tomarán en ningún circo!– gritó el Patrón, sulfurado. Corrió tras ella y la sujetó del brazo. –Hacé tu número.

En las sombras apareció el urso que rompía cadenas, con su barbita en punta, volátil y escasa. –¿Pasa algo, Patrón?– murmuró suavemente. Tenía una voz finita que salía de otra garganta y provocaba malestar. Tristán giró la cabeza y buscó vanamente al que había hablado.

El urso traía una gruesa cadena que revoleaba juguetón y hasta las moscas buscaron refugio y desaparecieron de las caras. El Patrón suspiró pesadamente, y entonces el urso rompió la cadena por el eslabón limado, pero después tironeó sin éxito, hasta que las venas del cuello se le marcaron, tensas e hinchadas. Desmerecía su fuerza, pero acentuaba otra, sostuvo la cadena, bien visible, entre sus manos.

–Vamos a hacer el número, Tristán– dijo la Ecuyere.

Se vistió y retornó a la carpa.

Al rato, se levantaron feroces abucheos, un jolgorio de escándalo. Un chico, con la urgencia de una necesidad, pidió una contraseña al payaso que vigilaba la entrada, meó sobre una piedra y retornó dentro. Seguían los abucheos, quebrados por las risas nerviosas de los más sensibles, y algunos gritos. La Ecuyere se había quedado enredada en medio de un nudo. Tristán había querido ayudarla, pero la embrolló más. Pasaron largos minutos, Tristán tiraba de un pie de la Ecuyere, de otro. Transpiraba en el intento hasta que ella lo chistó para que se quedara quieto, y se deshizo fácilmente. Trepó al trapecio por las sogas, se sentó en el escaño y se balanceó sin ganas. El público miraba hacia arriba con nuevo interés, esperando que se repitiera el accidente, porque aún la memoria estaba intranquila y la repetición quita peso. Pero no sucedió nada. Agregaron la frustración al peso no deseado de la memoria. La Ecuyere se balanceó, muda para ella misma, y luego enlazó la soga con las piernas y se deslizó hacia abajo. Se quedó inmóvil un momento, mirando hacia la penumbra de los bancos. Tristán empezó a inclinarse para saludar, unos pasos adelantados, y torció la cabeza para no hacerlo a destiempo y vio que la Ecuyere estaba inmóvil, con una mirada hostil y dura que no le conocía. Volvió a enderezar la espalda, desconcertado.

La piedra, aún caliente porque el chico la había guardado en la mano todo el tiempo, pegó en la pierna de la Ecuyere y cayó a sus pies.

–Vamos, Tristán– dijo ella, impávida, sin ver la piedra.

En la salida de artistas, el Patrón la esperaba con el urso. El fracaso de la Ecuyere, la visión de esa figura apática y vencida sobre el trapecio, le había otorgado al urso un orgullo sobrehumano. No necesito la cadena, pensó, y la había dejado colgada de un clavo en el camarín. A una señal del Patrón, el urso asentó la mano sobre el pecho de la Ecuyere, empujándola. Ella se sentía vencida por un fracaso que no dependía de su actuación, y no reaccionó en seguida. Él la aplastó con sus dos manos inmensas, Tristán comenzó a aullar.

–¡Silencio!– dijo el Patrón. –Te podés ir y no te pago.

La Ecuyere levantó las manos y se sacó al urso de encima. Tristán aplaudió y el urso le dio un sopapo que lo impulsó por encima de un camión, en vuelo rasante, y lo desplomó del lado opuesto. Se alzó, mareado, y se asomó en seguida para que la Ecuyere viera que seguía vivo y se quedara tranquila, pero no volvió a acercarse.

–¿Dónde la llevaron?– preguntó la Ecuyere, porque le parecía que saberlo desmoronaría el silencio.

–¡Idiota!– gritó el Patrón. –¡Aquí no pasó nada!

El urso chistó y dijo –Un momento.

El Patrón lo miró, irritado por la interrupción irrespetuosa que adjudicó a otro propósito, y hasta la Ecuyere experimentó un sobresalto. El urso torcía la cabeza y con la mano señalaba hacia la carpa. Atendió con una concentración dolorosa. Estaba a punto de concluir la función, y llegó a sus oídos el retumbar de la orquesta que anunciaba su número y corrió hacia la carpa, mientras el Patrón respiraba. A mitad de camino, lo alcanzó el payaso, tendiéndole la cadena, y él la balanceó de lejos, con un último gesto de amenaza en dirección a la Ecuyere. Para desquitarse, o como prueba de su fuerza, cambió repentinamente la dirección de la cadena y atravesó al payaso de lado a lado, incrustándole los eslabones. Se los despegó de la carne haciendo palanca con el pie. El payaso pegó contra la carpa y de ahí rebotó hacia su lugar de control. Antes de desmayarse, se dobló en dos, agradecido de que le ahorraran camino.

–Aquí no pasó nada– dijo el Patrón y, con la mano en alto, saludó al urso que desaparecía en la carpa.

–No es cierto– contestó la Ecuyere.

–¿Sí?– dijo el Patrón, ambiguo. –Sólo esos dos que

Dios no nos quiere contentos

volvieron– y señaló hacia el camión, donde José y Pepé dormían, no enterados del fracaso de la Ecuyere, que los hubiera llenado de felicidad, con lágrimas secas porque habían sido rechazados. El camión seguía en la carretera, con las luces apagadas, y el Patrón pensó que con un poco de suerte se lo podrían llevar por delante.

–Aquí no pasó nada– acentuó el Patrón, sosegado. Se levantaron unas ráfagas y el Patrón se sostuvo delicadamente los bigotes con la mano para que no se le alborotaran. –Nada– dijo, y miró a lo lejos, concluyendo el asunto.

Y como en un sueño que se repetía, la Ecuyere entrevió a un hombre aferrado a una rueda, los pelos agitados sobre la cabeza, y creyó oír otra voz, pero amarga y cargada de impotencia, que decía: ¡Todo se lo lleva el viento! ¡En este país, todo se lo lleva el viento!

El próximo circo que contrató a la Ecuyere, sólo vivía de sus glorias pasadas. Pero como no esperaba mejora alguna del porvenir, ninguna grandeza imposible, su supervivencia mezquina estaba exenta de sobresaltos. La Ecuyere necesitaba descansar de los suyos, y aceptó el circo, a pesar de la mugre y el deterioro. Tristán seguía acompañándola con sus muecas, muy entusiasmado, y no tuvo valor para apartarlo. Le costó convencer al Patrón, que no quería saber nada de Tristán y que aceptó su presencia en un momento de debilidad del que no tardó en arrepentirse. El traje de luces de Tristán, con sus charreteras amarillas y sus cordones de salida de baño, había quedado retenido en el otro circo. Esa figura andrajosa en el redondel repugnaba al Patrón y no obstante la impasibilidad de su mediocre bienestar, como perdía el sueño, en secreto comenzó a hacer contactos para sustituir a la Ecuyere. Y bruscamente, la tentación le vino de desarmar la carpa en una acción relámpago, y marcharse para sacárselos de encima.

Ignorante de esto, la Ecuyere se esmeraba. Una tarde, después de la función, una mujer joven se acercó a la Ecuyere. Ella armó su sonrisa conquistadora de la fama y sin esperar el gesto de la otra, le tendió la mano.
–Vengo de parte del bebé.
–Muy bien– contestó la Ecuyere, como si se hubiera despedido del bebé el día anterior, otra cosa le preocupaba. –¿Qué le pareció?
–¿Qué?
–El espectáculo–. Y si no dijo "yo" no fue por modestia. El espectáculo era ella, ninguno valía dos centavos. No había leones ni elefantes. El elenco olía a vejez e ineficiencia, se componía de malabaristas que perdían las bochas, musculosos que jadeaban cuando alzaban las pesas, trastabillando, el payaso del muñón y perros jugadores, tan torpes que tenían las patas completamente chamuscadas y no conseguían correr dos pasos sin rodar por el suelo.
–¿Qué le pareció?– repitió la Ecuyere, a medias irritada, porque no se había producido el entusiasmo deseado.
–Muy lindo– dijo la otra, con calor, pero sin sonreír.
–¡Tristán!– llamó la Ecuyere, entregándose a la alegría. –¡Viene de parte del bebé!
Revoloteó por el ruedo, ya desierto, contenta, pero se detuvo bruscamente, aguada su alegría: –¿Por qué no vino él a la función?
–Está enfermo– dijo la mujer.
Y una nueva sospecha asaltó a la Ecuyere: –¿Y usted vino?
–No– dijo la mujer.

La Ecuyere la miró con odio. –¿Por qué me mienten?– Dios mío, cómo perdía admiradores. Y ella, después de su experiencia en el otro circo, no era la misma tampoco. Quizás el ruido que hacía Tristán y que la distraía y distraía a los espectadores, a veces creía que iba a estrellarse contra el suelo, como la otra, o que no podría desarmarse y que tendría que vivir así, como una paralítica complicada. Se vencía, a costa de pura voluntad, pero eso le dejaba un sabor amargo en la boca. Lo que cuesta el arte no es nunca desesperación, sabiamente medido entre el esfuerzo y el placer, un gramo más de placer hace que no cueste nada.

–Está enfermo– repitió la mujer, y algo en el tono convenció a la Ecuyere de que la ausencia se debía a razones de fuerza mayor, y esa excusa fue válida para todos, su mundo se equilibró de nuevo y olvidó la pesadilla de la inutilidad y del fracaso.

–Oh, pobrecito el bebé– dijo la Ecuyere, dando rienda suelta a la compasión.

–¿Quiere venir a verlo?

–Sí, sí– dijo la Ecuyere, y llamó a Tristán, y a la salida del circo, compró en un carrito un paquete de garrapiñadas y galletitas húmedas y otras porquerías más hasta que se le acabó la plata.

–No, no se moleste– decía la otra. –No come nada.

–Entonces flores– dijo la Ecuyere, y en el camino oteó los jardines de las casas, todos eriales pavorosos, salvo uno, detrás de una verja pintada, que tampoco se podía llamar jardín, pero que, junto a una pared, lucía una hilera de margaritas con yuyos. La Ecuyere saltó la verja y las arrancó. El dueño de la casa, que espiaba por la ventana, salió hecho una furia.

–¿Sabe quién soy yo?– le dijo la Ecuyere, soberbia.

El hombre la miró y no se atrevió a decir no, prefirió aplacarse en estos tiempos de incógnita.

La Ecuyere entregó a Tristán las porquerías que había comprado en el carrito y ella llevó las flores, como si las hubiera recibido en el circo de algún admirador inexistente.

–¿Y cuándo podrán venir al circo?– preguntó la Ecuyere, porque hacía mucho que el bebé no la veía trabajar, y bruscamente midió el largo vacío de su mirada necesaria, que, sin adulaciones, pondría fin a sus desfallecimientos, y no se le ocurrió cargar los datos de la mujer, está enfermo, no come nada, de significados inquietantes.

–Aquí es– dijo la mujer de pronto.

La Ecuyere se detuvo en seco y detuvo a Tristán con la mano. La casa apestaba decadencia. Miró a la mujer, ofendida de que la llevara a ese tugurio, y la mujer entendió y respondió con una sonrisa de disculpa.

Un chico muy parecido al bebé de chico, la misma cabeza enrulada, estaba parado en la puerta, sin jugar.

–¿Quién es?– preguntó la Ecuyere.

–Mi hijo– dijo la mujer.

La Ecuyere la miró con ojos llameantes: –¿Por qué no vino él al circo?

Avergonzada de confesar que no tenían dinero y que, por otra parte, el bebé no podía quedarse solo, la mujer balbuceó una excusa incomprensible.

–¡Mañana me lo manda!– dijo la Ecuyere, furiosa,

pero descubrió que el chico la contemplaba tristemente, y ahí mismo enruló el brazo libre de flores, se inclinó y lo colocó bajo la palma de sus propios pies. Se levantó en el aire, y saltó como un canguro, con una torpeza fingida, guiñando los ojos en dirección al chico, cómicamente. Pero el chico seguía serio, pegado a una tristeza que lo asemejaba a la madre. Tengo que cantar, se dijo Tristán, y lo intentó. El chico desvió los ojos de la Ecuyere, miró a Tristán, que enrojecía bajo el esfuerzo, y tuvo una tenue sonrisa que lo acercaba al bebé.

La Ecuyere se depositó en el suelo, frustrada, e insistió en que la vieran en el circo, dejaría las entradas, prometió, ignorante de que el Patrón había ordenado desarmar la carpa, acelerar los trámites y cargar todo sobre los camiones. En una caravana polvorosa, olvidando en el apuro a uno de los perros chamuscados atado a un poste, estaban ya en el camino y la habían abandonado nuevamente.

Entraron en la casa, el interior era limpio, de una pobreza decorosa, y la Ecuyere se encontró más a gusto. Con una sonrisa de compromiso, dirigida más a ella misma que a la mujer, reconoció que no tenía suerte para visitar palacios. El chico se quedó en la puerta.

–¡Bebé!– dijo la mujer con un extraño tono jocoso en la voz. –¡Traigo visitas!

El bebé parecía un bebé recién nacido en la cama. Nunca había sido gordo, pero, ¿por qué se había puesto así? Lo único que tenía era barriga. Y la gran melena enrulada.

La Ecuyere apenas si lo miró. –¿Qué hiciste, bebé, en este tiempo?– preguntó, y buscó una silla como si su sola preocupación fuera sentarse. –Estoy cansada– dijo.

Tristán descubrió dos arrugas que nunca le había visto a la Ecuyere, le habían nacido bruscamente a ambos costados de la boca, y lo desconcertaron porque no respondían a la risa. La risa, que deja ahí su marca para no borrarse del todo. Y también el bebé tenía un gesto nuevo, o varios, registró Tristán, acomodaba a cada instante la nuca sobre el cogote, como si el peso de la cabeza fuera excesivo, y arrastraba la mano sobre el pecho en un ademán dulce y sobrecogedor.

Para contestar la pregunta de la Ecuyere, el bebé señaló a su alrededor, abarcando los muebles con la mano.

–Muy bien– dijo la Ecuyere, y se puso a contemplar los muebles con tanta concentración que casi desapareció del cuarto. Había una mesa en un rincón y la Ecuyere la contemplaba absorta mientras el bebé esperaba paciente que descifrara el misterio. Él se había levantado temprano muchas mañanas, hecho un trabajo que la Ecuyere ignoraba, pero que no había sido hermoso ni gratificante, se había consumido lentamente para obtener una mesa donde apoyar platos y vasos, codos y manos, y donde sostener incluso sus conversaciones con la mujer que fingía ahora una alegría desgarrada. Hendir la mesa, no con cuchillos ni roces repetidos, sino con gestos, palabras y preocupaciones, la inexplicable rutina de vivir que nos hace crecer. ¿Qué hiciste, bebé, en este tiempo?, desde una despedida borrosa a través de un vidrio sucio. Comprar la mesa, los muebles, dejarse llevar hasta ese vientre hinchado y la flacura.

Tan poco, decía la mano del bebé, indiferente, tanto, decían los ojos de la Ecuyere, mirando. La Ecuyere se arrimó al rincón y sin abandonar las flores, jugó con los dedos de una mano sobre la mesa, mientras el bebé sonreía vagamente, los ojos entrecerrados. Tristán sintió otra vez que se quedaba aparte, como en aquella despedida, porque tanto la Ecuyere como el bebé sabían algo que él ignoraba. Carraspeó para obtener una mirada del bebé y tendió el paquete de galletitas, inútilmente.

–¿Cómo te va, bebé?– dijo la Ecuyere, muy seria. La pregunta cayó en el vacío, y la Ecuyere dejó de jugar con sus dedos. Como siempre, cuando estaba ociosa, parecía muy desvalida. No tardó en darse cuenta porque sopló las flores, que se habían marchitado con rapidez, y se absorbió en su contemplación con la misma intensidad que le había merecido la mesa.

–Mirá, Rosa– dijo el bebé, al cabo, con una expresión que recordaba su antiguo gesto de alegría, y por primera vez la Ecuyere lo miró rectamente, con ojos duros y sin dolor –parezco embarazada.

Ella tardó un segundo en contestar. –Embarazado– corrigió secamente, porque las cosas ambiguas no le gustaban. El bebé se levantó de la cama, acomodó su cabeza con lo que parecía ser un tic, y se acercó a la Ecuyere, atropellándola con su panza. La Ecuyere tocó y era una panza dura, tirante.

–¿Qué te parece?– preguntó el bebé, y se separó, esperando la respuesta con una expresión resignada, amistosa.

La Ecuyere carraspeó y dijo: –Fenómeno.

El bebé respiraba sin aire: –Dame la mano, Tristán– dijo.
La Ecuyere terció –La mano me la das a mí.
–No, yo me acuesto y Tristán me da la mano.
–Dejate de fastidiar– dijo la Ecuyere.
Y alargó su mano, que temblaba un poco.
El bebé sonrió –No. No. Voy al baño y después Tristán me da la mano.

Se apartó hacia el baño, tan inclinado que besaba la panza, mientras la mujer se movía apenas de su lugar y hacía gestos en el vacío, como sosteniéndolo de lejos. Apenas el bebé desapareció en el baño, abrió la boca desmesuradamente, ahogándose. Entonces la Ecuyere corrió hacia ella y de un empujón la sacó afuera.
–Llore tranquila– le dijo.

Al empujarla, tocó su espalda, magra de carnes, y la tela ordinaria de su vestido. ¿Qué le había visto el bebé?, se preguntó la Ecuyere; pero no buscó respuesta, lo que cada ser encuentra en otro es una incógnita que se resuelve en sí misma, siempre incógnita para los demás. O no, porque lo que había visto el bebé estaba presente en ese llanto, que la mujer detuvo en seguida, como alguien hambriento de dolor, que lo mastica y lo traga. El hijo del bebé había abandonado la puerta de calle y ella le tendía una sonrisa terca, temblorosa y apagada, que el chico no devolvía.

La Ecuyere entró en la pieza y acomodó las almohadas. Tomó las flores y buscó un jarrón, pero no había, sólo un vaso demasiado chico. Salió el bebé del baño, tan fatigado que se apoyaba en las paredes. Se acostó y dijo dulcemente a Tristán: –¿Me das la mano o no?

—Sos un hincha pelotas— respondió la Ecuyere. —Si canta, te revienta.

El bebé rió silenciosamente y Tristán dejó las garrapiñadas y las galletitas húmedas sobre la mesa de luz, contento porque por fin intervenía y desplazaba a la Ecuyere. Le dio la mano. El bebé la apretó con la suya, pura falange, y cerró los ojos. La cara de la Ecuyere se aflojó de golpe. Se le cayeron las flores al suelo. Misericordia. Tristán se asustó y miró al bebé, con la misma expresión de la Ecuyere. Y justo entonces, el bebé abrió los ojos, como si hubiera estado esperando el momento, el muy turro, se apropió de la mirada de Tristán, le dio la suya y lo jodió para siempre.

La Ecuyere pensaba a veces en el bebé, como en alguien que se estaba muriendo mientras ella vivía como de costumbre, sin renunciar a ninguno de sus gestos cotidianos. Los que le daban placer, los que le daban fastidio. Tristán no comprendía.

—Dejame en paz— le decía la Ecuyere agriamente, cuando veía que el bebé, sano y alegre, se paraba al lado de Tristán y la cara de Tristán se demudaba.

Había sido abandonada por el circo y la miseria se asomaba por la puerta. Tanta repetición de abandonos, salvo aquella única vez por elección, no la dejaban levantar cabeza, imposible conseguir un mínimo bienestar. Practicaba religiosamente sus ejercicios, pero no era lo mismo, no podía comérselos, y sin el contrapeso del aplauso y las luces, se le entumecía el corazón.

—Nos vamos a buscar el circo– se decidió un atardecer. Tristán pensó en caminos que lo alejarían del bebé y negó con la cabeza.

La Ecuyere lo miró con desprecio, sacó sus vestidos de la valija y comenzó a remendarlos. Descosió las lentejuelas y las pegó de nuevo, formando flores cuyo contorno había marcado previamente con un lápiz azul. Tenía ganas de trabajar, la inactividad la ponía desasosegada y de malhumor. Casi indiferente, se negaba a recordar los gestos del bebé acompañando su pena por el rotoso. Mientras cosía, oía los ruidos de la calle a través de la ventana y se dejaba distraer. Los días de sol eran más entretenidos que los de lluvia, pero no lo bastante como para disipar su malhumor, que acabó transformándose en un sordo y rencoroso aburrimiento. Pensaba en el bebé sin angustia, y dejaba caer sobre su corazón, se está muriendo, y no sentía nada.

No la asombraba su propia indiferencia porque el tiempo la había curado de espantos, y esto es bueno, se decía, mientras cortaba el hilo con los dientes y pensaba en el trapecio donde aún ella podía estar viva y desligada.

Encontró un circo de mala muerte no demasiado lejos, y Tristán se alegró porque no la hubiera seguido. Pero en ese tiempo sin asombro, ni Tristán se sorprendió de su propia decisión de separarse de la Ecuyere, la decisión estaba en él, firme y neta, como si hubiera estado siempre. La cercanía del circo había sido pura casualidad, la Ecuyere no había pensado en acortar o poner distancia, ¿y para qué?, en ese sordo aburrimiento que se transformaba a su vez en una feroz melancolía, Tristán era una presencia que no contaba, el bebé contaba menos.

El Patrón contrató a la Ecuyere sin exigencias escarnecedoras de pruebas o informes, pero también sin especificar el sueldo. Trató el asunto con aire distraído que ocultaba una experimentada malicia. Mediante giros ambiguos le hizo suponer que la miseria real sería la magnificencia, y ella aceptó con rapidez sin indagar cifra alguna. Él se extrañó de que la Ecuyere mordiera el anzuelo con tanta facilidad y después se enojó consigo mismo, debía de estar muy tirada o ser un plomo, y hubiera podido conseguirla gratis, como relleno entre los perros futbolistas y el domador de leones, que no trabajaba con leones sino con dos perros de policía.

Pero lo tratado, tratado estaba. Y la Ecuyere regresó contenta de la entrevista, y compró en el camino un paquete de papas fritas, queso y salame. Comió vorazmente, sin acordarse de Tristán, macilento y enflaquecido por la pena.

—¡Tristán!— llamó, cuando sintió la saciedad en la boca del estómago, y salió a buscarlo mientras masticaba las últimas papas fritas, unos restos salados en el fondo del paquete. No lo vio. Se quedó en la calle, tomando fresco, y de vez en cuando se decía, el bebé se muere, más para probarse que para otra cosa, y no sentía nada. Soy fuerte, reconoció con un áspero orgullo, y con violencia, apretó en un bollo el papel engrasado de las papas fritas y lo arrojó lejos.

Entró en la casa y se vistió para el circo. Extrañamente, no pensaba en la fama, y menos aún, en el sueldo espléndido o en la confiada aceptación del Patrón que antes hubiera halagado su vanidad. Sólo quería sacudirse esa continuidad ininterrumpida de desasosiego y malhumor, de aburrimiento y melancolía. El trabajo le quitaría todo eso, como alguien que nos abre el cerrojo de una cárcel, y aunque todavía atada, ya se sentía con ánimos y en ese estado precursor de la felicidad que a veces vale más que la felicidad misma.

Cuando salió, tropezó con Tristán que lloraba, el rostro oculto en el brazo apoyado en la pared, igual a un chico en penitencia. Maldijo y lo llamó imbécil, y le pasó al lado sin detenerse después del encontronazo. Aceleró con una especie de furia incomprensible, o comprensible si pensamos en su felicidad recién nacida, en el hermoso y trágico deseo de no sufrir, pero cuando llegó a la esquina, volvió sobre sus pasos. Contempló el bulto negro de Tristán contra la pared, le apretó el hombro, brevemente, y retomó su camino. El llanto de Tristán tenía una cualidad definitiva, pero la Ecuyere no preguntó nada.

Llegó al circo casi sobre la hora, y se asombró de verlo a oscuras. Sintió un pasmo apretarle el corazón. Se acercó a la boletería y descubrió al payaso manco vendiendo entradas a la luz de una vela.

El payaso abandonó la boletería y la abrazó. La Ecuyere siempre le traía esperanzas, quizás podría pisar de nuevo el redondel, y esto significaba para él un redondel pequeño e iluminado adentro, en un lugar donde sus gracias eran deleitosas y el muñón era más hábil que una mano con cinco dedos, y todos lo querían.

–¿No hay luz?– preguntó la Ecuyere, inquieta. Y el payaso la tranquilizó, ahorraban electricidad, la encendían cinco minutos antes de la función. Nadie venía al circo con demasiada anticipación, eran resoluciones suicidas que los espectadores tomaban en raptos de aburrimiento y que sólo los conducían a la muerte que, en estado de consciencia, debe ser el gran aburrimiento porque no tiene porvenir ni fantasía.

–Pero ahora cambiará todo– dijo el payaso, y no se refería a la Ecuyere, con idea de darle ánimos, sino a la esperanza que había nacido en él. Creyó ver el circo lleno y que lo llevaban en andas. Y dejó de hablar porque avanzaban unos bultos negros y silenciosos, forzó la vista en la negrura para distinguir si eran espectadores, e impresionadísimo porque lo eran, se abalanzó hacia la boletería. Se oyó un golpe sordo cuando en la oscuridad, y excitación, equivocó la entrada. Cayó en el suelo de bruces con un grito de dolor, pero se levantó en seguida. –¡Esperen, esperen!– gritó hacia los bultos negros y, tanteó la entrada con el muñón adelantado.

–Mezquinos, imbéciles– masculló la Ecuyere y buscó un rincón para maquillarse. El Patrón la vio entonces y le dirigió una sonrisa amplia, un poco velada por íntimos reparos, que la Ecuyere no advirtió. Un momento después, se encendieron las luces, que, aunque escuálidas, refulgían en comparación con la oscuridad. El Patrón abrió la puerta trasera de un camión y la Ecuyere saltó adentro sin tocar el endeble cajón de fruta que servía de escalerita.

El camión se usaba como camarín para las estrellas, había un revoltijo de colchones en el suelo, un espejo clavado en el interior de la puerta, y un banquito celeste. El Patrón trepó tras la Ecuyere, necesitaba conversar, dijo. Hosca, sin contestarle, ella se pintó los labios de un color rojo sangriento y con una mano experta marcó dos redondeles rosas sobre sus mejillas.

–Muy lindo– dijo el Patrón, pensando cómo podría atacar el tema del estipendio.

La Ecuyere se observó críticamente en el espejo, esa noche su cara no la conformaba, quizás porque se reflejaba la del Patrón junto a la suya y pertenecer a la misma humanidad le parecía desgraciado. No quería compartir similitudes.

El Patrón abrió la boca y se le vieron los dientes. La Ecuyere se miró los suyos y el Patrón creyó que le devolvía la sonrisa y, alentado, iba a empezar a hablar del asunto que lo carcomía, cuando ella alzó la mano, reclamándole silencio, con un gesto tan cortante que él acercó más su cara al espejo y casi se lo comió. Quería pisar sobre seguro e intentaba descifrar la expresión de la Ecuyere, el gesto cortante lo había sumido en una dolorosa perplejidad. ¿Hablo o no hablo?, se decía.

Entonces, ella tomó un pañuelo de su bolso de lona y cubrió ofensiva el rectángulo que reflejaba al Patrón. Se sintió contenta porque era como ponerle un sudario. Respiró distendida, cubrió sus párpados de verde, endureció sus pestañas y retocó sus cabellos. No la terminaba más y el Patrón se impacientaba. Consultó su reloj y comprobó que ya eran seis minutos los que gastaba de luz. Aflojó la bombita sobre el espejo.

–¿Qué hace?– dijo la Ecuyere en la oscuridad, y el tono vibraba tan áspero que el Patrón sacó una caja de fósforos y encendió uno.

–No sirve– dijo la Ecuyere, y apretó por su cuenta la bombita. No sabía si era la luz mortecina o el Patrón resucitado, pero se veía la cara llena de huecos, de odiosas similitudes.

El Patrón apagó en seguida el fósforo y maldijo su generosidad irreflexiva. Ya estaba desperdiciado. Ella extendió el verde bajo sus ojos hasta que se unió al rosa de las mejillas, y se sintió más conforme. Dudaba sobre pintarse un lunar y con un lápiz negro, indecisa, se rondaba la piel. Se miraba en el espejo, como si estuviera sola y con un tiempo infinito. El Patrón desfallecía, arrancó el pañuelo del espejo y recuperó su cara. La golpeó en el hombro, tan nervioso que el golpe tuvo más fuerza de la que pretendía.

–¿Qué quiere?– dijo ella secamente, mirándolo a través del espejo, y él pensó que ya no podría aprovecharse, rectificar y transformar en espíritu la cantidad ambiguamente prometida. Podría ser poco, pero nunca nada. La cara de la Ecuyere era malévola y despedía odio. ¿Hacia quién?, se preguntó el Patrón, consternado. Adiós sus sueños de que le trabajara gratis, del pasado podemos recuperar todo, menos las oportunidades perdidas.

–No puedo pagarte– dijo, sin embargo, por un resto de fidelidad hacia sus sueños.

—¿Qué?– preguntó ella, incorporándose amenazadora. Su sombra se proyectó, inmensa, de las paredes hacia el techo. Él retrocedió y ella se le acercó hasta tocarlo.

—¡Nadie me toca! ¡Nadie me toca!– gritó él, invocando sin éxito un pasado de inmunidad.

La Ecuyere lo aferró por el brazo, tan fuerte que le crujieron los huesos, y lo sacudió. Los ojos, rodeados de pasto verde, le relumbraban, hostiles y peligrosos.

Él alzó las manos, rindiéndose, cuando la Ecuyere lo soltó, por cansancio, y fingió una sonrisa. –Bromeaba– dijo.

—Váyase– murmuró la Ecuyere y lo empujó fuera del camión, sin darle tiempo de pisar el cajón de fruta.

Él cayó de rodillas y gritó: –Después de esta noche, ¡te despido!

La Ecuyere no contestó nada, cerró la puerta con tanta violencia que el camión tembló como si fuera a arrancar. Se sentó en el banquito, sosteniéndose la cara con las manos y mirándose en el espejo. Sentía el corazón pesado. Después de un rato, el payaso golpeó en la puerta, y la cara de ella era tan sombría y malhumorada cuando le abrió, que el payaso perdió todas juntas sus esperanzas. Aún más, creyó que ella le reprochaba acciones pasadas, ¿pero quién no se excede alguna vez?, y no se atrevió a hablar, se limitó a señalar la carpa con el muñón extendido. Ella atendió y la brisa de la noche le trajo el ruido de latas de la orquesta, acompañando a los perros, y después un tachín-tachín final y los aplausos. Era su turno, y caminó hacia la carpa.

Dios no nos quiere contentos

El payaso la siguió, resentido, ¿quién creía que era? Él sólo había aprobado los planes del Patrón con su mujer, ¿qué responsabilidad tenía? La ambición lo había impulsado a un asentimiento caluroso, pero eso no había provocado la desgracia sino la ineptitud de esa torpe criatura convencida de que nada era más fácil que tirarse de un trapecio a otro. Nada era más fácil, pensó el payaso con una satisfacción rencorosa, para estrellarse contra el suelo. La Ecuyere la debía de estar recordando en el momento menos oportuno, justo antes de entrar en la pista, y eso le hacía nacer esa expresión sombría, cargada de reproches. Le fue atrás, agitando el muñón en descargo y, venciendo su miedo, masculló palabras de protesta indignada que ella no escuchó.

Sólo antes de entrar, se volvió y lo inmovilizó con una mirada como un témpano: –¿Por qué me seguís?– dijo.

–Por nada– contestó él, en un susurro inaudible.

–Mejor así– dijo ella y lo barrió del mundo con un gesto de la mano.

Para compensarse de la espera, la recibieron con silbidos. Alguien gritó mascarita y repitieron viejas obscenidades. Idiotas, pensó ella, con un desprecio infinito, y subió al trapecio, mientras rompía la música.

Esa noche, la Ecuyere creó un número irrepetible. Subió muy alto, más alto que en la tarde aquella que había dedicado inútilmente al rotoso, como presagio de otras tardes inútiles, de una dedicación sin destino.

La miraban desde abajo con el ánimo de joda que provoca un exhibicionismo arriesgado y tan incomprensible como locura ajena. Pero la satisfacción se les fue enfriando en el estómago. La Ecuyere subía y subía, y ellos pensaban basta, no puede seguir más, no queremos seguir más porque los arrastraba. No escuchaban la música que se había ido por otro camino, estruendoso y cotidiano, lleno de tedio. En cada desplazamiento de un trapecio a otro, cada vez más alto y abierto, ella los trasladaba a una región donde no encontraban la irritación de vivir y de morir. Nunca la habían recorrido, no sabían si lo deseaban.

El Patrón, sacudido aún por el susto, miraba desde las últimas gradas y se fue acercando, sin darse cuenta. Se encontró transformado en alguien pequeño que recuperaba un gramo de candor, y, porque era quien era, eso lo suspendió en un estado casi completo de inocencia. Y los pocos espectadores se corrieron en los bancos, arrimándose unos a otros como si tuvieran frío, sumidos en un estado sin referencias que les provocaba goce y padecimiento.

La Ecuyere subía y subía, traspasó el techo de la carpa y los llevó afuera, bajo las estrellas, como si los juntara en una amistad increíble.

El payaso, que vigilaba la entrada, sintió una súbita vergüenza. Sin red, ¡puede trabajar sin red!, se oyó gritar, y para no escucharse, corrió a esconderse. Lágrimas quemantes le surcaron las mejillas. Atraído por un deseo más fuerte que él mismo, volvió y contempló nuevamente a la Ecuyere. Se secó las lágrimas con el muñón y, valeroso, recogió la carga de un remordimiento irremediable.

–Bebé– decía la Ecuyere. Saltaba de un trapecio a otro, se enroscaba en el vacío y se estiraba luego para recorrer el aire con un aleteo imperceptible de sus brazos, acercándose y alejándose de las estrellas. –Bebé– decía, con la insoportable perfección del dolor. –Bebé, a tiempo te moriste– y no sabía por qué decía a tiempo, a tiempo de qué, de vivir menos, de ahorrarse miserias, de no ver crueldades, de no participar como vivo en este mundo.

–Bebé, a tiempo te moriste– decía, mientras tocaba apenas las barras con las manos y se desplazaba, y no sabía por qué decía a tiempo, ni buscaba una respuesta, quizás porque su pena era tan grande que quitaba sentido y volvía inútil su propio tiempo de vivir. Y sin embargo, era su pena, y no el sentido o sinsentido de vivir, la que la sostenía bajo las estrellas.

Charlas que no se hicieron.
Hay días en los que me digo: todo está bien. La muerte de los que quisimos se corresponde en el tiempo con nuestra propia muerte y nos la torna aceptable, y lo que no podemos entender en las cimas de la desesperación se maneja con una sabiduría que alguna vez se nos revelará.

Cuando estoy allá arriba, criatura de ambigüedad, pero no ambigua, sé que todo está bien, Tristán. Estoy allá arriba y me balanceo, y sé que todo está bien, aunque nunca entenderé las razones o sinrazones de la desgracia. No tengo otra respuesta. Entonces me aconsejo, como si alguien lastimado me pidiera una palabra, y me digo, ésa es buena respuesta, debe bastarme, me aferro a ella como a las barras del trapecio porque si me suelto me estrello, la trituro sorbiéndola porque si rechazo su esperanza moriré de hambre, la hago mía. Y así como aferrándome al trapecio, me desplazo en el aire y del caos escojo los movimientos que puedo ordenar, con esa respuesta que no es respuesta me transformo y la elijo como cierta, más cierta y mía que aquella otra oculta por una sabiduría indiferente. En el trapecio, pero sobre la tierra, cualquier destino puede pertenecerme, porque tengo derecho de increparlo, menos el de una criatura de amargura. Por eso me digo: todo está bien.

Llorá, Tristán. Todo está bien.

A veces, cuando faltamos, nos parece que el paisaje va a cambiar con rapidez, que se echarán casas abajo y se construirán otras, que la gente se irá muriendo de prisa, aprovechando la ausencia. Se plantarán árboles y nacerán otros seres que irán creciendo y que nosotros, ciegos en el hueco de la distancia, no seremos capaces de reconocer. Pero apenas Tristán puso los pies en el suelo firme después del traqueteo del ómnibus, aceptó que nada había cambiado, equivocándose. El cambio tiene trampas y juega combinado con el tiempo y los ojos para desconcertarnos, nunca el que pensamos o tememos sino otro, más profundo, más sutil, y quizás, también más escarnecedor.

Nada había cambiado, pensó Tristán, equivocándose. Sólo dos casas nuevas y no habían demolido ninguna, que había terrenos de sobra. "Almacén La María", leyó en un cartel fijado sobre la puerta, con un paisaje pintado torpemente, de montañas y ríos, como añoranza provocada por el paisaje, chato, con poca agua.

Cuando entró en el almacén, la mujer estaba subida a una escalera, acomodando botellas de aceite sobre un estante. Tristán miró sus cabellos oscuros y la caída de los hombros, que era la misma de su recuerdo. Sólo que había más carne y grasa acá. Pero el tiempo es como alguien que dibuja trazos repetidos sobre una línea esencial, en algunos casos el papel se rompe, pero en otros la línea permanece, sigue ahí, más oculta, como esa suave caída de hombros espesada en la carne. La mujer miró a Tristán, y bajó de la escalera. Apoyó las manos sobre el mostrador y esperó. Tenía ojos oscuros y orgullosos.

Tristán sonrió, gozando la sorpresa de ella y dejándose caer en su propia alegría. La mujer se rascó el vientre voluminoso y dijo: –¿Qué quiere?

Tengo que cantar, se dijo Tristán. El canto borraría distancia, sucesos que no habían compartido, o que habían compartido de manera tan triste que era mejor olvidarlos. Abrió la boca y la mujer lo miró, enigmática, y Tristán no supo discernir si pensaba, éste es Tristán, éste es un pesado que no compra nada. Las uñas que rascaban el vientre voluminoso eran cortas, de forma redondeada. La mujer se llevó la mano a los ojos y miró las uñas de cerca, estaban pintadas de un rosa ya gastado, y mientras esperaba la respuesta de Tristán, sacó unas tijeras de un cajón del mostrador y comenzó a desprender el esmalte.

Tengo que cantar, se dijo Tristán, con la boca abierta que imitaba una perplejidad estúpida, pero no pudo, detenido y ahogado por el vientre voluminoso.

La mujer terminó de quitar el esmalte a una uña y

se la observó a la distancia. Dijo –¿Y bueno?– pero sin prisa, distraídamente. Bostezó y mostró su dentadura, la lengua semejante a un animal espeso y apenas palpitante dentro de la boca.

Tristán tuvo un sobresalto que cesó en seguida, sintió que la mirada del bebé, aquella última, estaba en él, como ayudándolo, y se dio cuenta por qué razón había querido mirarlo el bebé, mientras lo confortaba con el peso de su mano, pura falange. El dolor nos arma mejor que la felicidad, y con esa mirada podía contemplar a esa mujer que tenía enfrente sin deshacerse en el horror.

La mujer abandonó las tijeras, separó el vientre que tocaba el mostrador y lo hundió un poco, avergonzada.

–¿María?– dijo Tristán, muy bajo, pero ella lo oyó. La forma de su boca había marcado el nombre claramente.

–Soy yo– dijo.

Un hombre fuerte, bien construido, arruinado por la cabeza chica en forma de pera, y la boca como un tajo, apartó la cortina que separaba el almacén del resto de la casa. En seguida advirtió que Tristán no era un cliente y preguntó a la mujer: –¿Qué quiere éste? ¿Te molesta?

–No– dijo la mujer con rapidez. El hombre vaciló un momento y Tristán creyó que avanzaría hacia él y lo sacaría a empujones. Debía de ser violento porque la mujer lo atajó amedrentada: –Dejalo tranquilo. No molesta.

Él dejó escapar, a modo de risa, un mugido de la boca tajeada y sacó pecho hasta empequeñecer aún más la cabeza, que adquirió el aspecto de una excrecencia incomprensible sobre el tronco. Extendió el brazo y restalló los dedos mostrando la puerta, y se marchó al interior, tan seguro que no se tomó el trabajo de comprobar si Tristán obedecía.

Entraron unas mujeres con las bolsas de las compras, saludaron y bromearon familiarmente y la mujer contestó las bromas con un hábito de años, intrascendente y ligero. Despachó dos botellas de vino y pesó cuidadosamente un trozo de queso, y con el rabillo del ojo, espiaba a Tristán, con un atisbo de reconocimiento o con esfuerzo por reconocerlo, mientras temía que aprovechara su distracción para robar algo. En un momento, sonrió incómoda y se encogió de hombros. El orgullo de sus ojos se transformó en fastidio.

Aparecieron otros clientes. –Venga después– dijo. –Ahora estoy ocupada.

Soy Tristán, hubiera querido decirle, pero dudaba, quizás el nombre los acercaría como un encuentro o le sería extraño y despertaría una hostilidad que ya percibía. Se marchó arrastrando los pies, y se detuvo en la puerta, esperando un llamado. ¡Tristán! ¡Tristán!, creyó escuchar desde muy lejos, la voz tierna y ansiosa de María, pero cuando se volvió, el hombre de la cabeza de pera la tomaba de la cintura, riendo, y la mujer atendía a otros clientes y le pareció que comentaba su visita y se burlaba.

Si después de la visita al almacén, no hubiera ido a la plaza, se hubiera sentido doblemente castigado y solitario en su pieza desnuda. El mundo es un sueño de los hombres y Tristán, ante los resultados, se preguntó si no había soñado con mezquindad.

Pero basta un estallido de dolor o de nostalgia para modificar las impresiones. La vio venir desde lejos, avanzaba con pasos desiguales, descomponiendo el sendero recto y visible de la plaza, sobre el que trazaba un camino en zig-zag. Hacía muchos años la había encontrado cuando ella se asomaba ya a la adolescencia, pero el estallido de su nostalgia le concedía una edad menor, la aniñaba con un saco rojo abotonado sobre una blusa y una pollerita azul por encima de las rodillas, que dejaba al descubierto sus piernas ágiles y flacas.

Ella franqueó el límite de la grava, que separaba el camino de los canteros, se inmovilizó sobre el césped y miró a su alrededor. Entonces reencontró a Tristán, sentado muy erguido en el banco. De los canteros, había robado una flor que olió un momento, orgullosa, y que luego apretó y balanceó entre los dedos, ya casi marchita. Lo reconoció, porque la forma de balancear la flor encerraba un saludo, un entendimiento tácito que decía somos amigos. Sin apartar los ojos de Tristán, ella arrugó la flor y la arrojó a un costado, cerca de sus pies. Jugó con otras nenas mientras él esperaba, y cuando se cansó, corrió a su encuentro. Se dejó caer en el banco, exagerando la fatiga, mirándolo por el costado de un ojo que parecía muy sabio, casi viejo.

–María– dijo Tristán, con una sonrisa que le temblaba en las comisuras, ya no se entregaba fácilmente a la alegría. Se sintió excitado y un poco temeroso, como ante la inminencia de algo muy deseado que está por cumplirse. Apenas ella dijera Tristán, la risa que le cosquilleaba el pecho desbordaría en su boca, y el peso de esa cabeza repetiría el sueño de un día de otoño. Bajo un cielo tórrido, buscando el circo, la Ecuyere lo había interrumpido, quizás para que el sueño se completara en el despertar. Veía la piel de María, sus cabellos negros tan cerca, que apenas ella dijera Tristán, vendría el peso de su cabeza, tan esperado, y borbotones de palabras. Había vivido sólo para recibir palabras, las de ella, que encerraban pensamientos y desatarían las suyas, y ahora Tristán no cometería ningún robo involuntario, podrían aferrarse a él como raíces.

–María– repitió, pero ella siguió en silencio, despojándolo de su propio nombre porque no lo pronunció.

Sin darse cuenta de que imitaba un gesto obsceno que alguien había efectuado hacía tiempo en un ómnibus, Tristán sacó un caramelo del bolsillo y lo dejó sobre la madera del banco, entre los dos. Si María no decía Tristán, Tristán podía ser cualquiera, podía tomar gestos prestados.

Como no recogió el caramelo, Tristán lo empujó hacia ella. Entonces, María giró el rostro y lo miró directamente. –¿De qué es?– preguntó. –De licor no me gustan. Tristán acercó el caramelo a los ojos, intentando leer el papel rojo del envoltorio. Las letras se le borroneaban y lo llevó más lejos. Era un papel ajado, como si hubiera sido envuelto y desenvuelto muchas veces, ofrecido y rechazado.

–Café– dijo.

–No me gustan los de café.

Tristán introdujo la mano en el bolsillo y tomó otro. Esta vez se cercioró antes de ofrecerlo. –Chocolate– dijo. Pero ella no le dio tiempo de depositarlo sobre el banco, lo arrancó de sus manos, sacó el papel rápidamente y se lo puso en la boca. No lo chupó. Masticó el caramelo, cuya corteza crujiente resonó bajo los dientes pequeños, voraces.

Las otras nenas se marchaban. Empezaba a hacer frío. Se alargaron las sombras de los árboles y la plaza se paralizó, como una plaza de postal con bruma inmóvil, triste y solitaria. Hacía rato que Tristán quería decirle, ¿venís conmigo?, pero se le negaba la voz en la boca reseca.

–¿Qué?– dijo ella, de pronto.

–¿Venís conmigo?– Ahí estaba, las palabras habían salido por su cuenta, ordenadas tantas veces en su deseo, sólo un poco cautelosas porque no estaban acostumbradas al sonido ni al aire. Incluso tenían un matiz equívoco, y Tristán ahogó el recuerdo de una invitación semejante, de una pieza desconocida donde un hombre había cometido gestos dulces y aterradores.

Ella se levantó obediente, mientras él asistía con vaga desazón a ese primer movimiento que empezaba a cumplir lo que tanto había esperado. Todo se cumplía finalmente, pero padecía la ausencia de ternura.

María prendió el último botón de su saco, que se había liberado en el juego con las otras nenas, y pegó con la palma en la pollera para alisar los pliegues.

–Bueno– dijo –pero no te doy la mano.

–Soy Tristán.

–¿Sí?– dijo ella, como si no lo creyera, o como si fuera un nombre que pudiera pegarse a cualquier cuerpo.

Tristán cerró en seguida su mano, en el vacío, y se levantó también.

–No es necesario que me des la mano.

María comenzó a caminar delante de él, con seguridad. De vez en cuando se volvía y lo miraba. Y él seguía detrás, pasivamente, como si su rol hubiera sido seguir y no guiar, dudando entre fingir indiferencia o un parentesco que no existía, porque la situación se deformaba en el equívoco.

–Por ahí no– dijo Tristán, con una suerte de horror porque reconoció la casa a la distancia. Había aparecido bruscamente en la penumbra del atardecer, y María alzó el brazo y saludó a los hombres y mujeres apeñuscados en la ventana. Se abrió en seguida la puerta y él identificó a la mujer sin maquillaje, y resonó en sus oídos la voz agraviada: –¿Quién paga esto? ¿Quién paga?

La tironeó del brazo, María avanzaba y sonreía en dirección a la mujer, que hacía gestos invitantes mientras crecía el jolgorio de los hombres y mujeres apeñuscados en la ventana. Ella se detuvo y, en medio de su angustia, Tristán se sintió fugazmente feliz porque había alzado la barbilla con un movimiento que reconocía, y lo miró con ojos oscuros y orgullosos. Pero de inmediato, ella dijo: –¿Ah, no? ¿No vivís ahí?– y hurtó la casa y señaló una cualquiera, deliberadamente.

–No, no– dijo Tristán. –Más lejos. No tengas miedo de mí–. ¿Cómo María podía tener miedo, y de él?, se preguntó Tristán, deseando que ella lo nombrara para reconocer sus propias actitudes, para ordenar sus palabras que seguían pronunciándose por su cuenta, lógicas y comunes, pero adheridas a circunstancias que no comprendía.

–¿Miedo? ¿De qué?– dijo ella con desprecio, y le dio la mano que se perdió en la suya. Él sintió inmensa su propia mano, con dedos hastiados, envejecidos de gestos. Para combatir su desazón, le hizo cosquillas en la palma con el índice, y ella rió y se apoyó brevemente contra su pierna. Pero no era la risa de María, sino otra, oscuramente maliciosa.

–¿Qué tenés en tu casa?

–Nada– dijo Tristán. Pero en seguida, al notar su decepción, se arrepintió y temió que lo dejara, que no le diera tiempo al reconocimiento. –No mucho– rectificó.

–Un canario– dijo ella, burlona. –Un canario en la

jaula. Y me parece recordar también...– y dejó la frase en suspenso, con una intención ambigua.

–No, no– dijo Tristán.

–¿Y entonces para qué vamos?– preguntó ella, y se detuvo en seco, horadándolo con sus ojitos que, de pronto, le parecieron a Tristán dotados de una sabiduría insoportable.

–No sé– dudó. –Para...– ¿pero cómo podría explicarle? Cómo hacerle saltar, con sus piernas delgadas, donde no costaba imaginar el hueso, el pozo de su experiencia, la sucesión de momentos, de pesares y míseras alegrías que había tenido desde su último encuentro. Traspasarle la mirada del bebé. Cómo forzarla al recuerdo, vivimos juntos lo que no se olvida. Ella no había crecido, pero sabía, en cambio, de la misma manera que lo sabe una niña a quien se violenta con experiencias de adultos, lo que no debe conocerse en la infancia sino al cabo de los años, cuando nada lastima demasiado por el desgaste o porque la piel se vuelve cuero, y a veces, ni siquiera entonces, porque hay seres que no han nacido para tropezar con el demonio. La sabiduría insoportable que Tristán leía en sus ojos no era la que nos trae el tiempo pausado que nos madura en mezcla de sobresaltos y dichas de la existencia sino la oscura que se consigue a los golpes, cuando se entrega la fragilidad a la multiplicación y aceleración de experiencias. Sabiduría que no concede crédito a los otros. Nunca serán sombra, fidelidad y amparo.

–Entonces no voy– escuchó que decía la voz segura, desilusionada y ofendida.

–Sí, sí. Algo tengo en mi pieza. Vení– insistió –te va a gustar–. Pero no era esta promesa, con su sentido que podía ser ambiguo o pervertido, lo que debía decir. –Soy yo, Tristán– dijo.

Ella se encogió de hombros, como si el nombre siguiera sin decirle nada.

Tristán revolvió en sus bolsillos y sacó todos los caramelos que le quedaban, envueltos en papeles arrugados. Se los tendió en montón, ella eligió uno, súbitamente educada y suspicaz. –Mi mamá no me deja– dijo.

Nos escapamos, recordó Tristán, y se vio caminando con María, ella con su vestido desteñido y su confianza. El largo viaje en ómnibus y las bifurcaciones, que no eran zancadillas del camino sino de los otros. Ahora sé que nadie llegará para iluminarnos, creyó oírse Tristán mientras guardaba los caramelos, te acompañé dócilmente y cuando me quise dar cuenta ya estaba caminando solo, a pesar de la Ecuyere y del bebé, perdido para poder encontrarte. Pero en cambio dijo, como si buscara una complicidad turbia –Tu mamá no tiene por qué saberlo.

Ella asintió con un movimiento de cabeza. Y frente a una casa, Tristán la empujó hacia adentro, nervioso, temiendo que un vecino apareciera en el corredor y sabiendo que no habría excusa, comprensión, perdón de nadie. Era un hombre crecido y solitario que llevaba una niña a su cuarto.

–No me empujés– dijo ella. –Voy sola.

Cerró la puerta tras ella y se volvió con una sonrisa. Apenas lo reconociera, María empezaría a crecer, sentiría el roce tibio de su mejilla en la suya e intercambiarían palabras, dentro y fuera de la cáscara de la memoria.

Ella se detuvo en el centro del cuarto, observando a su alrededor, y él se sentó en la cama, ansioso de un escrutinio que no le sería favorable. Puede explicarse todo, menos la miseria. Ella se movió lentamente, con una cara de disgusto miró los rincones, cada vez más suspicaz, más desilusionada por ese cuarto donde había una cama, una mesa con dos manzanas verdes, un poco resecas, y una valija que no ocultaría tesoros, ni siquiera una ropa decorosa o mudas imprescindibles. Observó la valija y frunció el ceño ante el piolín que la ataba sin prolijidad, como un fardo cualquiera, y Tristán esperó en vano que ella dijera, ¿es la valija de la Ecuyere?, se parece, y desgranara recuerdos. Pero el ceño no indicaba concentración sino un malestar malhumorado.

Si sonriera, pensó Tristán, si sonriera. Tomó una manzana y la revoleó en el aire. Cayó sobre su mano, ajustándose al hueco, mientras ella lo miraba con aburrimiento. Probó otra vez y la manzana hurtó su palma y cayó al suelo. Entonces María sonrió brevemente, con la sombra de una burla.

Tristán respondió con una sonrisa excesiva, forzó el principio de una carcajada que en ella sólo sirvió para acentuar la burla en un rictus despectivo. Si sonriera, pensó. Se le antojaba que la sonrisa podría pegarse a las paredes desnudas, desalojar la miseria, desvanecer el peso que se asentaba sobre su corazón.

Ella lo miraba con dureza, y él recogió la manzana del suelo y se la ofreció. Tardó un segundo en tomarla, la limpió cuidadosamente con el borde del saco y le dio un mordisco. Masticó sin ganas. –Es agria– dijo, y la abandonó sobre la mesa.

Tristán se quedó quieto, las manos sobre los muslos, sumido en un suspenso atormentado. Ya no esperaba que María creciera y saliera a su encuentro. Apenas si una esperanza tenue, ella debía poseer algún asomo de la inventiva de los chicos, una ocurrencia mínima y común, de él, de ella, y la alegría saltaría de golpe, como en esas cajitas con sorpresa, y armaría una sonrisa que con paciencia y con suerte, conduciría al reencuentro. El juego con manzanas había sido torpe, pero quizás una torpeza semejante provocaría la gracia, la irrisión amigable.

Con una sola mano, ella tomó las manzanas y las arrojó en el aire hábilmente, hasta que se cansó y las dejó sobre la mesa. –Así se juega– dijo, con la entonación seca y malévola, y miró hacia la puerta.

Tristán se incorporó, vencido.

Entonces, ella pareció ablandarse. –No me gusta sonreír– murmuró con tristeza, con su viejo orgullo que le impedía decir no puedo.

Ya no puedo sonreír, entendió Tristán, y se miraron, y el cuerpo de María creció ante sus ojos, se redondearon los senos y la cara se marcó dulcemente con sutiles arrugas alrededor de los ojos que eran los mismos, oscuros, orgullosos.

Tristán tendió la mano hacia esa cara y la acarició tiernamente. La atrajo hacia él. Y entonces, ella sonrió con una mueca intolerable, procaz y hastiada, de vieja prostituta que recorrió el camino, toqué fondo, decía la sonrisa, como en la boca de la mujer que el payaso se había pintado, en tiempos de grandes ilusiones, sobre la piel del muñón. Y en seguida, con una deliberación implacable, lanzó un grito que resonó en el cuarto y estalló hacia afuera.

—María— dijo Tristán en un susurro.

—¿María?— preguntó ella. Y su voz insolente rechazaba el nombre, la pretensión del abrazo. —¿Quién es María?— De un solo movimiento, se abrió el saco, arrancando los botones, y luego la blusa que desgarró para mostrar su pecho chato de niña.

Tristán descubrió allí la huella reciente de un mordisco sobre la piel. Se había aglomerado la sangre y el mordisco palpitaba como un animal morado, ciego. Ella gritaba. Tristán tendió la mano y le apretó la boca. —Callate, callate— repetía.

Con sus piececitos calzados en zapatos marrones, ella le pegó en las piernas con fuerza tremenda. —¡Viejo sucio!— la oyó gritar.

Tristán la soltó y ella corrió hacia la puerta y la abrió, chillando. La voz salía de otra garganta, de un tubo robusto y poderoso. Penetraba en el silencio, lo quebraba en añicos finísimos, se enroscaba en muebles ajenos de otros cuartos y en oídos desconocidos y hostiles. Pasos apresurados subían por la escalera. El dedo de María lo señalaba acusador, mientras la otra mano apartaba la blusa desgarrada y mostraba el mordisco reciente sobre su pecho de niña.

Dios no nos quiere contentos

La pieza no tardó en llenarse de gente. Una mujer ajada y cuarentona se dirigió hacia Tristán y lo abofeteó con violencia. Detrás, rodeado de hombres y mujeres que se achicaban ante su vertical imponente, miraba el hombrón de expresión oscura, los brazos en jarras. Chistó apenas y María corrió hacia él. Se inclinó y la alzó en brazos, protectoramente. Acarició el mordisco con la lengua, que apareció enorme y blanda, y luego lo ocultó, cruzando los jirones de la blusa.

La mujer pegaba a Tristán con los puños ahora, y reabrió una antigua herida sobre el labio. María sentía las manos del hombrón errando sobre su cuerpo mientras Tristán gemía sin protegerse. –María– murmuró, tendiendo hacia ella una mirada incansable, castigada e interrumpida por los golpes.

Ella miraba, con su cuerpo de niña entre los brazos del hombre, cuyas manos ávidas e indiferentes al mismo tiempo, exploraban su sexo, ardieron con uñas filosas y sucias sobre su carne. Contemplaba a Tristán como si el cuerpo no le perteneciera y sin crecer, envejeció de golpe, le reapareció la antigua expresión en los ojos oscuros y orgullosos, cuando buscó a Tristán en el cementerio y le preguntó qué querías hacer, o le guardó la sopa después de la persecución de la Ecuyere. En brazos del hombre que hurgaba con mecánica curiosidad en sus partes más secretas, envejeció y recuperó todos sus rostros, el primero y el último, hasta encontrar y fijar por fin esta mirada, triste y dolorosa, que lo reconocía sabia, definitivamente.

Tristán no alcanzó a verla, alzó las manos y se cubrió la cara, el hilo quemante de la herida sobre el labio, que perdía contorno por la hinchazón de los golpes.

La mujer dejó de pegarle. Se retiró unos pasos, con la respiración entrecortada, y se miró con fastidio las manos enrojecidas. Al observarla, el hombrón suspiró, decepcionado. Depositó a María en el suelo, con una última caricia sobre su cabeza, y avanzó hacia Tristán.

La Ecuyere aceptó la desaparición de Tristán con el mismo ánimo estoico con que había empezado a aceptar las sucesivas desapariciones de los circos, amenguada ya su furia por el tiempo, por su sabiduría que nos dice que la vida es una sucesión de abandonos y encuentros, y que la vejez o menos vida es simplemente eso: menos posibilidades de despedidas y reencuentros. Si hay algún sentido en todo debía estar encerrado en ese encuentro que nos depara el nacimiento y en ese abandono final que lo concluye.

Más estoica, o con menos humos, la Ecuyere cayó en una agencia, ella, que siempre las había odiado. Pero tenía que comer, nunca había acumulado ahorros, y le resultaba cada vez más difícil encontrar un circo a mano, o había perdido el arranque o la intuición que le permitía localizarlos antes de morir de inanición. La mandaron a un circo grande, que poseía todos los elementos para desafiar la decadencia del género, y donde relumbraban unas pocas estrellas entre un montón de desheredados que cenaban mate cocido con sándwiches de salame.

Pasaron los meses sin otros incidentes que los acostumbrados, la pobreza mezclada con envidia y el Patrón como sombra augusta que los responsabilizaba de la ausencia de público y se adjudicaba el mérito de la concurrencia y la usufructuaba. Cuando la Ecuyere volvía al circo desde míseras pensiones, –ya no recordaba sus días de gloria cuando las rechazaba–, tenía que enfrentar su desazón del redondel vacío, cuya aparición le parecía inexorable. Hoy sí, se decía, e imaginaba la caravana polvorienta, marchando apresurada hacia un nuevo destino que la dejaba al margen. Pero eran sobresaltos irrazonables, el Patrón le renovaba el contrato y le avisaba anticipadamente los itinerarios, e incluso le aconsejaba cómo llegar o le ofrecía un lugar sobrante en uno de los camiones. Tanta amabilidad la halagaba y desalentaba al mismo tiempo. Ella pensó que el circo había terminado por aceptarla, y quizás por esto el trabajo era cada vez menos respiro y goce, y comenzaba a inquietarse. A veces, mientras se balanceaba en el trapecio, descubría que no seguía su propia música sino el ritmo de latas de la orquesta, y se sumía en un malestar doloroso e irritado.

Sin embargo, la estabilidad traía sus compensaciones, había podido entablar amistad con José y Pepé, a los que tan raramente había encontrado en su sucesión de circos, quizás porque hacían el mismo trabajo, aunque ahora las evoluciones de los viejos sobre el trapecio se habían transformado irremisiblemente en un número cómico y ya no había competencia. Tomaban mate juntos, durante la función, esperando que les llegara el turno, los viejos la invitaban al camión destartalado que les servía de vivienda y la aturdían con sus glorias pasadas. Seguían yendo a la cola en los viajes del circo y el camión se les solía quedar atascado en el camino. El Patrón les rehuía ayuda y ordenaba acelerar, con la esperanza de no verlos aparecer durante toda la temporada y extraviarlos en forma definitiva, pero llegaban infaliblemente, con una tenacidad fastidiosa. Perdían una o dos funciones que les descontaban, pero ya maquillados y vestidos para lanzarse al trapecio.

–¿Llegamos a tiempo?– preguntaban, como la noche aquella en que la Ecuyere se había negado a reconocerlos, ocupada en reconocer el silencio, en destrozarlo.

–Llegan a tiempo– los tranquilizaba ella, y los viejos se precipitaban al trapecio como gladiadores al combate.

En realidad, lo único que hacían era subirse dificultosamente para descansar en las alturas, se quedaban allá arriba, sin aliento, asmáticos, babeando sobre la arena del ruedo que se tragaba la saliva. Cuando recuperaban las fuerzas, entre el escándalo de abajo, comenzaban a balancearse con infinitas precauciones hasta que conseguían arrimarse y, sujetando las barras, se pasaban una sola vez de un trapecio a otro. Permanecían unidos, respirándose los olores, cada cabeza reposando en el hoyo del hombro ajeno, hasta que el público se enardecía y separaban los trapecios dejándose llevar, rígidos, las manos agarrotadas sobre las cuerdas, lo que sabían bien que era un error porque el cuerpo no acompañaba el movimiento. Después se miraban, a través del espacio y la presbicia, con una sonrisa orgullosa y estremecida de fatiga, que decía: aún somos capaces, y se aflojaban. Pero miraban hacia abajo y la distancia se les antojaba abisal, un remolino el aire quieto, bestias con fauces abiertas. José hacía un gesto alentador hacia la desvalidez que tenía enfrente, y predicaba con el ejemplo, sujetaba las sogas y se deslizaba hacia abajo, mientras Pepé controlaba el descenso, transpirando de angustia y con miedo de caerse. Cuando José se levantaba del suelo, nunca conseguía pisar de pie, lo llamaba con chistidos, con agitación de brazos. Y en ocasiones, Pepé tardaba tanto en decidirse que transcurría la función y él seguía arriba, irresoluto y con vértigos.

Alguien gritó una vez: –¿Por qué no van al asilo?– y la Ecuyere aplaudió para romper la sugerencia desdichada, pero con efectos contrarios. Se entusiasmaron con la proposición mientras al Patrón se le aclaraba el semblante oscurecido. Aplaudieron, no a los viejos que escuchaban los aplausos con una sorpresa agradecida, duros de oído se les había escapado la frase, sino al promotor del asilo, quien se levantó de su asiento y alzó los brazos, saludando. Lo llevaron en andas al redondel, y Pepé y José le estrecharon la mano, creyendo que los felicitaba.

Con este aliento imprevisto, los viejos se rejuvenecieron, de alma porque de cuerpo era imposible. Tenían los músculos como elásticos cortados y articulaciones rígidas. En otro tiempo se desplazaban en el aire, con codicia de riesgo y perfección, y aferraban las barras, ligeros y seguros, dando saltos y triples vueltas mortales, jamás el mínimo error, porque habían nacido en el circo, vivido en el circo en completa ignorancia de otros mundos. Sólo que ahora tardaban mucho en morir.

José y Pepé se trataban con las costumbres de una pareja bien avenida, que soporta en las espaldas muchos años de convivencia y altercados. Peleaban con frecuencia en presencia de la Ecuyere, que oficiaba de componedora, llamaba aparte a José y le hablaba de Pepé, y viceversa, resaltando méritos, miserias y alegrías compartidas, y a regañadientes, pero extremadamente dichosos en el fondo, se dejaban conducir por la Ecuyere que les unía las manos para reconciliarlos. Tomaron gusto a la intervención de ella y en ocasiones se peleaban sólo para dejarse acariciar con mimos y ternuras los tímpanos endurecidos. Fingían con felicidad viejos enconos y ella se daba cuenta, pero les seguía la corriente. Adoraban a la Ecuyere y competían para llevarle regalos: una carpetita que tejía Pepé, el primer mate de la tarde, una revista atrasada varios años.

El Patrón no echó en olvido la sugerencia aplaudida, y cuando lo supieron, por proposiciones directas, los viejos se desparramaron en brazos de la Ecuyere, llorando asustados y ofendidos. La Ecuyere recolectó firmas y se las presentó al Patrón.

–¿Y esto?– dijo él. Miró la hoja con una sonrisa divertida y se apantalló.

–Si los echa, hacemos huelga– dijo la Ecuyere.

–¿Echarlos?– dijo el Patrón. –¿Quién piensa?

Estaba fastidiado, pero lo disimulaba. Se fue al cine,

imaginando venganzas, para distraerse, y volvió con una expresión indescifrable, donde, sin embargo, se leía el contentamiento. Había visto una película de cowboys y una escena donde linchaban a uno le había despertado ideas, elucubraba fértilmente.

Llegó al circo y encontró a los viejos en la pista, después de los ensayos, derrengados sobre el suelo. Contempló el trapecio y dijo: –Está muy alto.

Ordenó que lo bajaran y los viejos se iluminaron. Con los ojos pasmados por el portento acompañaron la caída de la barra a alturas misericordiosas.

–Tienen aumento de sueldo– agregó el Patrón después, sin las precauciones debidas, y la emoción fue tan fuerte que cayeron desmayados. Cuando reaccionaron, pálidos y convulsos, el Patrón les explicó que había pensado un nuevo número para ellos, si no se ofendían de la intrusión.

–Sí, sí– dijeron los dos, entusiasmados –renovarse es vivir.

–Manos a la obra– dijo el Patrón. Tomó una cuerda y se la pasó a Pepé por el cuello con un nudo corredizo. Pepé, trastabillando, subió sobre los hombros de José, y como no lo consiguió al primer intento, se resbalaba, sin carne donde aferrarse, el Patrón lo ayudó, izándolo por los fundillos de la malla blanca, que era la misma que usaba desde plena juventud y que también a él le colgaba blandamente sobre el esqueleto esmirriado.

–Gracias, gracias– dijo Pepé, agradecido. –¿Y ahora?

El Patrón tomó el otro extremo de la cuerda y, subido a una silla, la ató sobre la barra del trapecio. La soga quedó justa y tirante. José sentía que el peso de Pepé sobre sus hombros resultaba excesivo, el corazón le bombeaba desaforado y temió un síncope. Pepé, con una sonrisa de angustia, se pasaba la mano por el nudo corredizo, intentando aflojarlo porque los movimientos de José, descontrolados, le apretaban la soga al cuello.

–¿Y ahora?– balbuceó José, repitiendo la pregunta de Pepé.

El Patrón sonrió: –Quedate así.

–Así, ¿cómo?

La Ecuyere, que contemplaba la escena, dijo: –Tranquilo– y trató de sujetarle las piernas, con miedo de que se fuera de bruces al suelo y Pepé muriera estrangulado.

José comenzó a sumar su transpiración a la que le caía desde arriba, pero cuando ya se le doblaban las piernas, el Patrón hizo una seña a la Ecuyere, que ya corría por su cuenta. –Rápido– dijo él.

La Ecuyere subió a la silla, se apresuró a desatar el nudo y tomó a Pepé en brazos. El viejo se quedó descansando del susto, sin moverse, con los ojos cerrados. La Ecuyere le llevó hacia atrás los pocos pelos empapados y lo acunó, no pesaba nada y hubiera querido mostrarle el elefante o los leones, como quien distrae a un bebé. El viejo, después de un rato, levantó los bracitos y se aferró al cuello de la Ecuyere, quien lo besó en la frente y pronunció palabras tranquilizadoras.

El Patrón se acercó. –¿Te asustaste?– preguntó con un interés cordial.

–Un poco– dijo Pepé, cuando recuperó el habla. La Ecuyere lo depositó en el suelo, y él se quedó a su lado, acariciando su brazo, como buscando refugio. José se había sentado, con una sonrisa condescendiente de artista alejado de toda preocupación terrenal, sólo que aún le duraba la fatiga acumulada y temblaba y estremecía hasta la silla.

–Es muy excitante– dijo el Patrón, y metió la mano en el bolsillo. Depositó unos billetes bajo el escote redondo de Pepé. Pudoroso, Pepé se tocó el pecho, protegiéndolo de la mano ajena, pero cuando sintió crujir los billetes sobre sus huesos, le apareció una expresión de incredulidad feliz en la cara. La Ecuyere tenía sus sospechas, pero no atinaba a entender lo que buscaba el Patrón con esa generosidad loca. ¿Es que la gente cambia?, se preguntó.

–Esta noche lo repiten.

–Sí, sí– dijo Pepé –las veces que usted quiera.

Durante la tarde, la Ecuyere apaciguó a los viejos que se pelearon ferozmente, en esta ocasión sin fingimientos, echándose a la cara las faltas de equilibrio, y que, en el calor de la disputa, se remontaron a treinta años atrás con una memoria fresca de agravios, recriminaciones y pisotones que aún dolían sobre los callos. Cuando consiguió restablecer el sosiego, la Ecuyere los ayudó a ensayar el número en el interior del camión, sostuvo a Pepé sobre sus hombros, tratando de que se mantuviera erguido, lo que consiguió a duras penas, pero cuando intentó depositarlo sobre los hombros de José, éste se desplomó llanamente.

–Sos un asno– dijo Pepé con furia.

–¿Yo? ¿Yo?– repitió José, alterado.

Y la discusión se enlazó de nuevo con tanto encarnizamiento que reconciliarlos le costó a la Ecuyere innumerables idas y venidas. –¡Basta!– dijo ella finalmente. –¿No se avergüenzan?– y con deliberación puso la cara que usaba para intimidar al bebé. Nunca lo lograba porque el bebé, con la misma deliberación, le respondía con llantos o pataleos. Se asustó de la súbita congoja que se apoderaba de ella y llevó la mano a la cara porque no tenía al bebé enfrente sino a los viejos.

–¿No se avergüenzan?– dijo, más bajo.

–¡Sí, sí!– dijo Pepé, quien se había aterrorizado y besó a José en prueba de concordia. José se hizo el indiferente pero no lo rechazó.

Pepé sonrió a la Ecuyere como un alumno aplicado, recordó el dinero bajo su escote y corrió a buscar una botella de champán.

–Vino– aconsejó la Ecuyere, atenta al despilfarro, y Pepé y José, de acuerdo en esto, la contemplaron con ironía protectora.

–¿Tomar vino nosotros? ¡Jamás!

Y por piedad, la Ecuyere no les recordó que la única bebida que les conocía era el mate que les ponía verde las tripas.

Brindaron los tres, y con una especie de pesar oculto, o de nostalgia por lo que no podría tener, la Ecuyere apartó la vista cuando vio la mano de Pepé, arrugada y escamosa, buscando la mano de José bajo la mesa. José la estrechó tiernamente y descansó su mejilla en ella, en una posesión quieta y antigua.

Después del champán, la Ecuyere masajeó las piernas de José con alcohol y talco para que estuvieran fuertes. El número le parecía arriesgado, las rodillas de José no aguantaban dos minutos sin entrechocarse furiosas. Los hizo desnudar para remendarles las mallas, y mientras esperaban, los viejos se metieron en la cama y se quedaron dormidos. La Ecuyere les reforzó las costuras y aprovechó para estrecharlas un poco y que no evidenciaran de manera tan embolsada la desaparición de las carnes.

Esa noche, repuestos por el sueño, los viejos corrieron a la pista, muy ágiles, y se ubicaron. José se paró, muy tieso, en el centro del redondel, bajo el cono iluminado del reflector. Es mi gran noche, pensó. De la emoción, le temblaban las rodillas que debía mantener rígidas. Pepé apareció corriendo, de un salto debía alcanzar los hombros de José, pero cuando llegó hasta él, la corrida le había agotado el aliento. Respiró profundamente y saltó. Apenas si alcanzó la tetilla izquierda y resbaló. La gente empezó a reírse y se oyeron aplausos. Alentado, Pepé lo intentó nuevamente. Se quedó con pedazos de malla entre los dedos, pero los hombros de José se le alejaban como la cima de una montaña. El Patrón ordenó que le arrimaran una silla. Él la pateó con desprecio, soberbio. ¿Quién creían que era? Intentó subir por sus propios medios, a puro impulso y acabó por mirar a hurtadillas, con increíble deseo, la silla volcada, reprochándose amargamente el champán ya digerido que le hacía perder firmeza.

El Patrón pegó un grito autoritario, y Pepé se encaramó sobre la silla y, ayudado por un peón, pudo subir sobre los hombros de José. Trató de mantenerse erguido, cazó la cuerda que colgaba del trapecio con el nudo corredizo y se la pasó por el cuello.

Este viejo quiere suicidarse, pensaron los espectadores, y sintieron un estremecimiento de excitación en la columna vertebral.

Cuando consiguieron cierta temblorosa firmeza, los dos viejos lucieron, al mismo tiempo, una hermosa sonrisa desdentada, y estallaron aplausos. El Patrón vio a la Ecuyere que miraba desde un costado de la lona, y la mandó a comprar cigarrillos.

–Soy ecuyere– dijo la Ecuyere, y el Patrón sólo dijo –¿Sí?

La Ecuyere pensó en pensiones baratas y en el olor de la miseria, y tomó el dinero que le tendía el Patrón y fue a comprar los cigarrillos. Escuchó su voz a sus espaldas que le aconsejaba rapidez. –¡Pronto llega tu número!– gritó.

La Ecuyere corrió por la calle buscando un quiosco, mientras las sonrisas desdentadas de los viejos dejaban filtrar saliva cada vez en menor cantidad. Pepé miró con ojos implorantes al Patrón, que observaba el número sentado en la baranda que separaba la pista de los bancos. Él los alentó con un asentimiento caluroso de cabeza. Pepé sentía que la cuerda lo estrangulaba a cada movimiento, pero no atinaba a llevar sus manos al cuello para aflojar el nudo porque temía perder el equilibrio y estrangularse del todo. Le chorreaba la cara y perdía agua y se estaba quedando sin peso. No obstante, José sentía una montaña sobre sus hombros, no aguantaba más. Pepé no era sólo una montaña, pesaba como la tierra con la humanidad entera. Miró al Patrón, pidiendo auxilio, alguien que corriera y los desarmara, el peón salvador o la Ecuyere, pero él los forzó al entusiasmo con un movimiento aprobador y aplaudió silenciosamente.

La Ecuyere, se angustió José, sin explicarse el abandono, y con un último pensamiento recordó la pretensión del autógrafo y que quizás lo que habían creído bondad era una artimaña desoladora.

El Patrón sacó dinero del bolsillo y les dio el coraje de la ambición, desplegando y agitando los billetes. Esperaba que comprendieran: les ofrecía una vida futura ajena a los sobresaltos de la vejez y la miseria.

José tartajeó algo, desesperado, y se desplomó sobre el piso. Pepé quedó colgando, con la lengua afuera, no violácea sino pálida y deshidratada. Giró en tirabuzón y se quedó quieto.

La Ecuyere llegó corriendo, sin cigarrillos, porque finalmente la había vencido la ansiedad.

José, de cara al suelo, lloraba encogido, estremeciéndose. Ladeó la cabeza y con un solo ojo, espió hacia arriba.

La Ecuyere tropezó con el Patrón. –¿Qué?– preguntó, antes de mirar hacia la pista. No quería preguntar qué pasó, por no invocar la desgracia, que ya estaba presente, pero no entera, pensaba el Patrón porque José se había salvado. Ya no lloraba, miraba hacia arriba con un solo ojo, petrificado para siempre en la soledad. El Patrón hubiera querido hablarle sobre los riesgos de la altura y que el trapecio no hubiera salvado a nadie, pero no se sintió con ánimos.

La Ecuyere escuchó que el Patrón murmuraba unas palabras. –¿Qué?– preguntó, sin saber lo que decía. Había mirado.

–Qué lástima– articuló él, claramente, inmóvil ante el cuadro doloroso. Tenía los ojos humedecidos y dejó correr las lágrimas.

Se interrumpió la función. Cuando la policía se llevó a José para conducirlo al asilo –el Patrón lo defendió con gran calor rechazando la imputación de homicidio por imprudencia– la gente estaba demasiado convulsionada para trabajar correctamente. Tampoco el Patrón había recuperado los ánimos para marcar las entradas y salidas. Se producían baches, pozos de aburrimiento si no las controlaba, empastes o confusiones: domadores que incitaban a perros que, aterrorizados, alzaban las cuatro patas y aullaban, o caballos que en lugar de trotar armoniosamente por la pista eran lanzados a través de los aros de fuego que correspondían a los leones y morían carbonizados. Todo el espectáculo se resentía. El Patrón lo pensó un poco y luego, ordenó desarmar la carpa y marchar a un nuevo destino.

La Ecuyere se quedó aparte, sentada en el estribo del camión de los viejos, con las manos sobre la cara.

–¿No venís?– le preguntó el Patrón, perdonándole el olvido de los cigarrillos, pero se alegró cuando ella le contestó que no, y suspiró con alivio. En su fuero interno, había decidido que, cuando ella fuera a la pensión para recoger sus cosas, cambiaría el rumbo expresado.

Le guardaba resquemor por la hoja con las firmas y su amenaza de huelga. Pero prefería la verdad al engaño, y si ella se cortaba sola, no necesitaba engañarla. Ocultó su decepción cuando ella no se dejó abrazar, y sólo permitió que creciera un poco su inquina.

Desarmaron la carpa, que se desplomó con un ruido ahogado, y los peones la doblaron en silencio. Nadie se acercó al camión de los viejos, hacían rodeos para no pasar por delante. La Ecuyere seguía sentada en el estribo.

Se marcharon, dejando abandonado el camión que no servía ni para chatarra. El Patrón sólo se reservó dos neumáticos utilizables. Te regalo el resto, pensó decirle a la Ecuyere, pero temió ser mal interpretado. Adentro, el camión sólo guardaba porquerías.

La Ecuyere se dijo: ¿y ahora? Le parecía que en lugar de crecer, todo terminaba. No había ningún árbol cercano decidido a sostenerla para que ella experimentara el futuro. Lo peor: no tenía ganas, y un árbol hubiera sido un personaje extraño, salvo que lo atormentara la vergüenza y el dolor.

Miró a lo lejos, abstraída, el circo se había puesto en marcha y las luces de los camiones fueron puntos rojos en el camino y luego se los tragó la oscuridad. No pensó que podía haber tenido otro destino, una existencia mesurada, con pequeñas alegrías en una casa, como una criatura que se aprisiona en su felicidad. Estaba el redondel vacío y, porque la tierra es muda, no servía siquiera como testigo de sus vuelos y contorsiones, y sólo el recuerdo del rotoso y esa sucesión de desgracias ajenas y el escarnio con los débiles. Quizás porque la desesperación nos quita lucidez, sin darse cuenta la Ecuyere repitió con sus labios la frase que había oído en boca del Patrón. Esa boca que mentía siempre aunque dijera verdad. O no le importaba. Las palabras no son sino envolturas y lo que llamamos palabra está mucho más atrás de la voz.

–Qué lástima– dijo muy alto, como si alguien aferrado a una rueda la escuchara y pudiera consolarla contestándole que todo se lo lleva el viento. Qué lástima ese estrangulamiento continuo, ese encuentro que terminaba en la muerte y devoraba todo: sonrisas de niñez y amores. Y pensó en un mundo donde la desgracia es suficiente para ser agrandada. Ya no entendía a los seres humanos, y como no podía soportarlo, porque los quería, pensó: Dios no nos quiere contentos. Y hubo un gran silencio en ella, o quizás era la noche solitaria, y comenzó a llorar.

Charlas que no se hicieron.
Estamos hechos para vivir sin reconocer, Tristán. Para errar en un mundo que siempre nos cambia la verdad por mentira. Dios odia la alegría porque está hecho a nuestra imagen y semejanza, y no nos quiere contentos. Nuestro miserable destino de muerte y nada, niños que nos asomamos a la vida como al mecanismo de un juguete que no conocemos, que tememos descubrir

porque el esfuerzo es arduo y nuestra naturaleza parece más cómoda sobre un terreno engañosamente muelle que sobre piedras. Pero caminamos sobre piedras y lo único que queremos es que la suerte nos ahorre el filo, que las lastimaduras del horror no nos toquen. Sí a los otros, aunque mueran estrangulados como con un nudo torpe en una prueba de viejos.

Sólo un juguete la vida, Tristán, que no sabemos para qué es ni para qué sirve, salvo para desafiar la incógnita. Un préstamo de existencia, sólo esto tenemos, y lo destrozamos como si fuera nuestro, disponible para la eternidad, recuperable e infinito. Ya no entiendo a los hombres, Tristán.

Me quedo sola.

—¿Qué venís a buscar?– le dijo la Ecuyere.

Pero no esperó respuesta. Ella había ido a la casa por fatiga y curiosidad, sin encontrar más que cuartos vacíos, paredes descascaradas. No estaban las mujeres ni la dueña con cara indiferente, ni tampoco los hombres sumidos en la búsqueda de un placer confuso. Por costumbre o por broma, la Ecuyere se había subido al techo y miraba los pisos pisoteados, las tablas rajadas por una humanidad incomprensible. Había hecho el recorrido completo de la casa sin bajarse del techo. Sin público, sin aplausos, no le tomaba gusto a esa prueba de habilidad y resistencia. Siempre había necesitado a los otros. La presencia de Tristán no la alegró. Volvía a ella por una casualidad: no la buscaba. Pero aún esto debía aprender la Ecuyere, aunque ya no se manejara con los términos de la presunción y la soberbia, que no hay búsquedas sino a través de encuentros con uno mismo, breves, parcializados, y que lo que creía casualidad era una decisión producto de recientes y pasadas actitudes, de gestos que permitían ese encuentro.

–Tristán– dijo. –¿Qué hiciste, Tristán, en este tiempo?– y fugazmente pensó en la mano del bebé señalando a su alrededor ese tanto y tan poco que contenía su destino. Tristán estaba apoyado en la pared y veía las dos mesas, con sus mantelitos de hule a cuadros rojos y blancos, que se habían unido para sostener un empecinamiento de degradación y de crueldad. Veía las mesas en el cuarto sin muebles, pero no recordaba el rostro de María, y en sus ojos había soledad, ya no perplejidad ni dolor.

La Ecuyere recorrió el techo de lado a lado, sostenida únicamente por la mano como una ventosa, para provocar la admiración de Tristán, con la misma intención que había tenido con el hijo del bebé, pero tampoco consiguió arrancarle una sonrisa. Desprendió su mano del techo y cayó suavemente a los pies de Tristán. Con la yema del dedo, le rozó la herida sobre el labio, una cicatriz que lo deformaba un poco, le otorgaba una expresión triste y malévola. Pero no formuló reproche alguno ni apareció en sus ojos la antigua mirada que reconocía en él una fatalidad.

Se sentaron en el suelo los dos y le pasó la mano sobre los hombros. Lo miró con ternura.

–Bueno, ¿aprendiste?– y Tristán negó. –Sí, aprendiste– dijo la Ecuyere. Ella escuchaba. Pero el canto de Tristán le daba pena.

–María– balbuceó Tristán.

Y la Ecuyere sonrió: –¿Por qué la buscás?– dijo. –A ella la encontrarás muchas veces, pero a mí, sólo una vez.

De un salto, alcanzó el techo y se sostuvo con la mano. El techo, menos pisoteado que el piso, había visto más sin embargo, quizás quería desprenderse de todo lo que había visto y por eso, al contacto de la mano de la Ecuyere, se descamaba el yeso y caía en polvito como una nieve finísima. No era feo, pensó ella, que se conformaba con poco.

–Nieve– dijo la Ecuyere. Tristán la miraba y la Ecuyere tendió la otra mano, hospitalaria, con los dedos muy abiertos, y le dijo: –Vení.

Tristán alzó la suya y la Ecuyere lo aferró por la muñeca y lo levantó en el aire. –Lo que nunca encontrarás– dijo –será al circo.

Y sonrió: se burlaba de ella misma y de sus propias palabras. Bien sabía que el circo, desdoblado en muchos, era uno solo, y que siempre le estaría huyendo, como tierra que desaparece bajo los pies, abandonándola, sin agotar su propia persistencia. Y cuando se hiciera presente, sería un circo de burla, tan distinto y enemigo de lo que uno sueña que es un circo. Se corporizaría con una realidad envilecedora, que le permitiría el trabajo y el goce del trapecio, sólo para obtener su entera sumisión y para explotar sus dones. Ya no había lugares para vivir, sino los escasos concedidos por el nacimiento o la elección, pero aún quería transformar el castigo, y esto la sostenía, y aún alcanzaba para sostener a los otros como hacía con Tristán. Sin el circo, ¿qué soy?, le había preguntado una vez en una charla imposible.

—No tengas miedo— dijo la Ecuyere, Tristán respiraba apenas a unos palmos del suelo, y entonces, porque la mano de la Ecuyere lo aferraba fuertemente o porque no tenía miedo, sintió livianas las piernas y las encogió en el aire.

La Ecuyere sostuvo a Tristán un momento para que se habituara y luego se desplazó con él hacia el otro extremo de la pieza. Soltó la muñeca de Tristán, le hizo un gesto de adiós, riendo, y Tristán no cayó.

Unas manos limpiaban las ventanas polvorientas de la casa, como Tristán y el bebé las ventanillas del ómnibus en otra época, y a través del vidrio se asomaron unos chicos, mirando en silencio, serios y curiosos. La Ecuyere sujetó a Tristán de nuevo, que se había quedado inmóvil y en suspenso de no sentir su cuerpo, y se balancearon. Lentamente, la Ecuyere comenzó a cantar como cuando estaba arriba, en el trapecio, una música que más tenía que ver con la piedad. A veces el dolor me saca de mi ignorancia. Ladeó la cabeza e interrumpió el canto para llamar a Tristán, con la precaución de quien despierta a un dormido, hasta que Tristán comprendió y largó su arrullo.

La Ecuyere se sintió feliz. Los chicos miraban a través de los vidrios sucios de la ventana y poco a poco fueron apareciendo por la puerta, con sonrisas casi dolorosas de deseo, tímidos y maravillados.

—Tristán— dijo la Ecuyere.

Uno de los chicos tenía una gran cabellera enrulada, como el bebé.

Este libro se terminó de imprimir
en abril de 2003 en Primera Clase Impresores